Sigrid Heuck

Die Reise nach Tandilan

Sigrid Heuck

Die Reise nach Tandilan

Abenteuer-Roman

Mit einer Reisekarte im Anhang

BELTZ
& Gelberg

LeseLust: 6 x Abenteuer bei Beltz & Gelberg

Tonke Dragt, *Der Brief für den König*
Tonke Dragt, *Das Geheimnis des siebten Weges*
Sigrid Heuck, *Die Reise nach Tandilan*
Klaus Kordon, *Monsun oder Der weiße Tiger*
Klaus Kordon, *Wie Spucke im Sand*
Arnulf Zitelmann, *Zwölf Steine für Judäa*

Dieses Buch ist auf Papier aus
chlorfrei hergestelltem Zellstoff gedruckt

Einmalige Sonderausgabe 1995

Programm Beltz & Gelberg, Weinheim

Einbandgestaltung von Wolfgang Rudelius
Einbandbild von Peter Knorr
Die Reisekarte auf S. 218/219 zeichnete Sigrid Heuck
Gesamtherstellung
Druckhaus Beltz, 69494 Hemsbach
ISBN 3 407 79678 1

Es ist schon einige hundert Jahre her, da brachte eines Tages ein Bote dem Abt des Klosters Wolneschitza im Lande Puschkanien einen Brief mit folgendem Inhalt:

Ehrwürdiger Vater!
Im Namen von Agbur, Duschak von Tandilan, bitten wir Euch, Jakov, seinen einzigen Sohn, einen Schüler Eures Klosters, unverzüglich heimzusenden. Der Duschak bedauert sehr, die Ausbildung seines Sohnes abbrechen zu müssen, aber eine schwere Erkrankung macht die sofortige Heimreise seines einzigen Erben erforderlich. Nach Ansicht der Ärzte muß mit dem Schlimmsten gerechnet werden. Wie uns zu Ohren kam, wird der Tamarak von Kerkuelen, durch dessen Gebiete der Weg von Wolneschitza nach Tandilan führt, Ansprüche auf den Thron des Duschaktums geltend machen. Wir bitten Euch deshalb, einige wohl ausgerüstete Männer die Kutsche begleiten zu lassen. Selwyn, der Bote, der diesen Brief überbringt, folgt unseren Anweisungen, wenn er die Abreise des jungen Jakov beschleunigt. Er hat den Befehl, bei ihm zu bleiben, bis er ihn wohlbehalten nach Tandilan gebracht hat.
Dem Kloster Wolneschitza sind wir zu großem Dank verpflichtet.

gez. *Sabion*
Oberster Rat aller Räte
von Tandilan.

Einige Tage nach Jakovs übereilter Abreise berichtete ein Bauer dem Abt, daß wenige Meilen jenseits der Grenze, unweit der Ortschaft Dubreka, die Kutsche überfallen worden war. Der Kutscher und die beiden vom Kloster mitgeschickten Männer waren ermordet aufgefunden worden. Sonst niemand.

Nach dem Überfall

Irgendwo schrie ein Vogel.
Der gellende Pfiff weckte den Jungen. Allmählich kam er zu sich. Er fror, und der Kopf tat ihm weh. Das grelle Mittagslicht blendete ihn.
Über ihm war Himmel. Keine Bäume, keine Wolken. Nur ein Mäusebussard. Mit ausgebreiteten Schwingen segelte er dahin, ließ sich in weiten Kreisen höher tragen, um plötzlich wie ein Stein nach unten zu fallen. Dann, mitten im Sturz, überlegte er es sich anders. Er zog eine Kurve, wurde kleiner und kleiner und verschwand schließlich am Horizont. Noch lange gellten seine Schreie über das Land.
Wo bin ich? dachte der Junge.
Vorsichtig drehte er den Kopf seitwärts. Die Drehung verstärkte den Schmerz, doch er zwang sich dazu.
Der untere Teil eines Wagenrades geriet in sein Blickfeld.
Verwirrt und müde schloß er die Augen.
»Ich bin Jakov.« Daß ihm sein Name eingefallen war, beruhigte ihn. Aber das Rad, wie kam es hierher? Hinter den Speichen erkannte er eine Hand. Sie umklammerte ein Büschel dürres Sumpfgras. Der Junge beobachtete die Hand eine Zeitlang. Sie bewegte sich nicht.
Er versuchte, sich aufzurichten.
Die Hand gehörte zu einem Mann, der in merkwürdig verkrampfter Stellung am Boden lag. Unter seinem Kopf war die Erde dunkel und feucht. Er lag mit dem Gesicht nach unten. Jakov begann zu zittern, als ihm bewußt wurde, daß der Mann nicht mehr atmete. Er hatte noch nie einen toten Menschen gesehen.

Einmal hatte ihm Bruder Ando ein totes Kaninchen gezeigt; widerwillig hatte er es angefaßt. Es war kalt und hart gewesen. Nichts an ihm hatte sich mehr so angefühlt, wie sich ein lebendiges, warmes Kaninchen anfühlte.

Jakovs Kopf schmerzte stärker, und es wurde ihm schwindlig. Doch er befahl sich, aufzustehen. Seine Hände umklammerten die Speichen des Rades und hielten für einen kurzen Augenblick seinen Körper. Er zog sich hoch, bis er zuerst kniete und dann stand. Keuchend vor Anstrengung lehnte er schließlich an der Kutschenwand.

Ich bin Jakov, dachte er, und ich lebe. Allmählich kam sein Gedächtnis wieder: Mein Vater ist krank. Er hat dem Abt von Wolneschitza einen Brief schreiben lassen, und jetzt bin ich auf dem Weg zu ihm.

Ein Geräusch ließ ihn hochschrecken.

Er stolperte ein paar Schritte vorwärts und wäre beinahe hingefallen. Gerade noch rechtzeitig erreichte er das Geländer des Kutschbockes und ließ sich erschöpft auf dem Trittbrett nieder. Der Schmerz in seinem Kopf nahm immer noch zu. Als er die Kopfhaut abtastete, fand er eine Beule. In ihrem Umkreis waren die Haare verklebt.

War er nur hingefallen, oder hatte ihn jemand geschlagen?

In der Öse am vorderen Ende der Deichsel schlug ein abgerissener Riemen hin und her. Ab und zu berührte das Leder die Stange. Das war das Geräusch, das ihn so erschreckt hatte.

Auch die Stränge hingen noch am Wagscheid. Von den Pferden war nichts zu sehen. Immer noch unsicher kletterte Jakov über die Deichsel, drehte sich um und untersuchte die andere Seite des Wagens. Über dem Trittbrett hing ein zweiter Mann, und den dritten fand er im Inneren der Kutsche. Beide tot.

Einer von ihnen war Stallknecht auf dem Klosterhof gewesen. Der Abt hatte ihn als Kutscher mitgeschickt.
Wo ist Selwyn? überlegte Jakov. War er der Mann hinter dem Rad, der sich noch im Tod an einem Büschel Gras festhielt?
Der Junge kroch unter den Wagen und betrachtete den Toten. Er versuchte, sich an die Kleider zu erinnern, die Selwyn getragen hatte. Aber es fiel ihm nicht mehr ein. Auch die Hand kam ihm unbekannt vor.
Es würgte ihn. Fast hätte er sich übergeben.
»Ich muß ihn umdrehen. Ich muß wissen, ob ich ihn kenne.«
Er überwand seinen Ekel, packte den Toten an der Schulter und rollte ihn auf den Rücken. Voller Entsetzen beobachtete er, daß die erstarrten Finger das Gras mitsamt den Wurzeln aus dem Boden gezogen hatten.
Es war ein Fremder, nicht Selwyn. Wahrscheinlich war er, genau wie der andere, einer der Männer, die die Kutsche begleitet hatten. So sehr sich der Junge auch bemühte, er konnte sich nicht mehr an ihre Gesichter erinnern. Während er unter dem Wagen hervorkroch und aufstand, versuchte er, seine Gedanken zu ordnen. Natürlich hatte ihm der Abt alles erklärt. Er hatte ihm den Brief zu lesen gegeben und ihm nicht verschwiegen, daß die Reise durch die Tanaschiberge und das Gebiet von Kerkuelen gefährlich werden könnte.
Es war auch schon spät im Jahr. Der Winter stand vor der Tür, die Wege durch das Gebirge waren sehr schlecht. Erfahrungsgemäß wären die Pferde wohl nicht in der Lage, die schwere Kutsche über verschneite Pässe zu ziehen. Jakov und seine Begleitung müßten, wie jeder andere Reisende, der im Winter das Gebirge überquert, zu Fuß gehen.
Und dann war da noch der Tamarak. Er betrachtete Jakov als Feind. Eine Begegnung mit ihm oder seinen Soldaten mußte vermieden werden.

Doch Jakov nützten die Warnungen des Abtes wenig. Wenn sein Vater ihn rief, mußte er heim, und wenn es noch so gefährlich war. Schließlich war er mit fünfzehn Jahren kein Kind mehr. Der Abt hatte Jakov nur ungern ziehen lassen. Er war ihm ein lieber Schüler gewesen.
In den ersten Reisetagen waren sie rasch vorwärts gekommen. Auf der Fahrt hatte Selwyn dem Jungen von zu Hause erzählt. Da Jakovs Mutter bei seiner Geburt gestorben war, hatte das Kind die Dienerschaft als seine Familie angesehen. Doch nach Selwyns Auskünften lebten nicht mehr viele von ihnen auf der Burg seines Vaters.
»Warum?« hatte Jakov den Alten gefragt. Doch der hatte ihm nur ausweichend geantwortet. Dann – er konnte kaum glauben, daß es wirklich erst heute morgen gewesen war – hatten die Räder der Kutsche auf einer Holzbrücke gepoltert. Der Fluß, den sie überquerten, hieß Edsam. Er war die Grenze zwischen Puschkanien und Kerkuelen.
Am anderen Ufer war der Kutscher auf Selwyns Befehl in eine Straße eingebogen, die durch die sumpfigen Flußniederungen führte. »Wir müssen hier durch«, hatte der Diener dem Jungen erklärt, und Jakov wußte nicht mehr, ob er es sich nur eingebildet hatte, daß seine Stimme anders klang als sonst.
»Es ist der kürzeste Weg nach Osten in die Berge«, hatte Selwyn gesagt.
Die sandige Straße war immer schmaler geworden. Sie waren an schwarzen Tümpeln vorbeigefahren, an undurchdringlichem Weidengestrüpp und struppigen Birkenwäldchen. Kein Kutscher, der mit seinem Wagen diese enge Straße benützte, konnte hier wenden. Jakov fiel ein, daß er sich Sorgen gemacht hatte, was wohl geschehen würde, wenn ihnen ein Gefährt entgegenkäme. Doch es war ihnen keiner begegnet.

Jetzt, als der Junge frierend auf dem Trittbrett hockte, mußte er zugeben, daß man nicht so schnell eine bessere Stelle für einen Überfall hätte finden können als eben diese hier.
Es dämmerte. Über das Moor zogen dünne Nebelschleier.
Wenn ich nur wüßte, wo Selwyn jetzt ist. Hatte der Diener nicht den Befehl, bei ihm zu bleiben? Hatte man ihn verschleppt? Oder hatte er Jakov für tot gehalten und war allein weitergelaufen?
Wohin sollte Jakov gehen? Nach Wolneschitza zurück oder durch die Berge und über den Paß von Juku nach Tandilan?
»Vater«, sagte der Junge laut, »wie würdest du an meiner Stelle entscheiden?«
Und er wußte gleich, was ihm sein Vater geantwortet hätte: »Frag nicht so lang herum, Sohn«, würde er sagen. »Wenn du etwas tun mußt, tu es ohne falsche Rücksicht, sonst erreichst du dein Ziel nie! Selwyn ist nur ein Diener, du aber bist mein Sohn!«
»Also gut«, überlegte Jakov. »Er hat recht, ich schaffe es auch allein.«
Nachdem sein Entschluß einmal gefaßt war, erschien ihm alles ganz einfach. Natürlich mußte er die große Reisekiste zurücklassen. Er holte sich nur seinen Fellmantel heraus. In der Tasche des Kutschers fand er einen halben Laib Brot und ein Stück Käse. Er packte alles in einen Beutel und rollte es in den Mantel. Dann nahm er einem der toten Männer das Jagdmesser ab, schnitt vom Wagscheid einen ledernen Strang und verschnürte damit das Bündel. Das Messer steckte er unter sein Wams in den Gürtel.
Auf eine Flinte mußte er verzichten. Sie würde ihm nichts nützen. Er konnte nicht mit ihr umgehen. Die Weisheit der Mönche in Wolneschitza war auf die alten Gelehrten beschränkt, schießen hatte er dort nicht gelernt.

Jakov schulterte das Mantelpaket und marschierte los.
Wenn er der Straße folgte, würde sie ihn an den Fuß der Berge bringen. Dann, wenn er die Morgensonne immer vor sich und die Abendsonne hinter sich hielt, müßte er die Berge überqueren. Er mußte den Weg über den Paß von Juku finden. Dahinter begann Tandilan.
Jakov sah sich noch einmal um. Es fiel ihm nicht leicht, die Kutsche zu verlassen. Sie stand ein bißchen schief, wie wenn der Kutscher im letzten Moment versucht hätte, sie in den Sumpf zu lenken. Die leere Deichsel starrte den Weg entlang.
Jakov drehte sich rasch um und ging weiter.
Die Sonne war untergegangen, aber noch war es nicht ganz dunkel. Von Wolneschitza aus würde sie sicher noch zu sehen sein. Doch was kümmerte ihn noch das Kloster, er war auf dem Weg nach Tandilan. Jakov nahm sich vor, der Straße so lange zu folgen, bis er an ein Haus käme. Dort wollte er um Unterkunft bitten.
Mein Vater wird stolz auf mich sein, dachte er. Doch er gestand es sich selbst nicht ein, daß es ihm gar nicht gefiel, allein, mitten in einem fremden Land, durch die Nacht zu laufen.
Allmählich bekam er Hunger, und die Beule an seinem Kopf begann wieder zu schmerzen.
Plötzlich hörte er das Trappeln von Hufen. Er blieb stehen und lauschte. Kein Zweifel: mehrere Pferde galoppierten auf dem Weg ihm entgegen. Sie kamen rasch näher.
Ohne es sich zu überlegen, was er tat, stürzte Jakov seitlich durch das Gestrüpp, stolperte, fiel hin, raffte sich wieder auf und rannte weiter.
»Mein Gott, hilf«, keuchte er, »da sind sie wieder! Sie kommen zurück, haben etwas vergessen. Wenn sie mich finden, schlagen sie mich tot. Ich will nicht sterben!«

Es schien ihm, als käme er kaum von der Stelle. Seine Knie wurden weich, und er begann zu taumeln. Als er erneut hinfiel, blieb er liegen.
Kaum einen Steinwurf von ihm entfernt donnerte eine Schar Reiter den Weg entlang.

Das unheimliche Tier

Es war Nacht.

Jakov blieb liegen und lauschte. Die Reiter hatten die Pferde bei der Kutsche angehalten. Der Wind trug ihre Stimmen bis zu ihm hinüber, aber er konnte nicht verstehen, über was sie sich unterhielten. Ihre Sprache war ihm unbekannt.

Eine Spinne krabbelte über seinen Handrücken. Die Hand lag so dicht vor Jakovs Augen, daß er genau erkennen konnte, daß es eine Spinne war. Sie webt mich ein, dachte er. Niemals vorher war er sich so verloren vorgekommen.

Irgend etwas polterte bei der Kutsche hinter ihm. Die Stimmen wurden lauter. Offensichtlich stritten sich die Räuber um die Beute. Dann wieherte ein Pferd.

Jakov hatte den Mund voll Erde und Moos. Wenn er die Zähne zusammenbiß, knirschte es. Doch er wagte nicht, auszuspucken. Nach einer Weile bestiegen die Männer ihre Pferde und ritten in Richtung des Edsam-Flusses davon.

Jakov zitterte vor Angst. Waren sie auf der Suche nach ihm? Er fuhr zusammen, als in seiner Nähe ein Frosch zu quaken begann. Ein zweiter antwortete ihm. Das vertraute Geräusch beruhigte den Jungen. Als er spürte, daß die Nässe des Sumpfbodens allmählich durch seine Kleider drang, stand er auf.

»Ich muß hier weg! Wohin? Weg von der Straße. Und später nach Osten in die Berge. Schnell, sonst komme ich nie nach Tandilan.«

Er brauchte eine Weile, bis er im Dunkeln den Packen mit seinem Mantel und dem Proviant wiederfand. Zuerst tastete er den Boden um sich herum ab, patschte mit einer Hand ins

Wasser, riß sich den Daumen an einem Schlehenast auf, fühlte schließlich den Lederriemen zwischen den Fingern. Dann stand er auf, klopfte sich das Wams ab. Das Messer steckte noch in seinem Gürtel.

Inzwischen war der Mond aufgegangen und spiegelte sich in den Tümpeln. Als der Nachtwind das Wasser bewegte, blitzte und glimmerte es wie flüssiges Silber.

Doch Jakov wußte, wie tückisch Moortümpel sein können. Er hüpfte von Grasbüschel zu Grasbüschel, hielt sich, wenn es möglich war, an Zweigen fest, balancierte auf dem schwankenden Boden, konnte aber nicht verhindern, daß er immer wieder stolperte und mit einem Fuß in den Sumpf geriet. Dann zog und zerrte er, bis sein Bein wieder frei war und der Schlamm unter seiner Stiefelsohle mit glucksendem Geräusch zurückschwabbte.

Jakov war so müde, daß er keinen Hunger mehr spürte. Dann fiel ihm auf, daß er sich nicht mehr daran erinnern konnte, wo die Berge lagen und ob der Edsam-Fluß hinter ihm war, oder ob er sich auf ihn zu bewegte. Als er schließlich an einem abgestorbenen Baum vorbeikam, an dem er schon einmal vorbeigekommen war, gab er es auf, weiterzulaufen, und suchte sich einen Platz, der ihm trocken genug erschien, um den Rest der Nacht dort zu verbringen. Er nahm das Messer aus dem Wams, legte es neben sich. Dann wickelte er sich in seinen Fellmantel und versuchte zu schlafen.

Unmittelbar über sich erkannte er das Sternbild des Großen Wagens. Er schien, mit der Deichsel voran, abwärts zu stürzen. Wohin fällt er? überlegte Jakov. Nach Wolneschitza, nach Tandilan oder mitten in die Tanaschiberge?

Während der Nachtwind im dürren Sumpfgras raschelte, schlief er ein. Jetzt saß er wieder in der schweren Reisekutsche neben Selwyn. Die Fahrt ging abwärts, wurde schneller

und schneller. Sie stürzten einem Abgrund zu. Die Pferde gingen durch – der Kutscher konnte sie nicht mehr halten. Jakov wachte unter der Kutsche auf, neben sich sah er das Wagenrad und dahinter die Hand, die das Grasbüschel umklammert hielt. Wieder packte er den toten Mann an der Schulter und rollte ihn auf den Rücken. – Diesmal war es sein Vater. Der Junge versuchte zu schreien, aber er brachte keinen Ton heraus.
Nun wandelte er im Kreuzgang des Klosters an der Seite des Abtes. Er hörte den Brunnen plätschern, das Rascheln des Weinlaubs, das sich um Säulen und Kapitelle rankte.
»Mein Vater ist tot«, erzählte er dem Abt. Doch er sprach es nicht laut aus. Es war ein Gespräch, das sie in Gedanken führten. »Mein Vater ist tot. Ich habe ihn selbst gesehen. Er lag mit eingeschlagenem Schädel unter der Kutsche.«
»Dann war seine Zeit abgelaufen«, sagte der Abt. »Für jeden von uns ist irgendwann die Zeit abgelaufen.«
»Wie kann er sterben und mich allein zurücklassen?« fragte Jakov vorwurfsvoll.
»Wir alle lassen jemanden zurück, wenn wir sterben.«
Jakov dachte darüber nach. Er wußte, daß Menschen und Tiere sterben mußten, nur hatte er dies noch nie auf sich selbst bezogen. Das beunruhigte ihn. Er erinnerte sich an das tote Kaninchen, das er bei Bruder Ando angefaßt hatte. Auch er würde einmal so steif und kalt sein. Ein Gegenstand, mit dem niemand etwas anfangen konnte und den man vergrub. Wieder spürte er die Erde zwischen seinen Zähnen.
Der Junge wachte auf, weil er sich beobachtet fühlte. Ein heller Streifen am Horizont kündigte den Tag an. Gestrüpp, Bäume und Sumpfwiesen hatten im Dämmerlicht eine schmutziggraue Farbe. Nur das Wasser in den Tümpeln war dunkel. Nichts erinnerte mehr daran, daß es im Mondlicht wie

flüssiges Silber ausgesehen hatte. Jetzt war es schwarz, still, unheimlich.
Jakov fror. Bald würde er gegen den Schnee zu kämpfen haben. Schnell schob er diesen Gedanken wieder von sich. Etwas anderes war wichtiger: Irgend jemand befand sich in der Nähe, aber er konnte nicht entdecken, wer oder was es war.
Die Kälte quälte ihn. Als er sich aufrichtete, taten ihm alle Knochen weh. Doch dann war er plötzlich hellwach. Ein Schatten war davongehuscht, ein großer, dunkler Schatten. Mit langen Sätzen verschwand er hinter dem nächsten Busch. Sein erster Gedanke galt dem Messer. Mit dem Griff in der Hand fühlte er sich etwas sicherer. So hockte er eine Weile da, immer noch halb eingewickelt in den Fellmantel. Lauernd spannte er alle seine Sinne, horchte, versuchte im frühen, spärlichen Dämmerlicht, die Dinge in seiner Umgebung zu erkennen. Doch es blieb still, nichts regte sich.
Ich muß wissen, was es für ein Tier ist, dachte Jakov. Es war ein Tier und kein Mensch, das stand für ihn fest. Für einen Menschen war es zu niedrig, zu schnell, zu lautlos gewesen. Allmählich verwandelte sich seine Angst in Neugier. Er schlüpfte aus dem Mantel, kauerte sich auf den Boden, warf das Fell über sich. Mit einer Hand hielt er den Mantel fest, mit der anderen umklammerte er den Messergriff und spähte durch einen Spalt der Mantelöffnung.
Er mußte nicht allzu lange warten. Kaum einen Steinwurf von ihm entfernt bewegten sich die Äste einer Weide. Es war eine andere Art der Bewegung als die, die der Wind verursachte. Er ließ die Stelle nicht aus den Augen. Doch dann stockte ihm der Atem, sein Herz klopfte laut: Ein riesiges, grauschwarzes Tier kroch unter dem Busch hervor. Ein Wolf, dachte Jakov. Er erstarrte vor Schreck. Sein Atem ging flach, stoßweise.

Das Tier war mager. Der Hunger trieb es aus seinem Versteck und ließ es jede Vorsicht außer acht lassen. Es hinkte. Seine Flanken waren eingefallen, die Hüftknochen deutlich sichtbar. Seine Rute war kärglich behaart, ähnelte mehr dem Schwanz einer Bisamratte als der Rute eines Wolfes. Und dann entdeckte der Junge im heller werdenden Tageslicht, daß um seinen Hals ein Strick, dessen Ende auf dem Boden schleifte, gebunden war. Während das Tier sich langsam näherte, kam Jakov zu dem Schluß, daß es ein Hund sein mußte.
»He!« schrie er und sprang hoch. »Hau ab!«
Das kam gerade noch rechtzeitig, der Hund war dem Beutel, in dem Jakov seinen Proviant aufbewahrte, schon gefährlich nahe.
»Mach, daß du wegkommst!«
Ungeachtet seiner Verletzung sprang das Tier hoch, drehte sich in der Luft und verschwand nach einigen Sätzen wieder im Gebüsch.
»Das hätte dir so gepaßt!« schimpfte der Junge laut hinter ihm her. »Ich hab selbst Hunger.«
Er wartete noch eine Weile, ob sich der Hund noch einmal zeigte. Dann holte er den Brotlaib aus dem Beutel und schnitt sich ein Stück ab. Er gönnte sich eine kleine Scheibe Käse und überlegte dabei, wie lange er wohl mit diesem Vorrat auskommen würde.
Damals, zu Hause in Tandilan, hatte Selwyn ihm einmal gezeigt, wie man Forellen mit der Hand fängt. Er hatte sich mit ihm am Bachufer auf den Bauch gelegt, hatte ihm erklärt, wo die besten stehen und welches die günstigste Tageszeit war. Dann mußte er ins Wasser greifen, tief unter die Uferböschung, und den Fisch hinter den Kiemen packen.
Er hatte lange üben müssen, bis er seine erste Beute

vorzeigen konnte. Und als er sie endlich herausgeholt hatte, als sie sich wand und freizukommen versuchte, war er furchtbar erschrocken. Er paßte nicht auf, und schon glitschte ihm die Forelle aus der Hand und platschte ins Wasser zurück.

Selwyn hatte ihn lächelnd getröstet.

Während Jakov in Gedanken versunken auf seinem Mantel hockte und frühstückte, war der Hund abermals aus dem Gebüsch gekommen. Stand abwartend da, aus seinen Lefzen tropfte Speichel. Diesmal konnte Jakov nicht schreien, er hatte den Mund voll Käse und Brot.

Der Hund spürte die Entspannung, spitzte die Ohren. Die kärgliche, nackte Hunderute schlug ein paarmal zögernd hin und her. Doch der Junge hatte kein Mitleid. Der Hund war ihm lästig. Sicher irgendein alter Bauernhund, ein Dieb und Herumtreiber, der unachtsam in eine Falle getreten war oder sich sonstwie verletzt hatte. Weil er hinkte, hatte er nun kein Glück mehr auf der Jagd.

»Ich muß selbst sehen, wie ich durchkomme«, erklärte Jakov. Er merkte nicht, daß er sich vor dem Hund zu rechtfertigen versuchte. Ohne ihn weiter zu beachten, stand er auf und machte sich fertig zum Weitermarsch.

Inzwischen war die Sonne aufgegangen. Die Berge waren im Frühdunst nur schwach zu erkennen. Es war ein kalter, klarer Herbstmorgen. Über den offenen, großen Sumpfflächen lag noch der Morgennebel. Doch der Junge wußte nun, welche Richtung er einzuschlagen hatte, steckte das Messer wieder in den Gürtel, schulterte den Lederriemen mit dem Bündel und marschierte los.

Diesmal hatte Jakov Glück. Er fand einen Wildwechsel, der nach Osten führte. Dem wollte er folgen, solange es ging. Während er auf dem schmalen Pfad lief und es ihm langsam warm wurde, begann er sich wohlzufühlen. Der Gedanke, daß er nicht geflohen war, als der verwilderte Hund auftauchte, obwohl er ihn zuerst für einen Wolf gehalten hatte, stärkte sein Selbstbewußtsein. Mut war noch nie seine Stärke gewesen. Das hatte er schon im Kloster gemerkt, wenn es darum ging, bei Nacht über den Friedhof zu gehen, eine wilde Kuh zu reiten oder von der Klostermauer zu springen. Seine Haltung dem Hund gegenüber machte ihn stolz.
Das einzige, was seine Stimmung beeinträchtigte, waren die nassen Stiefel. Sie hatten sich auf der Flucht gestern abend voll Wasser gesogen. An einem Feuer würden sie rasch trocknen, überlegte Jakov. Doch wie sollte er ein Feuer anzünden, wenn er keine Zündhölzer hatte? Glücklicherweise waren die Tuchhose und das Lederwams trocken geblieben. Nur der ab und zu wiederkehrende Schmerz, der von der Beule an seinem Kopf ausging, erinnerte ihn noch an den Überfall. Einmal flog eine Schar Enten vor ihm auf. Er blieb einen Augenblick stehen und sah ihnen nach, wie sie sich keilförmig hintereinander ordneten und eilig davonflatterten. Er hätte gern gewußt, wie groß das Moorgebiet war, in dem er sich befand. Manchmal kam es ihm vor, als seien die Berge ganz nah, dann schienen sie wieder weit entfernt. Jakov überlegte, ob er auf die Straße zurückkehren sollte. Er würde es leichter haben, könnte sich nicht so schnell verlaufen und müßte nicht dem ewigen Zickzack des Wildwechsels folgen.

Doch er verwarf den Gedanken rasch wieder. Der Abt hatte ihn ausdrücklich vor dem Tamarak von Kerkuelen gewarnt. Und hier, diesseits des Edsam, befand er sich auf seinem Hoheitsgebiet. Bestand nicht die Möglichkeit, daß die Kutsche auf Veranlassung des Tamarak überfallen worden war? Nein, es war besser für Jakov, wenn er hier im Sumpfgebiet blieb. Hier war er vor der Verfolgung durch Reiter sicher. Pferde haben Angst vor dem schwankenden Boden, keine Macht der Welt würde sie in dieses Sumpfgebiet hineinzwingen. Das wußte der Junge von früher.

Die Sonne stand schon hoch über den Bergen, bevor Jakov merkte, daß ihm der Hund gefolgt war. Irgendwo, ein Stück seitlich von seinem Weg, kreischte ein Häher. Und als sich der Junge nach ihm umdrehte, sah er das grauschwarze Fell zwischen den Büschen.

Er blieb stehen. Es störte ihn, verfolgt zu werden, auch wenn er wußte, daß ihm der Hund nichts tat, daß er es nur auf das Brot in seinem Beutel abgesehen hatte.

»Hau ab! Hau ab!« brüllte er. Zwischen ihnen lag ein kleiner See. Der Hund, der ebenfalls stehengeblieben war, fühlte sich jenseits des Wassers sicher.

»Mach, daß du wegkommst, räudiger Bastard!« schimpfte der Junge.

Aber das große Tier ließ sich nicht vertreiben. So liefen sie eine Weile, nur von dem Wasser getrennt, nebeneinander her.

Jakov erinnerte sich an die Jagdhunde im Schloß seines Vaters. »Du mußt ihnen immer wieder zeigen, wer der Herr im Haus ist«, hatte sein Vater ihm erklärt. »Wenn du dir einmal eine Blöße gibst, machen sie, was sie wollen. Du bist der Herr, und sie müssen gehorchen.«

Für seinen Vater waren sowohl die Hunde als auch die Diener

Untergebene, die nach ihrer Brauchbarkeit eingestuft wurden. Jakov hatte das immer in Ordnung gefunden. War nicht sein Vater der Duschak? War er nicht der größte, der stärkste, der klügste Mann in Tandilan? Für Jakov war alles, was er sagte, richtig.
Vielleicht war es nützlich, wenn er den Hund an sich gewöhnte? Vielleicht war er ein guter Wachhund?
Als er am Rande eines Birkenwäldchens vorbeikam und der Boden einigermaßen trocken aussah, blieb er stehen und drehte sich um. Der Hund war zurückgeblieben. Offensichtlich hatte er große Schmerzen, er hinkte ein Stück, hielt dann an und leckte sich die Pfote.
Jakov hockte sich auf den Boden und öffnete den Brotbeutel. »Komm«, lockte er, »komm!«
Er schnitt ein Stück Brot für sich und ein Stück für den Hund ab. Während er kaute, hielt er mit der einen Hand dem Tier das Brotstück entgegen. »Komm, das ist für dich!«
Doch der Hund war mißtrauisch. Er blieb mit eingezogenem Schwanz stehen und äugte zu dem Jungen hinüber.
»Da, friß!« Mit einer raschen Handbewegung warf ihm Jakov das Brot entgegen, und im selben Augenblick war es zwischen den schnappenden Kiefern verschwunden.
Der Junge täuschte sich, wenn er annahm, daß er sich die Unterwerfung des Hundes mit einem Stück Brot erkaufen könnte. Es war schwer, das einzusehen, aber er wollte auch kein zweites Zugeständnis machen. Er mußte sparsam sein. So stand er auf, schnürte den Beutel wieder in den Fellmantel und ging weiter.
Die Sonne stand nun in seinem Rücken. Büsche und Schilf leuchteten gelbbraun, der Geruch von Modder und welkem Laub stieg ihm in die Nase. Irgendwo unter einem Baum fand er eine Anzahl Pilze. Aber er wußte nicht, ob sie giftig waren,

konnte sie auch ohne Feuer nicht zubereiten. So ließ er sie stehen. Und als er sich wieder aufrichtete, sah er, daß der Hund kaum zwei Armlängen hinter ihm herhinkte. Immer noch streifte der abgerissene Strick am Boden.
Jetzt ließ er es zu, daß der Junge sich ihm näherte. Er spitzte die Ohren, und Jakov sah, daß eines von ihnen zerfetzt war.
»Na, Kämpfer«, sagte er.
Der Hund sah ihn aufmerksam an, als verstünde er jedes Wort. Er hatte große, gelbe Augen.
Jakov zog ihm die Schlinge vom Hals, wickelte das Seil zusammen und steckte es in sein Bündel. Wer weiß, wozu man es noch brauchen kann, dachte er. Dann drehte er sich um, ließ den Hund einfach stehen, war sich seiner Sache sicher: Nun war er nicht mehr allein.
Niemals hätte er gedacht, daß er sich einmal über die Begleitung eines Hundes freuen würde. War er nicht der junge Duschak? Zu Hause, in Tandilan, hatten ihn Diener begleitet, und im Kloster waren Hunde verboten. Nun wanderte er, allein in einem fremden Land, auf einem Wildwechsel den Bergen zu, hinter ihm hinkte ein stinkender, magerer Bauernköter.
Am späten Nachmittag bekam Jakov Durst. Er legte sich vor einem Tümpel auf den Bauch und trank. Das braune Moorwasser schmeckte brackig. Aber er hatte keine andere Wahl. Zuerst schöpfte er es mit den Händen heraus, formte sie zu einer kleinen Schüssel, doch es rann ihm zwischen den Fingern weg. Da beugte er den Kopf tief hinunter und trank, wie ein Pferd trinkt. Er saugte das brackige Wasser lange in sich hinein, bis sein Durst gelöscht war. Dann blieb er noch einen Augenblick liegen und betrachtete sein Spiegelbild auf der Wasseroberfläche. Er fand sich verdreckt, spitzgesichtig, häßlich. Später, wenn ich ein Mann sein werde, dachte er und

strich sich mit der Hand übers Kinn, werde ich mir einen Bart wachsen lassen. Er verzog sein Gesicht zu einer Grimasse und streckte seinem Spiegelbild die Zunge heraus.
Sorgenvoll betrachtete er seinen Lebensmittelvorrat. »Das reicht nicht mehr lange, Hund«, sagte er. »Für uns beide höchstens noch bis morgen.« Er schnitt eine dicke Scheibe ab und brach sie auseinander. Dasselbe machte er mit dem Käse. Der Hund nahm sein Stück zwischen die Vorderpfoten und fraß es langsam. Während sie beide kauten, kam Jakov der Gedanke, daß er sich einmal die verletzte Pfote ansehen sollte. Vielleicht war es nicht so schlimm. Doch als er sie abzutasten begann, fletschte der Hund die Zähne.
»Na, na, ist ja schon gut.«
Dann entdeckte er die Ursache. Ein Dorn war in die Haut zwischen den Krallen eingedrungen. Vorsichtig zog er ihn heraus.
Er hielt ihn dem Hund unter die Nase.
»Das war's«, sagte er, »jetzt geht's besser.«
So aus der Nähe sah Jakov, wie mager der Hund wirklich war. Er mußte tagelang nichts zu fressen gehabt haben. Jeder einzelne Knochen war zu sehen, an vielen Stellen gingen ihm die Haare aus.
Später, als sich der Junge zum Schlafen hinlegte, kroch der Hund dicht neben ihn. »Kannst du mir sagen, wie ich dich rufen soll?« fragte Jakov, und er lachte, als er sah, wie das Tier den Kopf schieflegte und ihm zuhörte.
»So geht das nicht, du brauchst einen Namen.«
Nach einigem Nachdenken beschloß er, ihn »Tschuk« zu nennen.
Dann schlief er ein. In der Nacht wachte er auf. Irgendwo, weiter hinten im Moor, jammerte und schrie es. Ein Kind, schoß es Jakov durch den Kopf. Jemand bringt ein Kind um,

und alles, was man ihm früher erzählt hatte, fiel ihm wieder ein. Die toten Seelen umgebrachter Kinder wandern ruhelos umher, hatten die Leute gesagt. Sie warten auf ihre Erlösung.
Das Jammern brach ab und begann an anderer Stelle wieder. Es ging in ein Schluchzen über und steigerte sich zu einem hellen Kreischen.
Entsetzt hielt sich der Junge die Ohren zu. Da fühlte er plötzlich den Hund neben sich. Auch Tschuk war wach. Ein tiefes Knurren drang aus seiner Kehle.
Als Jakov nach ihm tastete, spürte er, daß sein Nackenfell gesträubt war. »Tschuk«, flüsterte er ängstlich, »was ist das?«
Er war froh, jemanden fragen zu können, auch wenn keine Aussicht bestand, eine Antwort zu bekommen. Der Hund hob den Kopf und starrte in die Dunkelheit.
Nach einem langgezogenen Schrei wurde es still.
Der Junge hielt den Atem an, zählte bis vier, dann wartete er, doch es blieb ruhig. Es war, wie wenn alles um ihn herum lauschte. Nicht einmal der Wind raschelte im Gras.
Tschuk streckte sich wieder aus. Da zog sich Jakov den Fellmantel über das Gesicht und schlief ein. Wie gut, daß ich den Hund habe, war sein letzter Gedanke. Er wärmte ihn und gab ihm Zuversicht.

Der Verfolger

Am nächsten Morgen war der Himmel bedeckt. Es sah nach Regen aus. Eilig stand Jakov auf. Da er wußte, woher er gekommen war, war ihm auch die Richtung bekannt, in der er weitergehen mußte. Noch konnte er die Berge sehen. Doch bald würden sie von tiefhängenden Wolken verdeckt sein.
Tschuk war schon lange wach. Erst hatte er sich die wunde Pfote sauber geleckt, dann einen Rundgang gemacht. Nun saß er vor dem schlafenden Jakov und starrte ihn an, bis dieser aufgewacht war.
Tschuk hatte Hunger. Er beobachtete aufmerksam, wie der Junge das Brot hervorholte und in vier Teile teilte. Einen Teil warf er dem Hund zu. Den zweiten aß er selbst. Die beiden anderen und den restlichen Käse wickelte er wieder in den Mantel. »Für später«, sagte er. Dann schwang er den Riemen mit dem Bündel über die Schulter und marschierte los.
Wieder, wie schon am Vortag, war ihm kalt, und er bedauerte sehr, kein Feuer machen zu können. Ein warmes Feuer und eine heiße Tasse Kaffee waren für ihn unerfüllbare Wunschträume. »Komm, Tschuk«, munterte er den Hund auf, der ein Stück hinter ihm herhinkte. »Wir werden es schon schaffen.«
Einige Male kreuzten andere Wildwechsel ihren Weg. Kaum spürbar stieg das Gelände an. Sie näherten sich dem Ende des Sumpflandes. Hie und da wuchsen Haselnußsträucher, die Tümpel wurden seltener. Dann, als der Pfad nach Norden abbog, verließ ihn der Junge. Er überquerte eine Wiese. Immer noch schwankte der Boden unter seinen Füßen, doch es war weniger naß, und er trat nicht mehr ins Wasser. Er ging etwas rascher, damit ihm warm wurde. Wieder fielen ihm die

Schreie ein, die er am Abend gehört hatte. »Was meinst du, was es gewesen sein könnte?« fragte er den Hund.
Aber Tschuk hatte es längst vergessen.
Gegen Mittag konnte er die Berge nicht mehr erkennen. Doch nun stieg das Gelände so deutlich an, daß er nur aufwärts zu gehen brauchte.
Als er Hunger bekam, legte er eine Pause ein. Er gab Tschuk das vorletzte Stück Brot und nahm für sich das letzte. Nur den Käse ließ er noch übrig. Während er aß, beobachtete er das Moor unter ihm. Er konnte den Pfad sehen, auf dem sie gekommen waren, erkannte ihren letzten Schlafplatz wieder und den Tümpel, an dem er getrunken hatte.
Da entdeckte er den Mann.
Zuerst hielt er ihn für ein Tier. Doch bald sah er, daß es ein aufrecht gehendes Wesen war, das einen Mantel trug, der im Wind flatterte, und daß er sich im Laufen auf einen Stock stützte. Und noch etwas war nicht zu übersehen: Der Mann folgte seiner Spur. Ab und zu blieb er stehen und betrachtete den Boden oder sah sich um, dann beschleunigte er wieder seine Schritte.
»Wir werden verfolgt, Tschuk«, sagte Jakov.
Tschuk hatte den Mann längst entdeckt, streckte seine Schnauze in den Wind und zog die Luft ein. Dann knurrte er, es klang tief und böse.
Jakov überlegte fieberhaft. Wer es auch war, er konnte nichts Gutes im Schilde führen. »Wir müssen ihn abschütteln«, sagte er.
Unverzüglich brachen sie auf.
»Ich muß einen Bach finden«, überlegte Jakov. »Das Wasser verwischt unsere Spur.«
Aber er mußte noch ziemlich lange hangaufwärts gehen, bevor er ein kleines Rinnsal fand. Er folgte ihm ein Stück. Als

es breiter wurde und kräftiger floß, überwand er sich und sprang mit einem Satz über die Böschung ins Wasser.
»Komm, Tschuk«, forderte er den Hund auf. »Du mußt auch mit!«
Er zerrte ihn hinter sich hier. Doch Tschuk sah den Sinn seines Vorhabens nicht ein und sträubte sich, ließ sich ziehen, hüpfte, kaum hatte der Junge ihn losgelassen, wieder ans Ufer zurück. Da nahm Jakov den alten Strick aus dem Bündel. Er legte ihn Tschuk um den Hals und zwang ihn, hinter ihm herzuwaten. »Wir müssen abwärts gehen«, erklärte er ihm. »Der Mann wird uns hügelaufwärts vermuten. Er wird, wenn er die Spur verloren hat, in der einmal eingeschlagenen Richtung weiter suchen.«
Über eine Stunde wateten sie hangabwärts. Wieder sogen sich die Stiefel voll Wasser, doch darum konnte sich Jakov nicht kümmern.
Von allen Seiten führten kleine Gräben in den Bach. Er wurde immer breiter und tiefer. Dann, als die ersten Tümpel auftauchten, erinnerten sie den Jungen daran, daß er sich wieder im Sumpfland befand. Es dämmerte bereits, als er Tschuk frei ließ und selbst über die Böschung ans Ufer kletterte.
Es hatte zu regnen begonnen. Zuerst in einzelnen Tropfen, dann nach einem heftigen Guß, kalt nieselnd.
Jakov war hungrig. Er fror und begann sich vor der hereinbrechenden Nacht zu fürchten.
»Tschuk, wo bist du?«
Der Hund hatte eine Wühlmaus gefangen – die erste Beute seit seiner Verletzung. Das Bachwasser hatte seine Wunde gekühlt.
Als Jakov am Hang eine überhängende Wurzel entdeckte, entschloß er sich, dort die Nacht zu verbringen. Er aß das

letzte Stück Käse allein. Dann zog er sich die nassen Stiefel aus und rollte sich in den Mantel. Wieder kroch der Hund neben ihn.
»So ist's gut.«
Hier würden sie vor dem Verfolger sicher sein. Er würde an der Böschung ihre Spur verlieren und erst hangaufwärts beide Ufer absuchen, bevor er sie hier unten vermutete. Jakov nahm sich vor, am anderen Tag einen Bogen nach Norden zu schlagen. Vielleicht gelang es ihm, den Mann abzuschütteln. Mit diesem Gedanken schlief er ein.
In dieser Nacht träumte er vom Tamarak von Kerkuelen. Er sah ihn vor sich, schwarzbärtig und böse, in einem weiten, flatternden Umhang.
»Ich habe Angst«, murmelte Jakov im Traum.
»Jeder von uns hat irgendwann Angst«, antwortete ihm der Abt. »Das ist keine Schande.«
»Wirklich nicht?« fragte der Junge.
»Nein, du mußt es nur zugeben.«
Wieder wandelten sie im Kreuzgang des Klosters auf und ab. Der Brunnen plätscherte, und Regentropfen fielen auf die Blätter an den Säulen.
»Was heißt das?«
»Du mußt zu deiner Angst stehen«, war die Erklärung.
»Und das soll helfen?«
»Es macht alles leichter.«

Diesmal begnügte sich Tschuk nicht damit, Jakov anzustarren, um ihn aufzuwecken, er stubste ihn und leckte ihm übers Gesicht.
Es regnete immer noch.
Der Junge fühlte sich elend. Seine Stiefel waren noch naß, und er hatte Mühe, sie anzuziehen. Seine Schwäche war so

groß, daß er den Hunger darüber vergaß. »Ich weiß schon«, sagte er zu dem Hund, »wir müssen weiter!«
Dichter Nebel lag über dem Sumpfland. Jakov quälte sich aufwärts. Er atmete schwer, bald begann er zu keuchen.
Am Anfang blieb der Hund hinter ihm, doch später wurde es ihm zu langweilig. Er überholte den Jungen und lief voraus. Manchmal blieb er stehen und sah sich nach ihm um, als wollte er sagen: Mach schneller, wir werden verfolgt. Er hinkte fast nicht mehr.
Sie ließen die Sumpfwiesen hinter sich, zwängten sich durch die halbhohen Büsche. Immer wieder blieb das Bündel auf Jakovs Rücken in den Zweigen hängen, verhakte sich und zwang ihn, stehenzubleiben.
Später, als sie das Buschgelände hinter sich hatten, fing Tschuk ein unvorsichtiges Eichhörnchen. Er fraß es mit Haut und Haaren. Doch der Junge beneidete ihn nicht darum.
Gegen Mittag wurde ihm heiß. Er begann zu schwitzen. Sein Atem rasselte, und wenn er versuchte, mit Tschuk zu reden, tat ihm der Hals weh. Nicht nur die Schuhe hatten sich voll Wasser gesogen, auch das lederne Wams war naß. Der Wald bot ihm nur wenig Schutz. Von den Bäumen tropfte es, mehr als einmal stolperte Jakov und fiel hin. Vater, dachte er voller Verzweiflung, ich habe nicht gewußt, wie mühsam der Weg nach Tandilan ist! Er wußte nicht, wie oft er stürzte. Irgendwann fehlte ihm die Kraft, aufzustehen. Seine Beine trugen ihn nicht mehr. Da blieb er einfach liegen.
Vater, rief er. Aber es kam kein Laut über seine Lippen. Der Hund, der gerade wieder einmal ein Stück vor ihm hergelaufen war, blieb stehen und winselte leise.
Als Jakov keine Anstalten machte, seinen Weg fortzusetzen, lief Tschuk zu ihm hin, stieß ihn an, leckte ihm das Gesicht ab, und als alles nichts half, kratzte er ihm mit der Pfote über den

Handrücken. Aber davon spürte Jakov nichts mehr. Er war ohnmächtig geworden.
Als er wieder zu sich kam, fühlte er eine Decke über sich. Es roch nach Feuer, Schweiß, Tabak und nassem Leder. Dann mußte er husten.
Ein Mann beugte sich über ihn, hielt ihm eine Tasse duftenden Kräutertee unter die Nase. Er sagte etwas. Doch Jakov konnte ihn nicht verstehen. Seine Sprache war ihm unbekannt. »Ich bin Jakov«, flüsterte er heiser.
Sein Hals tat ihm weh, und in der Beule an seinem Hinterkopf klopfte das Blut.
Der Mann hatte ihn verstanden. Wie viele Leute, die im Grenzland leben, konnte er zwei Sprachen.
»Jakov«, sagte er, »da, trink!«
Er war alt. Sein Bart war grau und die Haut in seinem Gesicht rissig wie ein verwitterter Felsen. Unbeholfene, riesige Hände stützten den Jungen und hielten die Tasse, bis er ein paar Schlucke zu sich genommen hatte.
»Da waren Reiter«, sagte der Mann, »die suchten einen Jungen. Bist du das?«
Jakov erschrak. »Was hast du ihnen gesagt?«
»Was soll ich ihnen schon sagen?«
Der Mann stellte die Tasse weg. »Es waren fremde Reiter. Niemand in Dubreka kannte sie, als sie vor einigen Tagen hier auftauchten. Vorhin waren sie wieder da. Sie suchten den Wald ab, kamen hierher und wollten wissen, ob ich einen Jungen gesehen habe. Einen Jungen, der aus dem Sumpf gekommen wäre, dunkelhaarig wie du, der nur puschkanisch sprechen könnte. Aber sie haben nichts von einem Hund gesagt ...«
Vielen Dank, Tschuk, daß du bei mir geblieben bist, dachte der Junge.

»... und da habe ich ihnen nichts von dir erzählt«, beendete der Mann seinen Bericht.

Tschuk und Jakov blieben in der Hütte des Alten. Während das Fieber allmählich nachließ und der Junge sich erholte, erfuhr er mehr von seinem Gastgeber. Rusko war Holzfäller. Der Wald, in dem er arbeitete und in dem die Hütte stand, hieß Orman von Mubisarka. Er bedeckte die erste Hügelkette. Den Wald auf der zweiten Hügelkette nannten sie den Zinnwald, danach begannen die Berge.
Rusko war in Dubreka zu Hause, und Dubreka war der Ort, zu dem die Straße führte, auf der die Kutsche überfallen worden war. Aber Rusko wußte nichts von dem Überfall.
Es war Herbst. Bald würde es Schnee geben. Im Wald war viel zu tun. Rusko war schon lange nicht mehr in Dubreka gewesen. Von den Reitern hatte ihm Kiwan erzählt. Kiwan brachte ihm alle paar Tage frisches Brot. Außer dem Brot brachte er ihm Neuigkeiten. Und das war gut. So war Rusko nur wenig erstaunt, als die Reiter bei ihm aufgetaucht waren. Da er mißtrauisch war, hatte er ihnen nichts von dem Jungen gesagt.
Später erzählte Jakov von den Schreien im Moor.
»Das waren Dachse.«
»Dachse?«
»Aber ja.«
So hatte er sich umsonst geängstigt.

Rusko, der Holzfäller

Die Hütte des alten Rusko lag am oberen Ende einer kleinen Lichtung. Ihre Wände bestanden aus roh behauenen Holzstämmen, deren Ritzen mit Moos und Schlamm abgedichtet worden waren. Die dem Hang näher stehende Wand war niedriger als die andere, so daß der Regen über das flache Dach nach hinten abfließen konnte. Das auf der Dachfläche wuchernde Gras erweckte den Eindruck, es sei ein Teil des Hanges.

Der Innenraum war einfach eingerichtet. Rauchfang und Feuerstelle dienten als Heizung, Herd und Räucherkammer. Ab und zu benützte Rusko sie auch als Esse.

Vor der Eckbank stand ein großer Tisch. Stühle gab es keine. Sie waren überflüssig. Die kastenartige Bettstatt hatte Rusko seinem Gast abgetreten. Ihm genügte die Bank, er war an harte Lager gewöhnt.

Jakov gefiel es bei dem Alten. Von der Hüttentüre aus konnte er den Wald unterhalb der Lichtung überblicken. Er sah die Flußniederung des Edsam, die kleinen Wassertümpel und weiter bis zu den blassen Hügeln Puschkaniens, zwischen denen sich das Kloster Wolneschitza verbarg.

Für Tschuk kamen gute Zeiten. Seine Pfote war geheilt, er war wieder voll bewegungsfähig. Und jetzt im Spätherbst waren die Waldwiesen voller Wühlmäuse und unvorsichtiger Kaninchen. Außerdem hatte Rusko in ihm einen dankbaren Abnehmer für die Eingeweide des Wildes, das er für sich und Jakov schoß. Der Hund nahm zu. Sein Fell glättete sich, an den abgeschabten Stellen begannen die Haare wieder zu wachsen.

Auch der Junge fühlte sich kräftiger. Er konnte bald sein Lager verlassen und Rusko bei der Arbeit helfen. Der Holzfäller sammelte Brennholz für den Winter. Der Winter war die beste Zeit, um Bäume zu fällen. Rusko wußte, an welchen Tagen die Stämme ohne Saft waren, und ohne Saft sollten sie sein, damit sie nicht rissen, wenn man ein Haus mit ihnen baute.
Die Hütte mußte winterfest gemacht werden. Während der alte Mann die großen Klötze spaltete, schichtete Jakov sie säuberlich an der Hüttenwand auf.
»Wohin gehst du?« fragte ihn Rusko einmal.
Er fragte nicht: »Woher kommst du?« Das interessierte ihn nicht.
»Wohin gehst du?«
»Durch die Tanaschiberge«, antwortete Jakov.
»Durch die Berge? Jetzt im Winter?«
Rusko schüttelte den Kopf über soviel Unverstand. »Und wenn du durch bist – wohin dann weiter?«
»Über den Paß von Juku nach Tandilan.«
»Warum?«
»Mein Vater ist krank. Er hat nach mir gerufen.«
Da drang der alte Mann nicht weiter in ihn.
»Kennst du den Weg?« fragte der Junge.
»Nein. Ich bin noch nie weiter als bis zum Ende des Zinnwaldes gekommen. Aber der Jökull auf Makeera könnte ihn dir zeigen.«
»Makeera? Wo ist das?«
»Makeera ist der Name eines Hofes. Er liegt hoch in den Bergen. Von der Waldgrenze des Zinnwaldes bis dahin sind es anderthalb Tagereisen, sagen die Leute. Kiwan, der mir das Brot bringt, war schon dort. Er kann es dir erklären!«
»Und wann kommt Kiwan hierher?«

»Immer wenn im Dorf Brottag war. Am Brottag wird das Backhaus geheizt, und alle backen Brot. Danach bringt er mir meinen Anteil.«
Rusko schwieg, und Jakov wollte ihn nicht weiter ausfragen. Doch der alte Mann rechnete nur nach. »Morgen vielleicht oder übermorgen«, sagte er nach einer Weile. »Genau weiß ich es nicht.«
In der Nacht lag Jakov lange wach.
Noch nie hatte er in einer so einfachen Hütte geschlafen. In Tandilan, bei seinem Vater, wohnte er in einem Schloß, und viele Diener waren um ihn besorgt gewesen.
Im Kloster hatte man ihm eine Zelle zugeteilt. Aber auch hier hatte Bruder Ando für alle gekocht, und niemand hatte gefragt, wo er Mehl, Salz, Fleisch, Milch und alles andere herbekam. Es war so selbstverständlich gewesen. Einmal hatte er zur Strafe einem der Knechte beim Stallmisten helfen müssen, und als er versuchte, sich dagegen aufzulehnen, hatte der Abt ihn ermahnt, daß auch ein junger Duschak sich in Bescheidenheit üben müsse. »Betrachte es als Übung an dir selbst«, hatte er gesagt. »Du mußt wissen, daß du es kannst, auch wenn es später niemand von dir verlangt.«
Damals hatte Jakov nicht begriffen, was der Abt damit gemeint hatte. Heute verstand er ihn.
So lernte er, wie man ein Feuer den ganzen Tag über in Gang hält. Er lernte, wie man es in der Nacht mit Asche zudeckt und wie man morgens die Glut von der Asche trennt und es wieder zum Lodern bringt, damit man Kräutertee darauf kochen kann.
»Du weißt viel«, sagte Jakov bewundernd.
»Nicht genug«, erwiderte Rusko. »Ich lerne immer noch dazu.«
Jeder Tropfen Wasser mußte vom Bach geholt werden, und

die Lebensmittelvorräte wurden eingeteilt und so gut verschlossen aufbewahrt, daß kein Dieb an sie heran konnte. Doch diese Sorge nahm Tschuk ihnen ab. Wenn er nicht auf einem seiner zahlreichen Jagdzüge war, lag er vor der Hütte und paßte auf. Er genoß die herbstliche Mittagssonne. Wohlig grunzend streckte er alle viere von sich. Manchmal zuckten seine Beine. Vermutlich träumte er dann von einem fetten Kaninchen oder verfolgte im Schlaf einen Fuchs.
»Wenn der Hund nicht gewesen wäre, hätte ich dich nicht gefunden«, sagte der Holzfäller. »Er kam hierher, winselte und benahm sich so merkwürdig, daß ich ihm folgte. So fand ich dich. Es ist ein gutes Tier.«
Am Abend, als Tschuk schnarchend vor Jakovs Bett lag, streichelte der Junge heimlich seinen Kopf. »Danke«, sagte er. Er kraulte ihn hinter dem zerfetzten Ohr und freute sich, als der Hund die Nase in seine Hand schob.
Es fiel ihm ein, daß er als kleines Kind immer gern mit Käfern und Schnecken gespielt hatte. Er setzte sie in eine Reihe und gab ihnen Befehle. Natürlich hatte er erwartet, daß sie seinen Anordnungen Folge leisten würden. Doch weder die Käfer noch die Schnecken hatten sich darum gekümmert. Die einen waren hierhin, die anderen dorthin gelaufen, und es hatte nicht lange gedauert, bis sie alle verschwunden waren. Es war ihm nicht in den Sinn gekommen, daß Schnecken sich nichts befehlen lassen, sondern nur ihren eigenen Gesetzen gehorchen. Ob jemand Duschak war oder nicht, war ihnen gleich.
Dann erinnerte er sich noch an eine andere Sache. Kurz nachdem er nach Wolneschitza geschickt worden war, hatte er begonnen, seine Mitschüler herzumzukommandieren. »Ich bin der Sohn des Duschak«, hatte er ihnen gesagt, und es dauerte einige Zeit, bis er zu der Erkenntnis kam, daß seine Befehle von niemandem beachtet wurden.

Am nächsten Morgen lag Reif auf den Blättern der Bäume. »Wir werden bald Schnee haben«, sagte Rusko beim Frühstück. »Meine Knochen melden es mir, und die haben sich noch nie getäuscht.«
Da wurde Jakov unruhig. »Was ist mit Kiwan?«
Der Holzfäller zuckte mit den Schultern. »Vielleicht heute, vielleicht morgen?«
Rusko schwieg eine Weile.
»Wenn es geschneit hat, werden die Reiter ihre Suche aufgeben müssen«, sagte er dann. »Im tiefen Schnee kommen sie nicht weiter.« Dabei schaute er den Jungen an, als wisse er Bescheid.
»Glaubst du, es könnten Diener des Tamarak, eures Herrn, gewesen sein?« fragte Jakov.
»Woher soll ich das wissen?« antwortete Rusko. »Sie sahen nicht so aus. Aber was will das schon heißen!«
»Seid ihr zufrieden mit dem Tamarak?«
Der Holzfäller überlegte seine Antwort. »Er gibt uns keinen Anlaß, unzufrieden zu sein«, sagte er dann. »Die Steuern sind erträglich!«
Da hätte der Junge dem Holzfäller beinahe erzählt, daß er den Tamarak von Kerkuelen in Verdacht hatte, seine Kutsche überfallen zu haben. Doch er bezwang sich und schwieg.
Später, als er mit Rusko und dem Hund durch den Wald ging, entdeckten sie noch ein Anzeichen, daß es bald schneien würde. Überall hockten Vögel auf dem Boden. Sie drehten jedes Blatt um, als suchten sie etwas. Mit ihren rotbraunen Brustfedern unterschieden sie sich nur wenig von dem bunten Herbstlaub.
»Die Bergfinken sind auf dem Weg ins Tal«, erklärte Rusko dem Jungen. »Sie spüren die kommende Kälte.«

Jakov hatte Angst, auf sie zu treten, doch sie flatterten kurz vor seinen Füßen hoch und machten ihm Platz.
An diesem Morgen war der Junge das erste Mal dabei, als Rusko ein Kaninchen schoß. Es hockte auf einer Lichtung und mümmelte vor sich hin. »Pscht!« mahnte Rusko.
Sie schlichen sich langsam gegen den Wind näher. Dann nahm der alte Mann den Bogen von der Schulter. Er suchte sich einen Pfeil aus dem Köcher, legte an und spannte die Sehne. Sie surrte leise, als er sie losließ.
Das Kaninchen sprang in die Höhe, und einen Augenblick lang hoffte der Junge, daß Rusko es verfehlt haben könnte. Doch dann fiel es hin, zappelte noch ein paarmal und starb.
»Schnell«, rief der Alte, denn für Tschuk war es schwer einsehbar, daß diese Beute nicht für ihn bestimmt sein sollte. Und Jakov rannte hin und riß sie dem Hund unter der Schnauze weg.
»Das gibt ein feines Essen heute«, stellte der Holzfäller zufrieden fest. »Ein besseres bekommst du in keiner Schenke!«
Er band seiner Beute die Hinterläufe zusammen und steckte einen Stock durch. Dann nahm er den Stock auf die Schulter, so daß ihm das Kaninchen über den Rücken hing. Während sie heimwärts gingen, baumelte es vor Jakovs Augen hin und her. Es ist noch ganz locker, dachte der Junge. Nicht so steif wie jenes, das Bruder Ando ihm gezeigt hatte. Vielleicht ist es gar nicht richtig tot? Der Gedanke erschreckte ihn sehr. »Rusko!« rief er. Und dann, als der Alte nicht reagierte, noch einmal: »Rusko!«
Rusko blieb stehen und drehte sich um. »Was gibt's?«
»Bist du sicher, daß es tot ist?«
Die Oberlippe des Kaninchens hatte sich hochgeschoben und das Gebiß sichtbar werden lassen.

»Es grinst«, sagte Jakov.
»Wenn du nicht glaubst, daß es tot ist, dann kneif es doch!« forderte Rusko ihn auf.
Doch dazu verspürte der Junge keine Lust. Warum müssen Tiere sterben, damit wir satt werden? überlegte er.
Tschuk, der auf dem Heimweg mit schnuppernd erhobener Nase zwischen ihnen gelaufen war, sprang, kurz bevor sie die Hütte erreichten, laut bellend davon.
Auf der Bank neben der Türe hockte ein wild aussehender Bursche. Seine pechschwarzen Haare waren zottig wie die eines Ziegenbocks. Über dem Kittel trug er ein ärmelloses Wams aus ungegerbtem Schafsfell.
»He, da bist du ja!« begrüßte ihn Rusko. »Wir haben dich schon erwartet!«
Grinsend reichte Kiwan dem Alten seinen prallgefüllten Rucksack. Dann entdeckte er Jakov. Langsam und für Jakov unverständlich redete er auf den Holzfäller ein.
»Was sagt er?« fragte der Junge, als Kiwan eine Pause einlegte.
Rusko, dessen Miene immer sorgenvoller geworden war, erklärte dem Jungen, daß Kiwan ihm von einem Mann berichtet habe, einem Mann, der vor einigen Tagen nach Dubreka gekommen war und den niemand kannte. Er hatte einen weiten Umhang getragen, zum Gehen einen Stock benützt und sich nach einem Jungen erkundigt, der angeblich in den Flußniederungen herumirren soll. Den Spuren nach, denen er ein Stück gefolgt sei, habe sich in seiner Begleitung ein Hund befunden. Doch er habe sie nach einem Regen verloren.
»Meint er mich?« fragte Jakov besorgt.
»Das mußt du selbst wissen«, erwiderte Rusko.
Sie schwiegen, während der Holzfäller das Essen zubereitete.

Sie aßen in der Hütte. Die Teller, die sie benützten, waren blankgehobelte Holzscheiben, in die Rusko mit dem Messer am Rand entlang eine Kerbe geschnitten hatte. »Damit der Saft abläuft«, erklärte er Jakov.
Kiwan und er nagten, halb über dem Tisch liegend, das Fleisch von den Knochen. Als sie fertig waren, rülpsten sie zufrieden. Und Jakov, der sich vorgenommen hatte, nichts von dem Kaninchen zu essen, vergaß diesen Vorsatz bald, als er sah, wie sehr es den anderen schmeckte.
Sie hatten keine Zeit mehr für eine Unterhaltung. Doch Jakov dachte über Kiwans Bericht nach. Jetzt waren also nicht nur die Reiter hinter ihm her, sondern auch noch der Fremde, den er schon im Sumpf auf seiner Spur gesehen hatte. Es wurde höchste Zeit für ihn.
»Ich muß weiter«, sagte er zu Rusko, als er mit dem Essen fertig war.
»Das hab' ich mir gedacht«, antwortete der Alte.
»Ob Kiwan mir den Weg erklärt?«
Rusko sprach mit dem Burschen. Doch der wiegte bedenklich den Kopf hin und her. Irgend etwas schien ihm nicht zu gefallen.
»Was ist?« fragte der Junge.
»Er meint, es wäre zu gefährlich, in dieser Jahreszeit von hier aus nach Makeera zu gehen«, sagte Rusko. »Es wäre besser, du kämst mit ihm nach Dubreka, würdest von dort der Straße folgen, die nach Jarschut führt, und dann von Jarschut aus nach Makeera aufsteigen.«
»Nein«, sagte Jakov entschieden. »Das geht nicht.«
Wieder beratschlagte Rusko mit Kiwan. Dann stand der Bursche auf und holte sich ein Stück Holzkohle aus dem Kamin. Er schob die Teller zur Seite und zeichnete, während er alles erklärte, mit der Kohle einen Plan auf die Tischplatte.

»Also«, übersetzte der Alte, »du mußt dich zuerst hangaufwärts halten, bis du den Hügelkamm des Orman von Mubisarka erreicht hast. Dort mußt du einen Baum ersteigen und nach Osten blicken.«
Kiwan hörte auf zu zeichnen und sah Jakov an.
»Wenn du hoch genug kletterst, wirst du von da die ganze Kette der Berge vor dir sehen. Sie sind sehr hoch und immer voll Schnee. Sie zu durchqueren, wird keine Kleinigkeit sein. Du mußt dir die einzelnen Gipfel genau einprägen. Später hast du keinen Überblick mehr, und wenn das Wetter schlecht ist und sie von Wolken verdeckt werden, dann mußt du solange warten, bis du sie klar erkennen kannst. Hast du verstanden?«
Der Junge nickte.
»Hier«, übersetzte Rusko weiter, während Kiwans dicker Zeigefinger auf eine Stelle seiner Zeichnung deutete, »hier liegt ein Berg, den sie den Morro Kundan nennen. Er ist höher als alle anderen und oben flach, als habe jemand mit einer Säge seinen Gipfel abgesägt. Vom Höhenrücken des Mubisarka aus gesehen, liegt der Hof des Bauern Jökull nördlich von ihm.«
Die Holzkohle kratzte über den Tisch, und Jakov starrte auf Kiwans unbeholfene Hand.
»Merke dir«, wiederholte Rusko eindringlich, »geh nicht weiter, bevor du nicht den Morro Kundan und seine Nachbarberge gesehen hast. Es sind deine Wegweiser!«
»Ja, ja«, sagte Jakov ungeduldig, »ich weiß.«
Jetzt führten Kiwans Finger die Kohle von Linie zu Linie.
»Hinter dem Orman von Mubisarka liegt das Zinnwaldtal. Den Hang, der zu den Bergen hochführt, nennen die Leute Zinnwald. Dort mußt du durch. Er ist sehr steil und dunkel. Du kannst nicht gerade hoch, sondern mußt im Zickzack

gehen. Es gibt Bären dort, aber sie sind satt und müde im Herbst. Halte dich immer gegen Sonnenaufgang, dann kommst du in ein weites Gebiet von freien Hängen und Mulden. Irgendwann wird ein Bach deinen Weg kreuzen. Sein Wasser ist besonders kalt. Es ist der Naaf-Bach. Ihm mußt du folgen bis an die Stelle, an der der Gletscher ihn ausspuckt. Von dort an führt dein Weg über das Eis. Lasse den Morro Kundan rechts von dir, und du kommst auf das Kundanjoch. Vom Joch aus kannst du Makeera sehen.«
Als Kiwan schwieg, starrte er dem Jungen ins Gesicht, wie wenn er die Wirkung seiner Worte ablesen wollte. Doch Jakov verzog keine Miene. Er hatte keine Wahl, es würde Monate dauern, bis der Winter vorbei war, sein Vater würde vielleicht schon gestorben sein.
Kiwan warf die Kohle ins Feuer zurück und rieb sich die Hand an der Hose sauber. »Ich muß jetzt gehen«, sagte er zu Rusko. Er stand auf. Dann reichte er Jakov die Hand. »Viel Glück!«
Aber der Junge verstand seine Worte nicht. »Sag ihm, daß ich mich bei ihm bedanke«, bat er Rusko.
Kiwan lächelte, als er es hörte. Dann zog er sich die Rucksackriemen über die Schultern und machte sich auf den Weg. Er wollte vor Einbruch der Dunkelheit wieder in Dubreka sein. Da mußte er sich beeilen.

Der lange Weg beginnt

»Woher weiß ich denn, wo Osten ist, wenn die Sonne nicht scheint?« fragte Jakov.
Der alte Mann schnitzte an einem abgesägten Aststück herum. »Das ist doch ganz einfach«, sagte er. »Du mußt nur vor dem Wind bleiben!«
»Was muß ich?« Der Junge starrte Rusko an, als hätte er Unsinn geredet.
»Na, vor dem Wind hergehen. In unserer Gegend kommt er meist von Westen. Das sieht man doch!«
»Woran sieht man das?« fragte Jakov.
»An den Bäumen, sie sind alle ein wenig nach Osten geneigt, haben auf der windabgewandten Seite mehr Äste.«
Um Rusko herum flogen die Späne.
»Und im Gebirge, was dann?«
»Da mußt du dir die Berge ansehen. Sie sind auf der Westseite flacher, wie abgehobelt.«
Jakov hockte vor dem offenen Feuer und beobachtete den Alten. Die schwere Arbeit hatte seinen Rücken krumm werden lassen. Sie hatte ihre Zeichen in seine Hände gegraben und sie breit und kräftig gemacht.
»Woher weißt du das alles?«
»Wenn man solange im Wald wohnt wie ich, dann weiß man es eben«, erklärte ihm Rusko.
Jakov sah, daß Rusko das Aststück aushöhlte. Es war ein kleines Gefäß. Zum Schluß bohrte er zwei Löcher in die Seiten und zog einen Draht durch.
»Was ist das?«
»Damit kannst du Glut mit dir nehmen.«

Die Aussicht, Feuer machen zu können, ließ Jakovs Angst vor der Kälte zusammenschrumpfen. »Und das geht wirklich?«
»Wenn du es mehrmals am Tag mit dürrem Holz oder Bast versorgst, glüht es weiter. Aber hüte es gut, das Laub ist trocken, und der Wald brennt schnell!«
Der Junge fand Ruskos Ermahnung unnötig.
In dieser Nacht schlief er tief und traumlos, und als Rusko ihn am nächsten Morgen weckte, fühlte er sich frisch. Hangaufwärts, hinter den Bäumen, schimmerte es hell.
Rusko hatte das Feuergefäß vorbereitet. Er hatte den Boden mit kleinen Steinen belegt, anschließend Holzkohlenglut eingefüllt und alles schließlich mit einer Lage feuchten Mooses abgedeckt. »Gib acht auf die Glut«, sagte er. »Wenn das Gefäß durchgeschmort ist, mußt du dir ein frisches Aststück schnitzen.«
Jakov steckte sein Messer in den Gürtel und wickelte den Proviantbeutel in den Fellmantel. Der alte Mann hatte ihm Brot, Schinken und etwas Tee eingepackt. Dann hatte er ihm noch einen Topf geschenkt. »Zum Kochen«, sagte er.
Jakov konnte an dem Ton, in dem er es sagte, ermessen, wie kostbar das Geschenk war.
Der Hund hatte längst gemerkt, daß es anders war als sonst. Er stand mit gespitzten Ohren an der Tür und sprang bellend hinaus, als Jakov sie öffnete.
»Tschuk freut sich«, stellte Rusko fest, »ein guter Hund. Ich hätte ihn gern behalten!«
Der alte Mann begleitete sie ein Stück hangaufwärts. An dem Stock über seiner Schulter baumelte das Feuergefäß. Es qualmte leicht, und Jakov, der hinter ihm ging, rieb sich die Augen.
Inzwischen war die Sonne über dem Hügelkamm aufgegan-

gen. Das Licht fiel in Streifen durch die Äste der Bäume. Es fiel hangabwärts. Rusko benützte einen schmalen Pfad, den er selbst einmal angelegt hatte. »Er führt dich direkt auf den Kamm. Wenn du dich beeilst, kannst du ihn gegen Abend erreichen!«

Er blieb stehen und drückte dem Jungen den Stock mit dem Feuergefäß in die Hand. »Mach's gut!« sagte er nur. Dann drehte er sich um und ging zurück.

Jakov sah ihm nach.

Tschuk hatte ein Eichhörnchen entdeckt. Kläffend hetzte er es, bis es den nächsten Baum erreichte. Es sauste am Stamm hoch und blieb laut keckernd auf einem Ast sitzen.

»Komm, Tschuk!« rief Jakov. »Laß es! Wir müssen gehn!«

Der Wald wurde dichter. Immer noch folgten sie Ruskos Pfad. Je mehr sie an Höhe gewannen, umso schwieriger wurde es. Hier war schon lange niemand mehr gegangen. Mit der Zeit nimmt der Wald von allem Besitz, Bäume streckten ihre Äste über dem Weg aus. Schritt für Schritt stieg Jakov bergan. So hatte es Rusko ihm erklärt. »Setz langsam Fuß vor Fuß, und du hältst lange durch, ohne dich allzu sehr anzustrengen!«

Die Strahlen der Sonne fielen steiler und drehten sich, bis Jakov sie auf seinem Rücken spürte. Es wurde ihm warm. Er zog das Wams aus und packte es zu dem Fellmantel. Den Stock mit dem Feuergefäß steckte er solange in den Boden. Dann nahm er das Moos aus dem Behälter und schichtete trockene Aststückchen auf die Glut.

Am späten Nachmittag erloschen die Lichtstrahlen so plötzlich, daß der Junge erschrocken nach oben blickte. Eine blaugraue Wolkenwand war über der Ebene hochgestiegen und hatte sich vor die Sonne geschoben. Kurz bevor sie die Höhe des Mubisarka erreichte, begann es zu regnen.

Es dämmerte rasch. Wieder stieg die Furcht in Jakov hoch. Es liegt an der Jahreszeit, versuchte er sich zu trösten. Im Winter sind die dunklen Stunden in der Überzahl. Als der Hund zu ihm kam, verschwand das Gefühl der Verlassenheit wieder.
Er fand eine große, alte Fichte, deren Zweige bis auf den Boden hingen – wie ein Zelt. Dort wollte er die Nacht verbringen.
Er säuberte den Boden, kratzte mit den Händen trockene Fichtennadeln zur Seite und riß das Moos aus. Dann legte er einen Ring aus Steinen. Ein Stück hangabwärts fand er unter einem Laubhaufen trockenes Holz. Die Nässe war noch nicht bis zum Waldboden durchgedrungen. Gut, dachte er.
Er holte die glühende Holzkohle aus dem Behälter und war glücklich, als es ihm in kurzer Zeit gelang, ein kleines Feuer zu entfachen. Es qualmte, aber wenn er sich aus der Windrichtung hielt, war es erträglich.
In der Zwischenzeit hatte sich in Ruskos Kochtopf etwas Regen gesammelt. Es reichte für Tee. Dazu aß er Brot und Schinken. Auch Tschuk erhielt seinen Anteil.
Im großen und ganzen war er mit sich selbst sehr zufrieden. Er freute sich schon auf den Tag, an dem er dem Vater alles erzählen konnte.
So hockte Jakov an dem Stamm gelehnt und starrte ins Feuer. Die Wärme ließ seine Schuhe trocknen. Neben ihm lag der Hund, und hinter den herabhängenden Fichtenzweigen war Nacht. Er hörte den Ruf eines Kauzes, und weil er wußte, daß es ein Kauz war, hatte er keine Angst davor.

Als er am nächsten Morgen erwachte, hatte es aufgehört zu regnen. Doch es wollte nicht so recht hell werden. Den Hund hatte der Hunger geweckt. Er war schon unterwegs. Als er

zurückkam, leckte er sich die Lefzen. Sein Bauch war nicht mehr leer.
Über Hügelkämme und Baumspitzen hatte sich eine dichte Nebeldecke gelegt. Kein Laut war zu hören, kein Rascheln, kein Knacksen, kein Vogelruf. Die Nebelschwaden begruben alles unter sich. Als Jakov seinen Lagerplatz verließ, konnte er kaum den nächsten Busch erkennen.
Bei diesem Wetter war es sinnlos, auf einen Baum zu klettern, er würde doch nichts sehen. Er kehrte zum Lager zurück und brachte das Feuer wieder in Gang, legte Fichtennadeln und Moos nach, blies in die Glut und wartete, bis eine kleine Flamme hochflackerte. Dann schichtete er den Rest seines Holzvorrats rings um die Steine auf, damit die Hitze ihn trocknen konnte. Er kochte sich Tee und aß etwas.
Gegen Mittag wurde er unruhig. Es war windstill, der Nebel machte keine Anstalten, sich zu verziehen.
Kiwan hatte gesagt, er dürfe nicht weitergehen, ohne die Berge gesehen zu haben. Wenn man sich einmal in den Bergen befand, war nicht mehr festzustellen, welcher Gipfel der höhere und welcher der niedrigere war. Aber Jakov mußte versuchen, vor dem Schnee nach Makeera zu kommen. Was sollte er tun? Die Richtung, in die er gehen mußte, war klar. War er nicht auf der einen Seite des Orman von Mubisarka aufgestiegen? Mußte er dann nicht einfach auf der anderen hinunter und drüben im Zinnwald wieder hinauf?
»Wie soll ich mich entscheiden?« grübelte Jakov. Dann überlegte er, was sein Vater tun würde. Sein Vater, das wurde ihm schnell bewußt, sein Vater würde nicht warten. Er würde gehen. Kiwan wäre für ihn nicht maßgebend. Kiwan wäre für ihn nur ein Bauerntölpel. So entschloß sich Jakov, das zu tun, was sein Vater tun würde, wenn er an seiner Stelle wäre.
Er füllte sein Feuergefäß wieder mit Steinen und Glut und

deckte anschließend eine Schicht Moos über alles, wie Rusko es getan hatte. Er trat das Feuer aus, bis er sicher war, daß es sich nicht mehr entzünden konnte. Dann rollte er den Brotbeutel und den Kochtopf in seinen Fellmantel, schnürte den Riemen drumherum und schulterte den Stock mit der Glut und das Bündel. »Komm, Tschuk, wir gehen!« rief er dem Hund zu und begann den Abstieg.

Das Feuer

Auf dieser Seite des Orman von Mubisarka gab es keinen Pfad. Jakov mußte sich selbst einen Weg suchen. »Wir müssen einfach den Berg hinunter, und wenn wir unten sind, drüben wieder hinauf«, sagte er zu Tschuk. Er hatte Kiwans Zeichnung genau im Kopf. Der Hund sprang um ihn herum und bellte. Daß der Junge mit ihm redete, nahm er als Spielaufforderung.
»Nein, Tschuk, laß das!«
Im Nebel sahen die Bäume wie Geister aus. Mehrmals erschreckten ihn blattlose Sträucher, weil er dachte, es seien Menschen, die ihre Arme in die Höhe reckten.
Der dichtbewaldete Hang war steil. Der Hund hatte es leichter. Er schob die Hinterläufe unter den Bauch, stemmte die Vorderpfoten in den Boden und bremste mit den Krallen. Er hatte so einen besseren Halt als Jakov mit seinen glattbesohlten Lederstiefeln. Immer wieder rutschte der Junge aus und schlitterte hin.
Und dann ging es nicht mehr weiter. Irgendwann hatte ein Sturm ein paar Bäume umgerissen. Sie waren hangabwärts gefallen. Die Wucht des Sturzes hatte ihre Wurzeln aus dem Boden gehoben. Das mußte schon einige Zeit her sein. Allmählich war Erde nachgerutscht. Regengüsse hatten sie weggeschwemmt und eine tiefe Rinne ausgewaschen. Dann, in vielen Jahren, hatte das Wasser die Rinne verbreitert, hatte die Steine an ihren Seiten gelockert, bis eine Schlucht entstanden war.
Jakov blieb nichts anderes übrig, als quer am Hang zu bleiben und so dem Hindernis auszuweichen. Das kostete Zeit. Da er

erst gegen Mittag aufgebrochen war, schwand die Aussicht, an diesem Tag weiter als bis ins Tal zu kommen.
»Tschuk, hierher!«
Sie kämpften sich schräg an dem steilen Hang entlang. Ab und zu hielt sich der Junge an Ästen fest oder blieb an einen Stamm gelehnt stehen und erholte sich. Die Sicht wurde besser. Ein leichter Wind kam auf und vertrieb den Nebel. Durch die Baumkronen wurde der Himmel sichtbar.
Dann hatten sie die Schlucht umgangen.
»Wenn ich schräg abwärts zurückgehe, komme ich auf die alte Richtung«, überlegte Jakov. Und so wechselte er die Hangseite und ging schräg abwärts. Es wurde Abend. Der Wind nahm zu. Er kam talaufwärts von Süden, aus der Richtung von Dubreka, und vertrieb die letzten Nebelschwaden, trocknete das Laub.
Einmal hatte der Junge eine Pause eingelegt und die Glut in seinem Feuergefäß mit neuer Nahrung versorgt. Weil er kein trockenes Holz gefunden hatte, hatte er Rindenbast verwendet. Mit Tschuk und dem Feuer schaffe ich es, dachte er. Tschuk und das Feuer ist alles, was ich brauche.
Die Dämmerung war schon weit fortgeschritten, als der Hang flacher wurde und in einer Mulde auslief: Sie waren unten.
An diesem Abend wagte der Junge nicht, ein Feuer zu machen. Der Wind war unberechenbar, das dürre Laub entzündete sich schnell. Doch es war warm genug, da konnte er darauf verzichten.
Während der Nacht wurde es stürmisch. In der Nähe von Jakovs Schlafplatz krachte ein Ast zu Boden.
Im Schlaf krallte Jakov die Hand in Tschuks Nackenfell.
Er träumte von Selwyn. Bis Jakov vor fünf Jahren Tandilan verlassen hatte, war Selwyn sein Diener gewesen. Er war Lehrer, Arzt und Berater in einer Person.

»Ist es richtig, was ich mache, Selwyn?« fragte Jakov. Selwyn stand schweigend vor ihm.
»Du siehst doch ein, daß ich nicht anders handeln konnte«, versuchte sich der Junge zu rechtfertigen.
»Du bist noch ein Kind«, sagte Selwyn. »Später, wenn dir der Bart wächst, wirst du wissen, ob es richtig war.«
»Warum sagst du es mir nicht gleich?«
»Weil du mir nicht glauben würdest. Du mußt es selbst erkennen.«
»Warum hast du mich verlassen?«
Da löste sich Selwyn auf, wurde durchsichtig und schwebte davon, als wäre er nur ein Nebelschwaden.
»Selwyn!« schrie Jakov ihm noch nach. »Selwyn, bleib da!«
Er wachte auf, weil Tschuk knurrte. Hoch über dem Zinnwald wurde es hell. Irgendwo zeterte ein Häher. Der Hund hatte sich aufgesetzt. Er starrte talabwärts, auf seiner Nase erschienen Falten. Der Wind trug ihm einen fremden Geruch zu.
»Was ist?« fragte Jakov leise. Das Verhalten des Hundes beunruhigte ihn.
Tschuk entfernte sich mit ein paar Sprüngen vom Lager, blieb stehen, hob eine Vorderpfote und knurrte böse. Da packte Jakov in aller Eile seine Sachen zusammen, schulterte Stock und Bündel und brach auf.
»Im Zinnwald geht es steil bergauf«, hatte Kiwan gesagt. »Da mußt du im Zickzack gehen.«
Der Junge stieg schräg den Hang hoch. Er versuchte, mit den Längskanten seiner Sohlen Halt zu finden und stützte sich mehr als einmal mit einer Hand am Boden ab. Sein Atem ging flach und schnell, er atmete mit offenem Mund, damit er mehr Luft bekam, trotzdem mußte er ab und zu stehen bleiben.
Der Hund hielt sich dicht hinter ihm.

Jakov hätte gern gewußt, was ihn so aufgeregt hatte. Vielleicht war ein Bär in seiner Nähe? Hatte Kiwan nicht auch von Bären im Zinnwald geredet?
Er lehnte sich gegen einen Baum, beugte sich vor und sah zwischen den Stämmen der anderen Bäume hindurch ins Tal. Und dann entdeckte er, über was Tschuk sich so erregte: Unten, an seinem Schlafplatz, stand ein Mann in einem weiten Umhang. Er stützte sich auf einen Stock und starrte auf die Mulde, die sich Jakov zum Schutz gegen den heftigen Wind gegraben hatte.
Jakov konnte nicht erkennen, ob er jung oder alt war. Er konnte sein Gesicht nicht deutlich sehen, er sah bloß die dunkle Gestalt, die jetzt mit dem Stock im Laub herumstocherte, als suche sie etwas. Das war der Mann, der schon im Moor seiner Spur gefolgt war, und es mußte derselbe Mann sein, der in Dubreka nach ihm gefragt hatte.
Der Junge preßte sich an den Baumstamm und hielt die Luft an. Glücklicherweise hatte er kein Feuer gemacht. Der Mann würde nicht erkennen können, ob hier ein Mensch oder ein Tier die Nacht verbracht hatte.
Nach einer Weile beugte Jakov wieder den Kopf vor. Er fuhr zurück. Der Mann starrte den Hang hinauf.
Jetzt hat er mich gesehen, dachte der Junge.
Doch der Mann hatte nicht ihn entdeckt. Der Hund war in sein Blickfeld geraten, Tschuk, der nichts ahnend am Boden hockte und mit gespitzten Ohren ins Tal äugte.
Jakov hatte keine Zeit zu überlegen. Der Wind trug einen Ruf zu ihm empor.
Der Mann stand immer noch an derselben Stelle. Er hatte den rechten Arm gehoben und schrie. Der Junge konnte ihn nicht verstehen. Es war zu laut um ihn herum. Das Tosen des Windes und das Rauschen der sich aneinanderreibenden

Äste übertönten die Worte. Doch er war sicher, daß sie nichts Gutes bedeuteten. Der dunkle, flatternde Mantel und die drohend erhobene Hand waren ihm unheimlich. Und als der Mann anfing, ihm nachzusteigen, dachte Jakov nur noch an Flucht. »Schnell, Tschuk, schnell!«

Er hastete den Berg hoch. Feuergefäß und Fellbündel schlugen auf seinem Rücken hin und her, doch er beachtete es nicht. Was wollte der Mann von ihm? Beim Atmen stachen die Lungen, wie wenn ein Speer in ihnen steckte.

Er fiel hin, schlug sich ein Knie auf, hielt sich an einem Zweig fest und zog sich wieder hoch. Er achtete auf nichts mehr, drehte sich nicht um, wollte bloß weg, so schnell wie möglich. Daß er das Feuergefäß verlor, bemerkte er nicht. In diesem Augenblick, während er flüchtete, war es für ihn nichts mehr wert. Da war es höchstens hinderlich. So sah er auch nicht, wie das Gefäß den steilen Hang hinabkollerte, wie es eine schmale Spur in dem Laub hinterließ und schließlich in einem Blätterhaufen liegenblieb.

Er blickte nicht zurück, weil er Angst vor seinem Verfolger hatte. Dabei hätte er schon bald zwischen sich und ihm eine dünne Rauchfahne entdecken können.

Der Wind hatte sich etwas gedreht. Er kam jetzt von Südosten. Er trieb den Qualm schräg gegen den Hang des Orman von Mubisarka und trug ihn in die Höhe, wo er sich verteilte. Nur der Hund, der Jakov längst überholt hatte und vor ihm herlief, blieb kurz stehen und witterte. Er sträubte sein Rückenfell. Und als er in großen Sätzen weiter bergauf jagte, war es kein Spiel mehr für ihn.

Irgendwann brachte ein Windstoß auch Jakov dazu, stehenzubleiben. Er lehnte sich an einen Stamm und rang nach Luft. Er mußte husten. Dann, als er den Hustenanfall überwunden hatte, drehte er sich um.

Die Brandstelle befand sich weit unter ihm. Der Wind blies den Qualm von ihm weg. Von seinem Verfolger war nichts zu sehen.
Jetzt erst entdeckte er den Verlust des Behälters. Ich bin schuld, ich bin schuld, dachte er. Rusko hat mich gewarnt. Ich habe nicht aufgepaßt.
Eine Bewegung lenkte ihn ab. Vier Männer ritten talaufwärts. Sie trieben in größter Eile ihre Pferde an, schlugen auf sie ein und quälten sie durch Gestrüpp und über sumpfige Stellen. Jakov konnte nicht erkennen, ob sie ihn schon gesehen hatten. Aber auch wenn sie ihn entdeckt hätten, wäre er nicht weiter geflohen. Seine Kraft war am Ende. Sie werden mich fangen und töten, fuhr es ihm durch den Kopf. Und wenn sie es nicht tun, dann wird der Mann mit dem Umhang seinen Auftrag erfüllen, oder das Feuer holt mich ein.
Hinter dem Rauch war ein Schatten aufgetaucht. Ein Schatten, der hin und her irrte, der offenbar keinen Durchschlupf fand. Auch die Reiter hatten den Schatten gesehen. Sie hetzten die Pferde den Hang hoch, lehnten sich weit über ihre Hälse und schrien: »Ho! Vorwärts!« Die Flinten auf ihren Rücken schlugen hin und her. Auf breiter Linie scheuchten sie die verängstigten Tiere in den Qualm und kreisten den Schatten ein.
Was soll das? Jakov konnte es nicht verstehen. Sie sind nicht hinter mir her, sie fangen den Mann.
Er konnte nur undeutlich sehen, was vor sich ging. Er konnte es nur ahnen. Er hörte das Klirren von Eisen und einen Schrei, sah, wie der Schatten sich wehrte und mit dem Stock um sich schlug.
Da machte er die Augen zu und stopfte sich die Finger in die Ohren.

Die Rauchwolke über dem Zinnwaldtal breitete sich aus. Sie nahm eine gelbliche Färbung an, quoll zwischen den kahlen Ästen der Bäume hindurch und stieg hoch. Immer noch trieb sie nach Nordwesten. Aufgeregt flatterten Vögel davon.
Solange der Wind sich nicht drehte, war Jakov nicht in Gefahr. Er kauerte hinter dem Stamm und wollte nichts sehen und nichts hören. Er wußte nicht, wie er sich verhalten sollte. Am liebsten wäre er unter die Erde gekrochen, um sich zu verstecken, bis andere den Schaden gutgemacht hätten. Doch da war nichts wieder gutzumachen.
Er hatte seine Verfolger abgeschüttelt, doch der Wald brannte. Die Flammen fanden reiche Nahrung. Sie fraßen sich weiter und ließen hinter sich nur verkohlte Strünke zurück.
Tschuk war es wieder einmal, der den Jungen daran erinnerte, daß er nicht ewig hier sitzenbleiben konnte. Tschuk kroch neben ihn und stieß ihn an. Da stand Jakov auf und sah sich um. Er fühlte sich elend und verwirrt. Seine Beine waren weich und kraftlos. Er hatte nichts gegessen am Morgen. Sein Magen rebellierte.
Von den fremden Reitern war nichts mehr zu sehen. Immer noch erschien es Jakov wie ein Wunder, daß sie nicht ihn, sondern den anderen gefangen hatten.
Der Hund neben ihm jaulte.
Es hat keinen Sinn, den Brand zu bekämpfen, überlegte Jakov. Den Weg zu Ruskos Hütte versperrten die Flammen. Talabwärts lag Dubreka, und dort würde er den Reitern begegnen. Der Entschluß, weiterzugehen, den Zinnwald zu durchqueren und den Weg nach Makeera zu suchen, fiel ihm leicht; denn es gab keine andere Möglichkeit.

Schneesturm

Die Sonne stand schon tief über dem Mubisarka. Ab und zu trieb der Wind eine Rauchwolke hoch, die sie verdeckte. Dann huschte ein Schatten über den Waldboden. Langsam Fuß vor Fuß setzend, stieg Jakov aufwärts. Er vermied es, stehenzubleiben. Der Wald wurde lichter. Immer häufiger lagen große Steinblöcke in seinem Weg. Er kletterte über umgestürzte Bäume, durchquerte eine Schlucht und näherte sich allmählich der Waldgrenze.

Am späten Nachmittag erreichte er ein Felsband. Er versuchte, es seitlich zu umgehen. Doch das Band nahm kein Ende. Jakov sah noch die Zeichnung vor sich, sah Kiwans Hand, die die Holzkohle hielt, und hörte das Kratzen auf Ruskos Tischplatte. Da war der Orman von Mubisarka gewesen, das Tal und der Zinnwald, dann die Mulden, der Naaf-Bach, der Gletscher, das Joch des Morro Kundan, und schließlich hatte ein Kreuz die Stelle bezeichnet, wo Makeera liegen sollte. – Von einem Felsen war nicht die Rede gewesen!

»Komm, Tschuk, wir müssen klettern!«

Es ging leichter, als er gedacht hatte. Zwischen den Felsbrokken wuchsen Latschen und anderes Gesträuch. Auch Tschuks Pfoten fanden immer wieder einen Halt. Jakov hatte sich den Riemen, an dem das Bündel hing, um den Bauch gebunden. So waren seine Hände frei. Die Dämmerung trieb ihn an; sie stieg aus dem Tal hoch und überholte ihn. Drüben, im Hang des Mubisarka, näherten sich die Flammen dem Hügelkamm. Der Wind hatte sich gelegt, doch der Geruch nach verkohltem Holz lag über dem Tal. Hören konnte Jakov nichts. Dazu war er zu weit entfernt von der Brandstelle. Schleierwolken

bedeckten den Himmel. Sie färbten sich rot, als die Sonne unterging, wurden dann lila und verblaßten schließlich.
Jakov fand eine kleine, höhlenartige Vertiefung. Sie bot ihm Schutz nach drei Seiten und war für ihn und den Hund groß genug. »Heute können wir kein Feuer machen, Tschuk«, sagte er. »Wir haben es verloren.«
Der Hund legte den Kopf schief und hörte ihm zu.
»Aber wenn wir uns beeilen und sonst nichts dazwischen kommt, können wir in zwei Tagen in Makeera sein. Zwei Tage noch – was meinst du? Zwei Tage schaffen wir leicht! Mit einem halben Laib Brot und dem Schinkenstück kommen wir durch – oder?«
Tschuk hatte nichts dagegen.
Ihr Schlafplatz befand sich auf derselben Höhe wie der Hügelkamm des Mubisarka. Während Jakov darauf wartete, einschlafen zu können, sah er den Mond aufgehen. In seinem Schein sah alles so friedlich aus. Und doch glühte unter den Bäumen das Laub, schleppten die fremden Reiter ihren Gefangenen weg, jagte irgendwer irgendwen.
Du siehst alles, Mond, dachte der Junge. Du scheinst über Wolneschitza, Tandilan und den Tanaschibergen. Du siehst Rusko, den Tamarak und meinen Vater zur selben Zeit. Ich wollte, du könntest mir davon berichten! Aber der Mond schwieg.
Jakov schlief ein, und während er schlief, wurde es kalt. Das spürte vor allem der Hund. Immer wieder stand er auf und legte sich woanders hin.
»Mach Platz, Tschuk«, murmelte der Junge schlaftrunken. »Gib endlich Ruhe!«
Gegen Morgen begann es zu schneien. Der Schnee legte sich auf Erde, Felsen, Sträucher und kahle Äste. Drüben am Mubisarka fielen die Flocken zischend ins brennende Laub.

Unter der weißen Decke erstickten die Flammen allmählich.
Als Jakov aufwachte, schneite es immer noch. Der Junge nahm es hin. Rusko hatte es vorausgesagt. Er war darauf vorbereitet. Bald darauf verließ er die Höhle. »Komm, Tschuk!«
Sie kletterten weiter aufwärts. Die dünne Schneeschicht über den Steinen behinderte ihn kaum. Irgendwo fanden die Hände immer einen Halt und die Füße einen Standplatz. Der Hund suchte sich selbst seinen Weg.
Über dem Felsband war der Wald zu Ende. Nur ein paar knorrige Kiefern erinnerten noch an ihn. Ihre Stämme waren schief und verwunden. Daß sie ihr Leben lang dem Wind widerstehen mußten, machte sie stark.
Als kurz vor Jakov ein Krähenschwarm aufflatterte, sah er hoch. Der Hang wurde flacher, doch von den Bergen war nichts zu sehen. Alles war weiß.
Der Junge kniff die Augen zusammen. Er suchte die Grenze zwischen Himmel und Schnee. Doch es war vergeblich, er entdeckte keinen Unterschied.
Stetig aufwärts müßten sie gehen, Jakov und Tschuk, Buckel ersteigen, Mulden durchqueren, bis sie den Naaf-Bach erreichten. Der würde sie an den Rand des Gletschers bringen, und von da aus kämen sie aufs Joch.
Einmal blieb Jakov stehen und drehte sich um. Aber das Zinnwaldtal war nicht mehr zu sehen. Wolken deckten es zu.
So stapfte er weiter. Er hielt den Kopf gesenkt, weil es ihm schwindlig wurde, wenn er geradeaus sah. Das Weiß um ihn war undurchdringlich. Er mußte aufpassen, wo er hintrat, die Schneedecke verbarg alles – Steine, Löcher und niederes Gesträuch.
Dicht hinter ihm hielt sich Tschuk. Sein Zutrauen stärkte Jakov und gab ihm Kraft, gegen die Angst anzukämpfen. Wo

war er? Irgendwo zwischen dem Zinnwald und dem Morro Kundan. Irgendwo in den Mulden und Hängen dazwischen. Er war sich nicht sicher, ob er nicht zu weit nach Norden geraten war. Er wußte ja nicht einmal, wie der Morro Kundan aussah. Auch wenn es nicht geschneit hätte, wenn der Himmel klar und die Sicht gut gewesen wäre, hätte er vor sich die Hügel und hinter den Hügeln Berge gesehen, doch niemand hätte ihm von hier aus den Morro Kundan gezeigt. Ich habe einen Fehler gemacht, dachte Jakov. Ich hätte oben warten sollen, bevor ich ins Tal abgestiegen bin. Wenn ich den Morro Kundan nur einmal gesehen hätte, würde ich mich wohler fühlen. Auch jetzt, wenn es schneit.

Dann fiel ihm der Abt ein. »Jeder von uns macht Fehler«, hatte er ihm erklärt, »aber nicht jeder erkennt sie als solche. Nur das ist schlecht. Wenn du einen Fehler einsiehst, hast du schon viel gewonnen. Das, was die Leute Erfahrung nennen, besteht zum großen Teil aus gemachten Fehlern.«

Doch Jakov wußte nicht, was er in diesem Fall daraus lernen könnte.

Gegen Mittag kam Wind auf und trieb den Schnee hangaufwärts, staute ihn an kleinen Hindernissen.

»Du kannst dich fast immer auf den Wind verlassen«, hatte Rusko gesagt. »Er kommt von Westen. Wenn du ihm folgst, gehst du nach Osten.«

Der Junge vermied es, stehenzubleiben. Es tat ihm nicht gut. Die Hänge schienen endlos zu sein. Mehr als einmal ging es steil abwärts. Dann rutschte und schlitterte er auf glatten Sohlen hinunter, fiel hin, raffte sich wieder auf und klopfte sich den Schnee von der Hose. Er schwitzte und wußte nicht, ob vor Angst oder vor Anstrengung.

Es schneite den ganzen Tag.

Als es zu dämmern begann, grub Jakov sich an einer

windgeschützten Stelle ein Loch in den Schnee. Er schaufelte mit den Händen eine Schlafmulde frei, rief Tschuk zu sich und teilte ihm ein Stück Brot zu. Hier in den Bergen konnte der Hund nicht auf die Jagd gehen, nicht im Winter.
An diesem Abend geschah es zum ersten Mal, daß Jakov betete. »Lieber Gott«, murmelte er, »hilf mir hier heraus. Zeig mir den Weg nach Makeera! Bitte, lieber Gott!« Er kam sich vor wie ein kleines Kind, doch es beruhigte ihn.

Irrweg zwischen den Bergen

Mitten in der Nacht wurde der Junge wach, weil er keine Luft bekam. Der Fellmantel lag auf seinem Gesicht, und über dem Fellmantel lag Schnee. Um ihn herum war es stockfinster. Kein Stern war zu sehen. Es schneite immer noch. Er spürte die Flocken auf seiner Haut. Sie waren feuchtkalt, und als sie schmolzen, rann ihm das Wasser in die Augen.
Der Schnee ist unbarmherzig, dachte der Junge. Er legt sich auf alles und nimmt keine Rücksicht. Er bedeckt Berge, Täler, Bäume, Häuser und Menschen. Auch auf Ruskos Hüttendach lag jetzt sicher eine weiße Schicht. Ob Rusko noch an ihn dachte?
Er wünschte sich, in Dubreka zu sein. Unter den tiefgezogenen Schindeldächern war es sicher warm. Die Menschen lagen satt und zufrieden in ihren Betten. Nichts bereitete ihnen Sorgen. Nichts ängstigte sie. Sie hatten einander. Das war gut so, und Jakov beneidete sie darum. Er kam sich verlassen vor. Nur Tschuk war bei ihm. Der Hund lag zusammengerollt da, atmete langsam und regelmäßig. Als Jakov nach ihm griff, grunzte er im Schlaf. »Du hast es gut«, sagte der Junge leise, um ihn nicht zu wecken.
Er versuchte, wieder einzuschlafen. Doch seine Gedanken kamen nicht mehr zur Ruhe. Wie kam das alles? überlegte er. Und er ging den Weg zurück bis Wolneschitza und begann ihn von neuem. Da war zuerst der Brief und dann die Abreise. Selwyn saß neben ihm in der Kutsche und erzählte von Tandilan und von dem kranken Vater. Selwyn war so merkwürdig gewesen. Er hörte wieder das Poltern der Kutschenräder auf der Brücke. Er erinnerte sich an die

Tümpel und das Gesträuch in der Flußniederung. Plötzlich hatte der Wagen gehalten. Stimmengewirr und das Klirren von Säbeln. Er war herausgesprungen, hinter ihm Selwyn. Er sah den hoch erhobenen Arm eines Mannes auf einem Pferd. Der Mann holte zum Schlag aus, und der Schlag galt ihm. Von da ab wußte er nichts mehr. Bis zu dem Augenblick, als er neben dem Rad erwachte, klaffte eine Lücke in seiner Erinnerung.

»Hör auf, es hat keinen Sinn, über etwas nachzudenken, das du nicht ändern kannst«, sagte er sich. Er konnte nicht ins Tal hinunter, dort lauerten die Schergen des Tamarak.

Jakov kam sich vor wie die Katze im Fluß, damals. Kaum zehn Sommer alt, war er mit einigen Freunden zum Baden geritten. Am Ufer hatten sie eine Katze gefunden. Er konnte sich gut an sie erinnern – es war eine ganz gewöhnliche, magere Hauskatze gewesen, grauweißgestreift mit schmalem Kopf und grünen Augen. Irgendeiner von seinen Freunden, Jakov wußte nicht mehr, wer es gewesen war, hatte die Katze in den Fluß geworfen. Sie war durch die Luft geflogen, hatte sich um sich selbst gedreht und war schließlich jämmerlich schreiend ins Wasser getaucht. Als sie ein Stück flußabwärts wieder hochkam und das Ufer zu erreichen versuchte, hatten die Jungen mit Stöcken ins Wasser geschlagen, um sie zurückzutreiben. Verzweifelt hatte die Katze um ihr Leben gekämpft. Sie konnte gut schwimmen.

Jakov sah deutlich ihr nasses, kleines Gesicht vor sich. Sie hatte die Ohren angelegt, in ihren Augen spiegelte sich Todesangst. Dann, als ihre Kräfte erlahmten, hatte sie aufgegeben. Sie hatte sich umgedreht und war in die Mitte des Flusses getrieben worden. Kurz darauf hatten die Jungen sie aus den Augen verloren.

Betroffen und schweigsam war Jakov heimgekommen, und es

hatte einige Zeit gedauert, bevor er Selwyn und seinem Vater von der Geschichte erzählte. Sein Vater hatte gelacht: »Nur eine Katze«, hatte er gesagt. Aber Selwyn hatte ihn nachdenklich angesehen. Es stand ihm nicht zu, dem Sohn des Duschaks Vorwürfe zu machen, doch Jakov hatte den Vorwurf aus seiner Miene gelesen.

Jetzt, während er hier im Schnee lag, glaubte er zu wissen, was die Katze empfunden haben mußte, als sie um ihr Leben schwamm. »Es tut mir leid«, murmelte er leise. Er hätte es gerne ungeschehen gemacht.

Irgendwann war Jakov eingeschlafen. Er träumte etwas, doch als er am Morgen aufwachte, konnte er sich nicht mehr an seinen Traum erinnern.

Das Wetter war immer noch schlecht. Ein milchiger Dunst hüllte die Berge ein. Es hatte aufgehört zu schneien.

Jakov brach auf. Der Wind hatte auf der Oberfläche des Schnees seine Spuren hinterlassen. Sie zeigten dem Jungen den Weg nach Osten. Der Schnee war tiefer als am Vortag. Jakov sank bei jedem Schritt ein. Oft fiel er hin. Es dauerte lange, bis er wieder hochkam, und es kostete Kraft und machte müde.

Der Hund hielt sich meistens hinter ihm. Er hatte es leichter in der Spur. Ab und zu legte er sich hin. Dann biß er die harten Schneeknollen von den Pfoten. Aber er holte den Jungen immer rasch wieder ein.

Einmal ging es nicht weiter. Sie standen vor einer Felswand. Es war unmöglich, sie zu ersteigen. Jakov entschloß sich, nach Süden auszuweichen. Er meinte, es wäre richtig so, und Tschuk war es gleich. Gegen Mittag wurde es heller. Die Sonnenscheibe erschien fahl und hoch über den Schroffen und Rinnen.

Jakov blieb einen Augenblick stehen und sah sich um. Er war

mitten in den Bergen. Nichts war mehr da, das ihm bekannt vorkam. Kein Zinnwald, kein Mubisarka. Ringsumher waren Felsen, Grate, Gipfel.
»Der Morro Kundan ist höher als alle anderen«, hatte Kiwan gesagt. »Sein Gipfel ist flach, wie abgesägt.« Aber Jakov entdeckte keinen Berg, auf den diese Beschreibung zutraf.
Er merkte nicht, daß sich die Sonnenscheibe bald wieder hinter den Wolken verbarg. So irrte er den ganzen Tag zwischen den Bergen umher, wich Felsen aus, quälte sich durch Mulden, in die der Wind den Schnee getrieben hatte, stolperte, fiel hin, raffte sich wieder auf und stapfte weiter. Er aß nichts, nur wenn er Durst hatte, nahm er sich rasch eine Handvoll Schnee und ließ ihn im Mund zergehen.
Einmal flatterte eine Bergdohle an ihm vorbei. Er sah ihr nach, ohne dabei etwas zu empfinden. »Nicht stehenbleiben«, sagte er sich, »nicht stehenbleiben!« So ging er weiter, setzte Fuß vor Fuß und wußte nicht, wohin ihn sein Weg führen würde.
Er war schrecklich müde. Am liebsten hätte er sich in den Schnee gelegt, um eine Weile zu schlafen. Doch davor hatte ihn Rusko gewarnt. »Grab dir ein Loch«, hatte er gesagt, »wickle dich in deinen Mantel und hol den Hund neben dich. Aber wenn du erschöpft bist, sei vorsichtig. Es ist kalt dort oben. Der Frost tötet schnell und ohne Vorwarnung.«
Gegen Abend färbten sich die Wolken violett. Der Schnee wurde blau. Tschuks graues Fell erhielt einen Blauschimmer. Jakovs Gedanken drehten sich im Kreis. Der Naaf-Bach, dachte er. Wenn ich den Naaf-Bach finde, ist alles gut.
Sorgfältig achtete er auf jedes Geräusch. »Er plätschert auch unter dem Schnee«, sagte er sich. »Ich müßte ihn hören.« Doch außer dem Ruf der Dohlen und dem Knirschen des Schnees unter seinen Stiefeln hörte er nichts.

Es dämmerte bereits, als ihm Tschuks merkwürdiges Verhalten auffiel. Der Hund stieß ihn in die Kniekehlen, und als der Junge es nicht beachtete, kratzte Tschuk ihn am Bein.
»Was ist?« fragte Jakov und blieb stehen.
Tschuk stand da und starrte irgendwohin. Er winselte leise, und als Jakov seinen Blicken folgte, entdeckte er am Gegenhang die kleine Hütte. Nur ein Stück Mauer war sichtbar und eine Tür. Wenn Tschuk ihn nicht darauf aufmerksam gemacht hätte, wäre Jakov vorbeigelaufen.
So schnell er konnte, durchquerte er den dazwischen liegenden Graben. Der Schnee lief ihm über den Rücken hinunter, und er begann zu keuchen. Es war fast dunkel, als er die Hütte erreichte.
Keinen Augenblick kam ihm der Gedanke, daß sie verschlossen sein könnte. Kurz vor dem Ziel versagten ihm die Beine, er fiel in den Schnee und kroch auf allen vieren das letzte Stück. Dann stand er auf, fiel gegen die Holztür. Das Gewicht seines Körpers drückte auf die Klinke. Sie gab nach.
Er stürzte ins Innere, krachte auf den gestampften Lehmboden und blieb schwer atmend liegen. Um ihn herum war es finster. Als er sich auf den Rücken wälzte, sah er Tschuk im hellen Türviereck stehen.
Tschuk starrte über ihn hinweg in die Dunkelheit. Er witterte. Es roch nach vermodertem Holz, Heu und saurer Milch. Ein wenig auch nach Kuhmist. Aber sonst nach nichts, fand der Junge.
Doch Tschuk hatte die bessere Nase. Für ihn waren der Dunst von Holz, Milch und Kühen Rückbleibsel des letzten Sommers. Sie waren alt, gehörten zur Hütte, seit sie erbaut worden war, und sie wurden jedes Jahr aufgefrischt. Etwas anderes beunruhigte ihn. Seine Nase übermittelte ihm einen fremden Geruch. Menschengeruch!

Tschuk blieb im Eingang stehen, sträubte die Haare und bellte.
»Ist da jemand?« fragte Jakov in die Dunkelheit.
Doch er erhielt keine Antwort.
Der Hund bellte weiter.
»Tschuk, sei still!«
Als Tschuk wirklich für einen Augenblick zu bellen aufhörte, vernahm der Junge kurze, ängstliche Atemzüge.
»Ist da jemand?« wiederholte Jakov seine Frage.
Nach und nach gewöhnten sich seine Augen an die Finsternis.
»Ich bin Jakov«, redete der Junge weiter. »Ich habe mich verlaufen und will die Nacht hier bleiben.«
Die Gegenstände nahmen Form an. Er erkannte einen nach dem anderen und ordnete ihn ein, während er noch am Boden saß.
Hier, das ist ein Schrank, stellte er fest.
Dort liegt ein Heuhaufen, und daneben steht der Tisch. Er war kleiner als der Tisch in Ruskos Haus.
Dann stockte ihm der Atem. Auf dem Bettkasten kauerte eine Gestalt. Sie hatte eine Decke um sich geschlungen, hockte mit angezogenen Knien da. Wie wenn sie auf etwas wartete. Und Jakov begriff, daß sie darauf wartete, was er tun würde. Sie hatte sich die Decke vors Gesicht gezogen und nur die Augen frei gelassen. Sie hockte da, schwieg und sank immer mehr in sich zusammen.
»Du brauchst keine Angst zu haben!«
Ohne es sich bewußt zu werden, geriet der Junge in die Rolle des stärkeren.
»Ich bin Jakov. Ich tu dir nichts. Bestimmt nicht!«
Da sagte die kleine Gestalt etwas. Sie sprach mit einer hellen, ein wenig zittrigen Stimme und schwieg dann wieder.
Jakov erkannte, daß es ein Mädchen sein mußte, das da vor

ihm hockte, und daß das Mädchen ihn nicht verstehen konnte. Es konnte nicht puschkanisch wie er, und es war auch nicht aus Tandilan. Es redete in Kiwans Sprache mit ihm.

»Du brauchst keine Angst zu haben«, sagte der Junge noch einmal, und jetzt versuchte er, seiner Stimme einen tröstlichen Klang zu geben. »Tschuk ist ein lieber Hund. Er tut dir nichts! Wir legen uns hier aufs Heu und bleiben da. Du brauchst dich wirklich nicht zu fürchten!«

Er stand auf und machte die Tür zu.

Doch erst lange, nachdem er es sich auf dem Heuhaufen bequem gemacht hatte, streckte sich auch die kleine Gestalt auf dem Bettkasten aus.

Sie schliefen beide und merkten nicht, daß sich das Wetter in der Nacht abermals verschlechtert hatte. Der Westwind hatte einen neuen Wolkenschub herangetrieben, und gegen Morgen begann es wieder zu schneien.

Jakov und Meerut

Als Jakov aufwachte, hockte die kleine, in ihre Decke gehüllte Gestalt auf dem Bettkasten, als habe sie ihre Haltung während der Nacht nicht verändert. Unverwandt sah sie zu ihm herüber und wartete.

Sie wußte nicht, was er tun würde. Obwohl sich ihre Angst etwas gelegt hatte, war sie vorsichtig wie ein Murmeltier, das von seinem Bau aus die Gegend beobachtet. Ihre Blicke folgten Tschuk, der neben Jakov im Heu geschlafen hatte und der aufstand, als er merkte, daß der Junge wach war.

Der Hund ging ein paar Schritte, streckte sich und gähnte laut. Da erkannte Jakov an den Augen des Mädchens, daß sie lachte. Er setzte sich auf und versuchte, sich mit den Fingern das Heu aus den Haaren zu kämmen. Dann deutete er mit der Hand auf sich und sagte: »Ich bin Jakov. Und wer bist du?«

»Meerut«, sagte das Mädchen. »Meerut di Makeera.«

»Makeera«, rief der Junge aufgeregt. »Da will ich hin!«

Doch das Mädchen verstand ihn nicht.

Was soll ich tun? dachte Jakov. Wie kann ich mich verständlich machen? Er hätte sie so gerne gefragt, wie sie hierher gekommen war und ob sie ihn mitnähme und wie weit es noch wäre und ob sie sich auch verirrt hätte oder vielleicht verletzt sei. Doch er fand keinen Weg, es ihr klarzumachen.

Dann spürte er plötzlich, daß er sehr hungrig war. Er holte das letzte Stück Brot aus dem Beutel. Das Mädchen sah ihm zu. Sie hatte die Decke nach unten rutschen lassen, und Jakov konnte ihr Gesicht sehen. Es war ein blasses, von dichtem Kraushaar umrahmtes Gesicht. Über den hohen Backenknochen lagen große, dunkle Augen. Aus irgendeinem Grund

erinnerten sie Jakov an die Augen eines Rotkehlchens, aber er wußte nicht, warum. Sie mußte etwa zwölf Jahre alt sein. Er schnitt das Brot in drei Teile, warf einen Teil Tschuk zu und behielt den zweiten für sich. Dann stand er langsam auf und ging ein paar Schritte auf das Mädchen zu.
»Da«, sagte er, »iß!« Er hielt ihr mit ausgestrecktem Arm das Brot hin.
Meerut zögerte einen Augenblick, bevor sie es nahm. Doch auch sie hatte Hunger.
Bevor Jakov auf seinen Platz zurückkehrte, öffnete er die Tür einen Spalt und sah hinaus. Es schneite in dicken Flocken. Der Schnee hing über dem Hüttendach, häufte sich vor der Giebelseite und wuchs an den Seiten allmählich mit dem dahinterliegenden Hang zusammen. Die Sicht reichte kaum einen Steinwurf weit.
Unmöglich, bei diesem Wetter weiterzugehen!
Der Junge hockte sich auf den Heuhaufen und dachte nach. Alles wäre so einfach, wenn er sich mit dem Mädchen verständigen könnte.
Dann, als er spürte, wie kalt es in der Hütte war, träumte er davon, ein Feuer zu haben. Aber das war unmöglich. Er konnte kein Brennholz entdecken, und wenn welches dagewesen wäre, hätte er es nicht anzünden können. Und weil ihm nichts anderes einfiel, beschloß er zu versuchen, Meerut zu verstehen.
»Meerut«, begann er, und als das Mädchen nickte, deutete er irgendwohin und versuchte, seinem Satz einen fragenden Ton zu geben. »Makeera?«
Das Mädchen schüttelte den Kopf und deutete in die andere Richtung. »Makeera«, sagte sie, und das klang wie eine Erklärung.
Jakov hatte verstanden. Sie hatte ihm gezeigt, wo sie zu

Hause war. Also weiß sie, wo wir sind. Sie hat sich nicht verirrt. Das war schon viel.

Er lächelte. Der erste Erfolg gab ihm den Mut, es weiter zu versuchen. Er deutete auf Tschuk. »Hund«, sagte er.

»Hund«, sprach ihm das Mädchen nach und sagte dann irgendein fremdes Wort, von dem Jakov annahm, daß es in ihrer Sprache dasselbe bedeutete. Er wiederholte es langsam mit unbeholfener Zunge.

Als Meerut fröhlich nickend bestätigte, daß sie ihn verstanden hatte, war er sehr glücklich.

So lernten sie beide, sich zu verstehen, während es draußen weiter schneite und die Wächte über dem Hüttendach immer bedrohlicher über den Giebel wuchs.

Gegen Mittag frischte der Wind auf. Er trieb den Schnee an die Scheiben des kleinen Fensters. Es wurde dunkel im Inneren der Hütte. Jakov und Meerut gingen hinaus. Sie kratzten den Schnee ab und schoben ihn mit bloßen Händen zur Seite. Dann standen sie eine Weile da und beobachteten, wie der Sturm an den Unebenheiten Wehen anhäufte. Ein eisiger dünner Schleier fegte fast waagerecht über die Oberfläche des Schnees.

Solange das Wetter anhält, sitzen wir fest, dachte der Junge, und als er zu Meerut hinübersah, bemerkte er ihr sorgenvolles Gesicht. Sie hüllte sich fröstelnd in ihr warmes Umschlagtuch und schüttelte den Kopf.

Tschuk wagte sich erst gar nicht hinaus. Für ihn waren die letzten Tage sehr anstrengend gewesen. Sein Schlafbedürfnis war groß und das Heu weich und einladend.

Jakov übte mit Meerut weiter. Er lernte schnell, und es machte ihm Spaß. Als er die Dinge, die in der Hütte standen, beim Namen kannte, suchte er sich ein altes Stück Holzkohle aus dem Herd und begann, wie Kiwan auf dem Fußboden zu zeichnen. Er zeichnete einen Baum, ein Haus, einen Mann, eine Frau und ein Kind, jedesmal sagte er das Wort dazu, und Meerut bestätigte es in ihrer Sprache. Sie achteten nicht auf das Heulen des Windes im Kamin und machten sich auch keine Sorgen über die wachsende Schneeschicht.

Dann, am Nachmittag, hatte der Junge einen Einfall. »Paß auf«, sagte er zu Meerut. »Jetzt erzähle ich dir eine Geschichte!« Er wischte mit einem Büschel Heu die Holzkohlebilder vom Fußboden und begann eine neue Zeichnung. Aufmerksam folgte das Mädchen der Bewegung seiner Hand. Sie hatte den groben Wollrock hochgeschürzt und sich auf die Fersen gesetzt. Die selbstgemachten Pelzstiefel reichten bis unters Knie.

»Hinter den Bergen von Kerkuelen liegt ein Land«, begann Jakov, »das ist schöner als alle anderen Länder.«

Er schwieg und überlegte, wie er Meerut das Wort ›schön‹ verdeutlichen könnte. Sie wird es selbst sehen, wenn ich mit meiner Zeichnung fertig bin, dachte er.

»Mitten durch das Land fließt ein breiter Fluß. Auf den Wiesen hinter seinen Ufern wachsen Pappeln und Weiden, da grasen Kühe, Pferde und Schafe. Die Hügel sind von Wäldern bedeckt. Hirsche gibt es dort und Wildschweine. Vögel singen den ganzen Tag, und fast immer scheint die Sonne.«

Jakov hatte sich in Eifer geredet, plötzlich war es nicht mehr kalt in der Hütte. Er achtete nicht mehr darauf, ob Meerut die Worte verstand, er redete nur und redete, während er seiner Zeichnung immer neue Einzelheiten hinzufügte.

»Überall leben reiche Bauern in prächtigen Höfen«, erzählte er. »Sie sind dick und zufrieden und haben viele Kinder. Dieses Land heißt Tandilan.«

Als er einen Augenblick schwieg, wiederholte Meerut langsam »Tandilan«.

Jetzt zeichnete Jakov ein Schloß. Es hatte viele Zinnen und Türme. Das Tor stand offen, die Zugbrücke war heruntergelassen.
»Dort wohnt ein mächtiger Duschak«, erklärte er.
Unter seiner Hand entstand das Bild eines Reiters mit einer Krone auf dem Kopf. »Das ist mein Vater auf seinem Hengst.«
Jakov gab sich große Mühe mit seiner Darstellung, und als er fertig war, betrachtete er sie lange. Es fiel ihm nicht auf, daß dieser Mann in seiner Größe alles überragte: Bäume, Häuser, Menschen, den Fluß, die Berge und das Schloß.
»Das ist mein Vater«, wiederholte er noch einmal.
»Padro?« fragte das Mädchen. Sie strich sich das Kraushaar aus der Stirn und sah Jakov an.
Er nickte. »Padro«, bestätigte er.
Am späten Nachmittag verschluckte die Dämmerung Jakovs Holzkohlebild. Meerut zog sich auf die Bettstatt zurück und wickelte sich wieder in ihre Decke.
Der Sturm war heftiger geworden. Es schneite noch immer. Das leere Gefühl im Magen erinnerte Jakov daran, daß sie nichts mehr zu essen hatten. In seinem Beutel war nur noch das kleine Säckchen mit Tee und der Topf. Ärgerlich warf er beides unter den Herd.
Er zog den Fellmantel an und grub sich ein Loch ins Heu. Es dauerte lange, bis er einschlafen konnte.
Er dachte über Meerut nach. Sie war das erste Mädchen in seinem Leben, das er näher kennenlernte. In Tandilan waren Selwyn um ihn gewesen, sein Vater und die Söhne der obersten Ratsherren. Im Kloster waren nur Schüler zugelassen. Mädchen waren für ihn Wesen, mit denen man nichts anfangen konnte. Freiwillig hätte er sich nie mit ihnen befaßt. Doch Meerut war nun einmal da. Wenn er es sich recht

überlegte, dann war er froh darüber. Tschuk war ein Hund. Er konnte mit ihm reden, aber er bekam keine Antwort. Darin war Meerut ihm überlegen. Mit diesem Gedanken schlief er ein.
Sein Schlaf war leicht und unruhig.
»Hund«, wisperte eine dünne Mädchenstimme, und dann noch einmal rasch hintereinander: »Hundhundhund!«
Jakov spürte, wie Tschuk den Kopf hob, aufstand und zu Meerut hinüberging. Dort beschnupperte er ihr Gesicht, legte sich neben sie.
Tschuks Verhalten ärgerte den Jungen. Er überlegte sich nicht, warum es das tat. Es war wie ein kleiner Stich, und es tat weh. Du bist treulos, dachte er. Genauso treulos wie Selwyn. Keinen Deut besser als er.
Das schlechte Wetter hielt an.
Diesmal war es das Mädchen, das zuerst aufstand. Als sie die Tür zu öffnen versuchte, stürzte ein Schneehaufen in das Hütteninnere. Jakov fand eine alte, kurzstielige Schaufel hinter dem Herd, mit der sie den Eingang freihielten.
Hunger und Kälte setzten ihm zu. Er fühlte sich elend. Meerut jammerte nicht. Auch Tschuk ließ sich nichts anmerken. Der Hund nahm ab. Unter seinem struppigen Fell waren die Rippen wieder zu sehen.
Als Jakov auffiel, daß Meerut sich bis am Mittag nicht von ihrer Decke trennen konnte, lieh er ihr seinen Mantel. Doch bald begann auch er zu frieren. Da nahm er sie bei der Hand und führte sie zu seiner Heugrube. »Leg dich da hin«, sagte er und nahm ihr den Mantel von der Schulter.
Das Mädchen begriff, was er wollte.
»Du auch, Tschuk!«
So lagen sie alle drei im Heu unter dem Fellmantel und hielten sich warm. Jakov spürte den Körper des Mädchens an

seinem Rücken, er fühlte, daß sie bald zu zittern aufhörte und sich entspannte.
Nach kurzer Zeit war Meerut eingeschlafen. Für Jakov war es ein seltsames Gefühl, dicht neben einem anderen Menschen zu liegen. Unter Männern aufgewachsen, waren ihm Zärtlichkeiten fremd. Irgend etwas in ihm wachte auf und lauerte wie ein Tier auf der Jagd. Irgend etwas erregte ihn. Nur schwer widerstand er der Versuchung, Meeruts Haut zu berühren. Er hätte gern gewußt, wie sie sich anfühlte. Doch zwischen ihm und ihrer Haut befand sich der Vorhang ihrer Haare.
Das ist doch bloß ein Mädchen, dachte er. Gut zum Wärmen. Nichts weiter. Er zog die Knie bis an den Bauch und legte die Arme vor sein Gesicht. Eigentlich geht es uns gut, überlegte er. Jedenfalls besser als den Dohlen draußen im Sturm.
Dann schlief er ein.

Die Lawine

Während der Nacht hörte es auf zu schneien. Der Wind trieb die Wolken fort. Über den Felsen stand der halbe Mond inmitten vieler Sterne. Es wurde kalt. Doch weder Jakov, noch das Mädchen, noch Tschuk spürten etwas davon. Der Junge wachte erst wieder auf, als Meerut sich bewegte. Vorsichtig schlug sie den Mantel zurück und wälzte sich zur Seite.

Er beobachtete, wie sie aufstand und sich das Heu vom Rock klopfte. Die Halme hatten sich in ihre Haare verflochten, und Meeruts Bemühungen, Heu und Haare voneinander zu trennen, waren umsonst.

Draußen wurde es hell.

Meerut ging zum Fenster. »Jakov«, rief sie. Ihre Stimme klang fröhlich. Sie deutete hinaus.

Hinter den tiefverschneiten Bergen ging die Sonne auf. Gleißend und flimmernd wanderte das Licht über Hänge und Gletscher. Es kannte keine Hindernisse, begann bei den Spitzen und bewegte sich über die Felsen abwärts.

Geblendet schloß Jakov die Augen. Sie mußten sich langsam an diese Helligkeit gewöhnen. Er hob die Hand über die Lider. Über den Gipfeln wehten Schneefahnen. Riesige Wächten hingen dort.

»Tschai Rogosna«, sagte das Mädchen neben ihm und deutete auf einen Berg. »Morro Losari, Pushkar, Morro Kundan.«

Morro Kundan. Jakov folgte ihrer Hand und suchte die Berge, die sie ihm zeigte. Er war enttäuscht und konnte es nicht glauben. Der Morro Kundan sah anders aus, als Kiwan ihn beschrieben hatte. Er war steil und felsig. Das kleine Schneefeld unter seinem Gipfel hatte die Form eines Dreiecks. Doch dann fiel ihm wieder ein, daß er ihn ja nicht vom Mubisarka aus betrachtete. Kiwan hatte ihm erklärt, daß die Form der Berge sich verändert, sobald man sich ihnen nähert oder zwischen ihnen herumläuft. Doch was kümmerte es ihn. Er hatte ja das Mädchen, und Meerut war hier zu Hause. Sie würde ihn gut nach Makeera bringen. Und in Makeera wohnte der alte Jökull. Mit seiner Hilfe würde er rasch den Paß von Juku erreichen. Und hinter dem Paß von Juku lag Tandilan. Jakov war zuversichtlich.

Inzwischen hatte sich Meerut Schneereifen an die Schuhe geschnallt. Sie bestanden aus eiförmig gebogenen Weidenzweigen, die durch ein Geflecht zusammengehalten wurden. Damit vergrößerten sie die Fußfläche und verhinderten so ein Einsinken im lockeren Pulverschnee.

»Was ist das?« fragte Jakov.

Das Mädchen sah auf, und als es entdeckte, daß der Junge mit blanken Stiefeln weitergehen wollte, schüttelte es den Kopf. Es deutete auf einen Kasten in der Erde. Im Schrank fand der Junge ein zweites Paar. Meerut kniete vor ihm und half ihm, sie anzuziehen.

»Danke«, sagte Jakov, als sie fertig war. Sie lächelte.

Entschlossen schnürte er den Fellmantel wieder zusammen und warf ihn über die Schulter.

Komm, Tschuk! befahl er dem Hund.

Meerut ging voraus. Der Junge beobachtete, wie sie mit merkwürdig watschelndem Gang den schmalen Graben unterhalb der Hütte überwand. Sie hatte ihr wollenes Umschlagtuch über der Brust verknotet, der Saum ihres Rockes schleifte im Schnee.

Er mußte sich beeilen, ihr Vorsprung wurde immer größer.

Gleich nach den ersten Schritten fiel er hin. Er hatte die Reifen an seinen Füßen vergessen.
Es war nicht einfach, mit Schneereifen zu gehen. Aber als er Meeruts Watschelgang nachahmte, ging es besser.
Meerut stieg am Gegenhang hoch. Ihr Schatten lag vor ihr. »Halt, das ist die falsche Richtung«, wollte Jakov rufen. Aber dann wendete sie, und er erkannte ihre Absicht. Sie legte eine Zickzackspur, um Kraft zu sparen.
Bedächtig stapfte sie durch den Schnee und gewann langsam an Höhe. Sie war kaum zwölf Jahre alt und hatte schon Erfahrung. Als der Junge sie einholte, war er außer Atem.
»Jakov«, sagte das Mädchen. Ohne stehenzubleiben, drehte sie sich um und sah ihn an. Dann nickte sie zufrieden mit dem Kopf. Sie hatte sich nur vergewissert. Er war hinter ihr. Das war gut.
Der Hund hatte es schwerer als der Junge. Er quälte sich in der Spur aufwärts. Ab und zu blieb er hechelnd stehen und pumpte Luft. Doch bevor Jakov außer Sichtweite geriet, raffte er sich auf und stolperte weiter.
Jakov spürte den Hunger. Sie hatten seit zwei Tagen nicht mehr gegessen. Sein Körper war geschwächt. Er hatte Angst davor, seine Schwäche zu zeigen, und fühlte sich immer elender, solange er darüber nachdachte.
Das Mädchen ging unverdrossen weiter. Sie war völlig sicher, wo sie zu gehen hatte, und blieb nicht stehen.
Das tröstete Jakov. Es kann nicht sehr weit sein, überlegte er. Aber er fand keine Erklärung dafür, warum sie sich in der Hütte befunden hatte, als er dorthin kam.
Die Sonne stieg langsam höher. Es wurde warm. Jakov wagte nicht, stehenzubleiben und sein Wams auszuziehen. Da fiel ihm eine Ausrede ein. »Meerut«, rief er. Und als das Mädchen sich umsah, deutete er hinter sich: »Hund!«

Da blieb Meerut stehen, bis der erschöpfte Tschuk nachgekommen war.

Gegen Mittag folgten sie einer Senke. Unter dem Schnee gluckerte es.

»Naaf-Bach?« fragte der Junge.

Meerut schüttelte den Kopf. Sie deutete irgendwo weit hinter sich, und Jakov entnahm ihrer Deutung, daß der Naaf-Bach, von dem Kiwan erzählt hatte, ganz woanders floß.

Sie gingen dem Gluckern nach. Einmal brach Jakov ein. Plötzlich stand er mit einem Fuß im eisigen Wasser. Nur mit großer Mühe war es ihm möglich, ihn wieder frei zu bekommen. Der Reifen verhakte sich unter dem Schnee und hielt das Bein fest. Erst als der Junge sich seitlich fallen ließ und mit ruckartigen Stößen das Loch vergrößerte, kam er frei. Das Mädchen hatte nichts davon bemerkt. Sie war weitergegangen.

Immer noch trieb der Wind Schneefahnen über die Gipfelgrate. Von Westen zogen Schleierwolken über den Himmel. Jakov begann zu schwitzen. Der Schweiß rann ihm in die Augen. Als er sie rieb, brannten sie wie Feuer. Obwohl er sich immer wieder Schnee in den Mund schob, fühlte er sich ganz ausgetrocknet. Seine Zunge klebte am Gaumen. Wenn ich nur wüßte, wie weit es noch ist, dachte er. Doch er sah kein Ende.

Sie überquerten einen Gletscher, vielleicht hätte er gar nicht bemerkt, daß dies ein Gletscher war, wenn nicht die Spalten gewesen wären. Sie lauerten, halb zugedeckt vom Schnee, auf unvorsichtige Opfer.

Aber Meerut kannte sich aus. Sie machte weite Umwege, schlug Bogen und mied steile Anstiege.

Obwohl Jakov oft den Grund nicht einsah, verließ er sich völlig auf sie. Und Tschuk tat das auch.

Sie folgten der kleinen Gestalt, deren Rock unter dem Tuch hin und her schwang. Eis hatte sich am Saum gebildet und ihn steif frieren lassen.
Als sie das Joch erreichten, stand die Sonne schon tief über dem westlichen Horizont. Jakov ließ sich fallen. Er war am Ende. Jetzt war es ihm gleich, was mit ihm geschah. Was kümmerte ihn noch sein kranker Vater. Was kümmerte ihn Tandilan! Er war so erschöpft, daß ihn nicht einmal mehr der Gedanke an seine Verfolger ängstigen konnte. Er achtete nicht auf Meerut und nicht auf Tschuk. Er lag nur da, starrte in den kalten Winterhimmel und weigerte sich, weiterzugehen. »Ich kann nicht mehr«, sagte er laut.
Da lief das Mädchen auf ihn zu und packte ihn an den Schultern. Sie schüttelte ihn hin und her und schrie ihn an. »Jakov«, kreischte sie. Ihre Stimme überschlug sich.
Über den Jungen brach ein Schwall fremder Worte herein, von dem er nur ahnen konnte, was sie bedeuteten. Nur das letzte Wort war ihm bekannt, und das genügte, um ihn wieder auf die Beine zu bringen.
»Makeera«, rief das Mädchen und zeigte auf die andere Seite. Da sah der Junge den Hof am Gegenhang. Breit und behäbig lag er da, bestrahlt vom letzten Sonnenlicht. Aus dem Kamin stieg eine Rauchfahne.
»Makeera?« fragte Jakov immer noch zweifelnd.
»Makeera«, antwortete Meerut lachend und klatschte in die Hände.
Vom Joch aus hatten sie zwei Möglichkeiten, den Hof zu erreichen. Die eine führte hinunter in eine breite Mulde und dann wieder hinauf. Das war mühsam. Die zweite Möglichkeit bestand darin, auf gleicher Höhe einen Hang zu queren. Jakov fragte Meerut erst gar nicht und hätte sie ja auch gar nicht fragen können. – Er lief einfach los.

Der Hang war steil. Er lag auf der windabgewandten Seite des Berges. Während des Tages hatte der Sturm den Schnee über den Gipfelgrat getrieben. Er hatte ihn hochgewirbelt, ein Stück weit mitgenommen und dann fallen gelassen. Deshalb lag dort mehr Schnee als an den anderen Hängen. Doch das überlegte sich Jakov nicht.
»Bleib da!« schrie das Mädchen hinter ihm her. »Nein, nein!« Doch er hörte nicht auf sie, stapfte los, und hinter ihm kroch der Hund.
Meerut rannte ihm nach. Sie wollte ihn am Ärmel packen und ihm die drohende Wächte zeigen. Doch dazu kam es nicht mehr. Es krachte unter ihren Füßen. Oben am Hang entstand ein Riß. Dann setzte sich der Schnee in Bewegung.
Meerut, die noch nicht sehr weit in den Hang hineingelaufen war, drehte sich um und rannte zurück. So entging sie der Lawine, die Jakov und Tschuk mit sich riß.
Verzweifelt ruderte der Junge, aber er fand keinen Halt. Neben ihm schoben sich Schollen übereinander. Die Geschwindigkeit nahm zu. Zuerst steckte er bis zur Brust im Schnee, dann bis zum Hals. »Vater, hilf mir!« schrie er. Er bekam keine Luft mehr und verlor das Bewußtsein.
Tschuk wurde über eine Felswand geschleudert. Der Aufschlag brach ihm das Genick, und als ihn der nachstürzende Schnee unter sich begrub, war er schon tot.

Der Jökull

Jakov lag in einem tiefen, schwarzen Loch. »Laßt mich!« schrie er. »Ich will hinaus! Schnell!« Aber er stürzte in einen Abgrund. Auf seiner Brust lag ein Gewicht. Er sah gelbgeränderte Vogelaugen über sich und einen gebogenen Schnabel. Der unbefiederte, nackte Kopf gehörte einem Geier.

»Geh weg«, bettelte der Junge. »Ich bin noch nicht tot. Auch wenn es so aussieht. Ich bin auf dem Weg nach Tandilan und muß mich beeilen!«

Der Raubvogel holte zum Stoß aus, hatte es auf Jakovs Augen abgesehen.

Erbrochenes stank aus seiner Kehle.

»Hilfe!« wollte der Junge schreien, doch er brachte keinen Ton heraus. Und er lief davon, in die Finsternis hinein. Fledermäuse schwirrten über seinen Kopf, verfingen sich in seinen Haaren, er schlug um sich. Obwohl er nichts hörte, spürte er, daß der Geier ihn verfolgte. Er rannte davon, hatte keine Ahnung, wohin. Vor seinen Augen drehte sich ein Rad. Unaufhaltsam kreisend kam es auf ihn zu. Der Junge streckte die Arme aus, um es abzuwehren. Doch er griff ins Leere. Das Rad verschluckte ihn.

Dann lag er plötzlich auf dem Boden eines riesigen Raumes. Aus der Mitte einer Kuppel starrte eine Fratze zu ihm herunter.

In der Stille tickte eine Uhr. Das gleichmäßige helle Ticktack holte Jakov aus dem Schlaf. Er hielt die Augen geschlossen und lauschte.

Er hörte dem Wind zu, wie er am Dach rüttelte. Irgendwo klapperte ein Fensterladen. Dann zeigte die Uhr mit mehre-

ren Glockentönen die volle Stunde an. Sie schlug viermal hell und achtmal dunkel. Von unten muhte eine Kuh.
Jakov schlug die Augen auf. Er lag auf einem Kachelofen, dicht unter der hölzernen Zimmerdecke. Auf einem Gestell hinter dem Kopfende seines Lagers hingen die nassen Kleider und Meeruts Umschlagtuch. Das trübe Licht drang durch zwei kleine Fenster, und ein schwacher Luftzug bewegte die grauen zerschlissenen Vorhänge. An der dem Ofen gegenüberliegenden Wand hing eine alte Uhr. Gemalte Bauernrosen umrahmten ihr Zifferblatt. Jakov beobachtete das hin und her schwingende Pendel und lauschte dem Ticktack.
Über dem großen Ecktisch schwebte eine ›Lampenfrau‹, die sich im Kreis drehte, als wollte sie tanzen. In ihren hölzernen Händen hielt sie Kerzen.
Jakov hörte zwischen dem Muhen der Kuh Ziegengemecker und das Klappern eines Eimers. Dann näherten sich Schritte. Ein Mann betrat das Zimmer. Er mußte sich bücken, um durch die Türe zu kommen. Seine ledernen Hosen waren speckig und an vielen Stellen ausgebeult. Jakov sah ihm zu, ohne sich zu bewegen.
Der Mann war nicht mehr jung, aber er war noch nicht so alt wie Rusko. Er stellte einen Melkeimer auf den Tisch. Dann drehte er sich um und sah zu dem Ofen. Doch es war schon zu düster. Er konnte nicht erkennen, daß Jakov aufgewacht war. Der Geruch von warmer Milch breitete sich aus.
Der Mann trug einen Schnauzbart. Über der Nasenwurzel stand eine steile Falte. Es war der Jökull von Makeera. Er wird schnell zornig, dachte Jakov. Man darf ihn nicht ärgern.
Meerut kam ins Zimmer und ging zu ihrem Vater. Sie tauschten ein paar leise, flüsternde Worte.
»Jakov«, sagte das Mädchen. Sie stieg auf die Ofenbank und beugte sich vor. Ihr feuchtes Haar roch nach Stall.

Der Junge sah das kleine, besorgte Gesicht dicht über sich.
»Meerut«, sagte Jakov, »wo ist der Hund?«
Als sie bekümmert den Kopf schüttelte, wußte er Bescheid.
Der Mann hatte inzwischen einen Becher aus dem Schrank geholt. Er füllte ihn mit Milch aus dem Eimer und reichte ihn Jakov. Er sagte etwas dazu.
»Danke«, antwortete Jakov und trank den Becher in einem Zug leer. Die Milch schmeckte nach Ziege und frischen Kräutern. Wenn irgend jemand früher dem Jungen einmal gesagt hätte, daß ihm Ziegenmilch als das köstlichste Getränk der Welt erscheinen würde, er hätte ihn ausgelacht.
Jakov fühlte sich gut. Er hatte lange geschlafen. Die Wärme des Ofens drang durch die Decken. Es war wie in einem Nest. Meerut half ihrem Vater bei den täglichen Arbeiten. Sie kam und ging, streifte jedesmal an der Türe ihre Pantoffeln ab, lief flink durchs Zimmer, räumte auf, und wenn es nichts mehr zum Aufräumen gab, holte sie ein altes Spinnrad heraus und spann Wolle. Zum Ticken der Uhr kam dann das Quietschen des Holzrades.
Jakov schlief ein und wachte wieder auf.
Einmal hockte der alte Jökull am Tisch und schrieb etwas in ein Buch. Auf seiner Nase trug er eine Brille.
Gegen Mittag wurde es heller, dann rasch wieder dunkel. Der Jökull zündete Kerzen an. Meerut brachte eine Schüssel mit Klößen. Sie reichte dem Jungen einen Napf und einen Löffel und schöpfte ihm etwas Brühe heraus. Für ihren Vater und sich selbst stellte sie die Schüssel in die Mitte des Tisches. Sie waren es gewöhnt, zusammen aus einem Gefäß zu essen. Wenn sie sich unterhielten, paßte Jakov gut auf. Er kannte einige Worte, lernte rasch dazu, ergänzte und verstand bald den Inhalt einfacher Sätze.
Als der Tag zu Ende ging, war Jakov zu dem Schluß

gekommen, daß außer dem Jökull und seiner Tochter niemand mehr auf Makeera wohnte. Das Mädchen versah den Haushalt für ihren Vater und sich, als sei es selbstverständlich und immer so gewesen.
Der Junge verbrachte zwei Nächte und einen Tag auf dem Ofen in der Stube, und er schlief viel. Wenn er wach war, dachte er nach oder beobachtete Meerut bei der Arbeit. Manchmal lag er auf dem Rücken und starrte die Holzdecke an. Wie ist das alles anders hier, dachte er. Still und einsam. Ich weiß nicht, ob ich es lange ertragen könnte, es ist wie in einem Gefängnis. Nur ohne Mauern.
Doch dann verwarf er diesen Gedanken schnell wieder. War es nicht im Gegenteil so, daß dem Bauern Jökull so schnell niemand etwas befehlen konnte? War er nicht sein eigener Herr?
Wie Jakov nach einiger Zeit erfuhr, hatte es bis zum letzten Winter auch noch eine Frau und einen Sohn auf dem Hof gegeben. Sie waren in einer Lawine umgekommen. Damals hatte es niemand beobachtet. Niemand konnte ihnen zu Hilfe kommen, und so waren sie im Schnee erstickt. Der alte Jökull hatte sie im Frühjahr gefunden und sie mit Meeruts Hilfe ins Tal gebracht, um sie auf dem Friedhof von Jarschut zu beerdigen. Seit dieser Zeit war er noch einsilbiger geworden als vorher.
Am Morgen des zweiten Tages stand Jakov auf. Er holte seine Kleider vom Trockengestell, sprang von der Ofenbank und zog sich an. Als Meerut die Stube verließ, um das Vieh zu füttern, begleitete er sie.
Der Stall befand sich in dem gemauerten Sockel, auf dem das Wohnhaus stand. In einem Verschlag konnte der Junge mehrere Schafe und Ziegen erkennen, daneben war eine grobknochige Kuh angebunden.

Das Mädchen warf den Tieren Heu vor. Dann holte sie den Melkeimer und einen kleinen Schemel und begann zu melken. Sie legte ihre Stirn an den Leib der Kuh, knetete das Euter und strich dann langsam und gleichmäßig die Milch aus den Zitzen. »Du kannst ihr den Schwanz halten«, sagte sie zu Jakov.
Zusammen mit einer Gebärde verstand der Junge, was sie von ihm erwartete. Er wiederholte den Satz.
Doch Meerut verbesserte ihn, indem sie auf sich zeigte. »*Ich* kann ihr den Schwanz halten, muß das heißen.«
So lernte Jakov die Worte für *ich* und *du*. Er übte den ganzen Tag und wiederholte die Sätze, fragte, ersetzte, was er nicht verstand, und machte Fortschritte.
Makeera lag an einer steilen Bergflanke, unterhalb des Morro Kundan. Es bestand aus zwei Gebäuden, dem aus Holzbalken errichteten Wohnhaus, dessen Unterbau als Stall diente, und der großen Scheune. Die flachen, weitausladenden Dachflügel erinnerten Jakov an die ausgebreiteten Schwingen der Dohlen. Große Steine sollten verhindern, daß der Wind die Schindeln mit sich nähme. Doch jetzt lag eine knietiefe Schneeschicht darüber, und um die Windbretter am Giebel wölbten sich die Wächten.
Im Gegensatz zu Ruskos Hütte lag der Hang auf der Ostseite. Von hier aus sah man weit in das Tal von Jarschut hinein und hinter Jarschut an die Grenze nach Tandilan.
Jakov erkannte das Joch wieder und zwischen dem Joch und Makeera die Lawine, die er ausgelöst, die ihn unter sich begraben und Tschuk getötet hatte.
Ich bin schuld. Ich war dumm und zu faul, um den längeren Weg durch den Graben zu wählen. Wenn Meeruts Vater mich nicht ausgegraben hätte, wäre ich jetzt auch tot. Genau wie Tschuk.

An diesem Abend begann der alte Jökull ein Gespräch mit Jakov. »Der Hund«, fragte er, während er sich die lange Pfeife stopfte, »war es dein Hund?«
»Nein«, sagte Jakov.
»Wessen Hund war es dann?«
»Er gehörte niemandem.«
»Aber warum lief er hinter dir her?«
»Er gehörte sich selbst, und wenn er hinter mir herlief, dann nur, weil es ihm so gefiel.«
Jakov wußte nicht, ob der Bauer seine Worte verstanden hatte, denn er nickte nur mit dem Kopf, nahm einen langen Zug aus der Pfeife und schwieg.
Das Wetter blieb kalt und schön. Über dem Tal von Jarschut lag leichter Dunst. Jakov erschienen die Berge wie unwirklich schwebende, weiße Gespinste.
»Den Paß von Juku«, erklärte der Bauer dem Jungen auf seine Frage, »den Paß von Juku erreichst du im Winter nur auf einem Umweg.« Er schüttelte den Kopf und deutete auf den Boden. »Zuviel Schnee.«
Sie standen auf der Steintreppe, die zum Eingang des Hauses führte, und blickten nach Osten. Jakov hatte fremde Kleider an. Es waren die Kleider des toten Sohnes. Meerut hatte darauf bestanden, daß er sie anzog, damit sie seine waschen konnte.
»Welchen Umweg meinst du?«
»Den über Ravenstein.«
Jakovs Herz klopfte rascher. Ravenstein war die Hauptstadt von Kerkuelen und zugleich der Sitz seines Feindes. »Nein, das geht nicht«, wollte er sagen, aber er hielt sich zurück. Es ist besser so, dachte er.
Der Jökull zeigte auf zwei entfernte Gipfel. »Dort liegt der Elkabil und daneben der Morro Tanaschi. Der Sattel

dazwischen ist der Paß von Juku. Im Sommer führt ein Pfad von hier aus zwischen den Bergen hindurch und über den Grat des Elkabil. Es ist ein kurzer Weg, aber jetzt liegt zuviel Schnee dort. Nicht mal die Gemsen benützen ihn.«
Er schwieg, um sich auszuruhen. Schon lange hatte er nicht mehr soviel geredet. Dann kam die Frage, auf die Jakov schon die ganze Zeit gewartet hatte: »Warum mußt du dorthin?« wollte der Bauer wissen.
»Mein Vater ist krank. Er wohnt in Tandilan«, sagte Jakov.
Der Jökull fragte nicht weiter.
In den nächsten Tagen erholte sich der Junge rasch. Er half dem Bauern und Meerut bei der Arbeit. Die Sonne bräunte seine Haut, und als die Blasen an seinen Händen verheilten, wuchs eine Hornhaut nach.
»Du kannst hierbleiben, wenn du willst«, bot der Jökull ihm einmal an, als sie gerade das Eis vom Brunnen hackten, damit das Wasser nicht einfror. »Mein Sohn ist tot. Ich brauche einen Sohn, wenn ich alt werde. Meerut ist nicht kräftig genug. Sie ist flink wie eine junge Ziege, aber Makeera braucht einen Mann mit der Kraft eines Bullen.«
Doch Jakov lehnte ab. »Ich muß heim«, wiederholte er immer wieder. »Mein Vater wartet auf mich. Auch er braucht einen Sohn.«
Daraufhin sagte der Jökull nichts mehr.
Der Junge half ihm beim Füttern des Viehs und beim Misten der Ställe. Längst hatte er vergessen, daß diese Arbeit für ihn einmal eine Strafe gewesen war. Er dachte sich nichts mehr dabei. Es mußte getan werden, also tat er es.
Wenn es schneite, schaufelte er den Schnee von der Steintreppe und grub einen Graben vom Stall bis zur Scheune. Er half dem Bauern bei Ausbesserungsarbeiten, hielt den Brunnen eisfrei und sorgte dafür, daß unter dem Herd in der

Küche immer genügend Kleinholz vorhanden war. Er lernte melken und sah Meerut zu, wenn sie den Käse ansetzte.
Und er lernte viele neue Worte und wie man mit ihnen Sätze bildet. So erfuhr er auch, warum er Meerut in der kleinen Almhütte jenseits des Morro Kundan getroffen hatte. Sie hatte im letzten Frühjahr die Schneereifen dort vergessen. Bei dem Versuch, sie zu holen, hatte das schlechte Wetter sie überrascht. Es war eine einfache Erklärung. Jakov ärgerte sich, daß er nicht selbst darauf gekommen war.
Am nächsten Tag war Meerut auffallend still. Am anderen Morgen war sie krank. Jakov mußte melken und kochen. Er sah nach dem Käse, versorgte das Vieh und räumte auf. Es störte ihn nicht, daß er Mädchenarbeit verrichtete. Jeder Mensch muß in der Lage sein, allein mit seinem Haushalt fertigzuwerden, hatte Rusko ihm einmal erklärt, während er einen Knopf annähte. Der Mann muß Strümpfe stopfen können und die Frau Holz hacken.
Meerut blieb in ihrer Kammer.
Zuerst durfte nur der Vater zu ihr, doch dann, als sie Fieber bekam, löste Jakov den Jökull manchmal ab. Mit ungeschickten Händen flößte er ihr Kräutertee ein oder schüttelte die Kissen.
»Danke«, flüsterte Meerut jedesmal.
Ihr blasses Gesicht wurde immer schmäler.
Jakov saß viele Stunden auf einem Stuhl neben dem Lager und bewachte ihren Schlaf. Er beobachtete, wie ihre Hände unruhig über die Decke huschten, lauschte, wenn sie im Fieber redete, und strich ihr das Kraushaar aus der Stirn.
Aber Meerut wurde immer kränker.
»Ich muß ins Tal«, erklärte der Bauer Jakov eines Abends. »In Jarschut lebt eine heilkundige Frau. Ihre Medizin wird Meerut helfen.« Er machte sich Sorgen.

»Du mußt ein oder zwei Tage ohne mich auskommen. Schaffst du das?«
Keinen Augenblick dachte Jakov darüber nach, daß er den Jökull vielleicht begleiten könnte. Von Jarschut aus führte die Straße nach Ravenstein. Er fragte nur: »Und der Schnee? Ist der Weg ins Tal nicht gefährlich?«
»Ja, ja«, der Bauer nickte mit dem Kopf, »aber Meeruts Krankheit ist noch gefährlicher. Da bleibt keine Wahl.«
Früh am nächsten Morgen schnallte er sich die Schneereifen an die Stiefel, zwängte die Rucksackriemen über seine Pelzjacke und stapfte davon.
Jetzt war es auf Makeera noch stiller als sonst. Aber Jakov hatte viel zu tun. Er fütterte, molk, setzte den Käse an, machte Feuer in der Küche, kochte für Meerut den Kräutertee und half ihr.
Er richtete den Misthaufen, flickte ein Loch im Brunnenrohr, befestigte einen neuen Stiel an der Schaufel und band einen Reisigbesen.
Besorgt entdeckte er, daß der Wind von Westen dicke Wolken über den Bergkamm trieb. Aber für Schnee war es zu kalt.
An diesem Abend hatte Meerut höheres Fieber als sonst. Nachdem er mit der Arbeit fertig war, setzte sich Jakov zu ihr. Sie wollte keinen Tee, schlug ihm die Tasse aus der Hand und kannte ihn nicht mehr. Ihre Augen blickten ins Leere.
Er zündete die Kerzen an.
»Bleib da, Vater«, flüsterte sie, als er aufstand, um die Läden zu schließen.
»Ich bin Jakov«, beruhigte er sie. »Du brauchst keine Angst zu haben. Schlaf jetzt!«
Draußen ging der Wind. Nur das Ticken der Uhr unterbrach die Stille. Unruhig warf sich Meerut hin und her. Ihre Lippen

bewegten sich, wie wenn sie etwas sagen wollte. Doch kein Laut war zu hören. Dann schlief sie ein.

Jakov saß da und bewachte sie. Immer noch hatte er die fremden Kleider an. Sie waren zweckmäßiger als seine eigenen. In diesem Augenblick wünschte er sich, ihr Bruder zu sein und Bauer auf Makeera zu werden. Tandilan war so schrecklich weit weg und so mühsam zu erreichen. Meerut und der Jökull und er, das wäre eine gute Familie.

Zwischen ihm und dem Mädchen flackerten die Kerzen, außenherum war Dunkelheit.

Müde schloß er die Augen. Er sank in seinem Stuhl nach vorne, bis sein Kopf auf den Knien lag.

So schlief er ein.

Über Nacht schlug das Wetter um. Es wurde wärmer.
Jakov wachte steif und verkrampft auf. Alle Glieder taten ihm weh. Er öffnete den Fensterladen und sah, daß es schneite.
Meerut schlief noch.
Der Junge versorgte das Vieh. Er machte Feuer und kochte Tee. Meerut war wach, als er mit der dampfenden Tasse die Kammer betrat.
»Jakov«, sagte sie mit schwacher Stimme. »Danke.«
Es ging ihr besser. Sie fragte nach dem Vater.
»Er ist ins Dorf«, erklärte Jakov. »Er holt eine Medizin für dich.«
»Ich brauche keine Medizin«, sagte Meerut. »Morgen steh ich wieder auf.«
Jakov war stolz. War er nicht schon einen Tag und eine Nacht allein auf dem Hof? Hatte er nicht das Vieh versorgt, als habe er nie etwas anderes getan? Und er durfte Meerut pflegen!
Als er noch klein war, hatte er auch einmal Fieber gehabt. Damals war seine Mutter schon tot gewesen, deshalb hatte ihn Selwyn gepflegt. Er hatte ihm die Medizin gereicht und ihm gewärmte Backsteine unter die Bettdecke geschoben. Er hatte ihn gewaschen, sein Lager gerichtet und war immer dagewesen, wenn Jakov nach ihm gerufen hatte. Für den Jungen war es selbstverständlich gewesen. Selwyn war schließlich sein Diener. Jetzt fühlte er sich als Diener Meeruts. Er tat es gern.
Als es gegen Mittag nicht aufhörte zu schneien, begann er sich Sorgen zu machen. Doch der alte Jökull war hier zu Hause. Er

kannte die Berge, das Wetter und den Weg. Er war schlau wie ein Fuchs.
Es dämmerte schon, als Jakov ihn unten am Hang entdeckte. Unverdrossen stapfte er bergan, kam lautlos näher und stand schließlich vor der Treppe, über und über mit Schnee bedeckt. Sogar an Wimpern und Schnurrbart hingen die Flocken.
Jakov nahm ihm den Rucksack ab.
Später, in Meeruts Kammer, erzählte der Jökull von Jarschut. Er sei gut hinuntergekommen, der Pfad sei verschneit gewesen, und er habe eine Spur legen müssen. Aber bergab war das nicht weiter mühsam. Dort, wo der Weg an der Felswand entlang führte, war eine Lawine abgegangen und hatte einen Teil der Befestigung mitgerissen. Das müsse im Frühjahr ausgebessert werden.
Wenn der alte Jökull im Erzählen war, hatte Jakov Schwierigkeiten, ihn zu verstehen. Da er aber wußte, wohin und warum der Bauer ins Tal gestiegen war, konnte er es sich zusammenreimen.
»In Jarschut bin ich gleich zu der alten Gruscha gegangen«, fuhr der Jökull fort. »Sie brauche Zeit, hat sie gesagt, sie müsse die Medizin erst herstellen. Da bin ich zum Wirt in die Schenke, auf ein Glas Bier. Der Wirt hatte Ärger mit einem Mann. Der Mann war unbekannt im Dorf, und er war betrunken …«
»Ein Mann?« unterbrach ihn Jakov. »Wie sah er aus?«
»Er hatte einen weiten Umhang dabei, und er war schon alt, sein Bart war grau.«
»Er war betrunken, sagst du?«
»Er schwankte beim Gehen und hatte Schwierigkeiten mit seiner Zunge«, bestätigte der Jökull.
Er machte kleine Pausen zwischen den Sätzen. Dann war es

still in der Kammer, und Jakov konnte die Uhr ticken hören.
»Was war mit dem Mann?« fragte er hastig.
»Er redete wirr.« Der Jökull schüttelte den Kopf, als er sich daran erinnerte. Umständlich holte er Pfeife und Tabaksbeutel aus der Tasche. »Er erwähnte den ›Sohn eines mächtigen Herrn aus dem Osten‹, der mit ihm in einer Kutsche überfallen worden war.«
Um Gottes Willen, fuhr es Jakov durch den Kopf, das muß Selwyn gewesen sein!
»Hatte der Mann einen Stock dabei?«
»Ja, warum fragst du?«
»Nur so«, sagte Jakov.
Dann war es also Selwyn gewesen, der ihm durch die Flußniederung gefolgt war und den die fremden Reiter gefangen hatten?
Nun war auch Meerut neugierig geworden. Sie hatte sich aufgesetzt. »Wie ging es weiter?« fragte sie.
»Was soll ich noch erzählen«, sagte der Jökull. »Der Mann war betrunken. Er wußte nicht, was er sagte. Es klang wie ein Märchen.«
»Dann erzähl es uns doch!« forderte Meerut.
»Er sprach von einem gefährlichen Auftrag. Er habe ihn ablehnen wollen, weil er zu alt sei, denn der Weg über die Berge sei gefährlich.«
Wieder machte der Jökull eine Pause. Es wurde düster in Meeruts Kammer.
»Laßt jetzt die Kerzen«, sagte das Mädchen, als könne sie Gedanken lesen. »Die Kutsche wurde wirklich überfallen?«
»Ja«, sagte der Jökull, »aber vergiß nicht, daß er nur wirres Zeug faselte. Der Mann war nicht bei Sinnen!«
Jakov hatte die Hände in den Taschen zu Fäusten geballt. Er spürte, wie das Blut in seinen Fingern klopfte.

»Er sagte, er habe vom Überfall gewußt und sei nur mitgefahren, weil er den Mordanschlag verhindern wollte ...«
»Was geschah bei dem Überfall?« unterbrach Meerut ihren Vater.
»Die fremden Reiter erschlugen den Kutscher, erschossen die zwei Wachen und jagten die Pferde davon.«
»Aber der Junge?« fragte Jakov. Seine Stimme klang heiser. »Was geschah mit ihm?«
»Der Mann erzählte, er habe den tödlichen Schlag nur abschwächen können. Danach habe er selbst flüchten müssen. Der Junge sei bewußtlos zurückgeblieben.«
»Er hat ihn einfach liegengelassen!« rief Meerut empört.
»Nein«, sagte der Jökull, »angeblich ist er später zurückgegangen. Er behauptet, er habe die Reiter nur getäuscht, und er sei ins Moor geflüchtet. Die Reiter hätten ihn verfolgt. Doch als den Pferden der Boden zu weich wurde, seien sie umgekehrt. Er habe solange gewartet, bis alles ruhig geworden war, erst dann habe er sich zurückgeschlichen. Aber der Junge sei nicht mehr dagewesen.«
Der Jökull schwieg und nahm einen langen Zug aus seiner Pfeife.
»Ja und?« drängte Meerut und blickte Jakov an. »Was ist aus dem Jungen geworden?«
»Das ist es ja, warum er säuft«, erklärte der Jökull. »Er weiß es nicht. Er habe seine Spur verfolgt und ihn einmal sogar gesehen, doch dann hätten die Reiter ihn selbst erwischt und verschleppt, bevor er ihn eingeholt hatte. Er glaubt, der Junge ist in einem Waldbrand umgekommen.«
»Aber warum waren die Männer hinter ihm her?«
»Sie wollten ihn hängen, weil er zuviel von der Sache wußte, aber er konnte ihnen entkommen.«
»Sie wollten ihn hängen?«

»Das behauptet er, doch ich glaub' ihm nicht, er faselte mir zuviel.«
Die Uhr in der Stube schlug zehnmal. »Es ist Zeit«, sagte der Jökull, »es war ein anstrengender Tag. Nimm deine Medizin!«
»Aber warum denn?« widersprach Meerut. »Ich bin doch gesund.«
Doch der Jökull duldete keine Widerrede.
»Was geschah mit ihm weiter?« Jakov fragte, ohne es zu wollen. Er mußte wissen, was aus Selwyn geworden war.
»Der Wirt hat ihn rausgeschmissen, weil er die Zeche nicht bezahlen konnte. Als ich am Morgen Jarschut verließ, hockte er auf dem Karren des Krämers.«
Der Bauer löschte die Kerzen, und Jakov tastete sich durch die Dunkelheit in die Stube.
Er konnte lange nicht einschlafen, lag auf dem Ofen und starrte ein Loch in die Finsternis. Der Bericht des Jökull hatte ihn aufgeschreckt. Nichts war mehr friedlich um ihn herum. Er durfte nicht länger warten, er mußte weg von hier.
Wieder wandelte er im Traum mit dem Abt im Kreuzgang des Klosters. Es war Winter in Wolneschitza. Vom Wein an den Säulen waren nur die nackten Äste übrig. Der Brunnen war leer.
»Zuerst habe ich Tschuk verloren, jetzt verliere ich auch noch Makeera«, sagte der Junge zum Abt. »Warum ist das so?«
»Nichts auf der Welt ist gerecht, mein Sohn. Wem willst du einen Vorwurf machen?«
»Ich weiß es nicht«, antwortete Jakov. Er zitterte vor Kälte.
»Was macht dich unzufrieden?«
»Kaum habe ich etwas gefunden, das mir wertvoll ist, muß ich mich wieder von ihm trennen«, sagte Jakov. »Zuerst der Hund, jetzt sind es Meerut und der Jökull.«

»Du vergißt deinen Vater«, mahnte ihn der Abt. »Bist du nicht seinetwegen unterwegs? Hat er nicht nach dir gerufen?«
»Mein Vater ist gar nicht der, für den ich ihn halte«, wollte er sagen, aber er fand nicht die richtigen Worte.
Doch der Abt hatte ihn auch ohne Worte verstanden. »Dein Vater ist ein Mensch wie wir alle. Vergiß das nie!«
»Danke, ehrwürdiger Vater«, sagte er zu dem Abt.
Erst sehr viel später verstand er, wofür er sich bedankt hatte.

Schlittenfahrt und ein plötzlicher Entschluß

Es schneite mehrere Tage hintereinander, der Schnee wuchs immer höher an den Wänden des Hauses. Manchmal fiel er leise und in großen Flocken, ein anderes Mal trieb ihn der Wind in Wellen daher. Dann schnitten die kleinen Körner so in die Haut, daß Jakov sich den Wollschal über die Haare zog, wenn er draußen zu tun hatte. Er sah kaum bis zur Scheune. An einen Abstieg ins Tal war nicht zu denken. So feierten die drei das Christfest in aller Stille. Die Uhr tickte und schlug wie an jedem Tag. Über dem Tisch drehte sich die Lampenfrau. Meerut steckte neue Kerzen in die holzgeschnitzten Hände, und sie scheuerte die Tischplatte, bis sie ganz weiß war. Sie holte einen großen Schinken aus der Räucherkammer, und das Vieh erhielt eine Gabel Heu mehr als sonst. Zu dem Geruch von Milch und altem Holz kam der des Weihrauchs.
Auf seinem Weg vom Tal hinauf hatte der Jökull ein paar Kiefernzweige mitgebracht. Mit ihnen schmückte er nun das Kreuz in der Ecke. Vom Brett über der Tür holte er die Bibel herunter.
»Und es begab sich aber zu der Zeit«, las er, als sie alle am Tisch saßen und die Schüssel mit dem dampfenden Kraut in der Mitte stand, *»daß ein Gebot von dem Kaiser Augustus ausging, daß alle Welt geschätzt würde ...«*
Draußen heulte der Sturm, doch drinnen war es friedlich. Meerut hatte für Jakov Wollhandschuhe gestrickt, aber er hatte nichts für sie.
Als es endlich zu schneien aufhörte und die Berge wieder zum Vorschein kamen, hatte der Mond gewechselt, und das neue Jahr war angebrochen.

»Das Heu geht zu Ende«, sagte der Jökull eines Abends bei Tisch. »Wir brauchen Nachschub.«
Am nächsten Morgen weckte er Jakov früher als sonst. Sie brachen im Dunkeln auf. Ein heller Streifen über dem Tal und den Bergen kündigte den Tag an.
Die Luft war bitterkalt.
Sie holten den großen Hörnerschlitten aus der Scheune und schnallten sich die Schneereifen an die Stiefel. Jetzt war der Junge froh über die wollenen Handschuhe. Der Jökull legte sich eine Lederschlaufe über die Schulter. Mit weit vorgebeugtem Oberkörper zog er den Schlitten hinter sich her. Jakov sah nur den breiten, gekrümmten Rücken vor sich.
Sie folgten einem unter dem tiefen Schnee versteckten Weg. Auf der Talseite ragte manchmal ein weißbemützter Zaunpflock heraus. Sie zogen und schoben den Schlitten aufwärts und redeten nicht.
Dann, als der erste Sonnenstrahl den Gipfel des Morro Kundan in Gold tauchte, blieb der Jökull einen Augenblick stehen und drehte sich um.
»Schau«, sagte er nur, und Jakov folgte seinem Blick und sah hinauf. Wie tausend Diamanten glimmerte der Schnee im Kar zwischen den Felsen.
Aber der Jökull ließ Jakov keine Zeit zum Staunen. »Weiter!« befahl er. An den Enden seines Schnurrbarts hatten sich Eisklümpchen gebildet.
Der Weg führte im Zickzack aufwärts. Sie quälten sich durch den tiefen Schnee, schoben und zogen den Schlitten, stapften und mühten sich ab. Bald lag der Hof weit unter ihnen. Jakov entdeckte die schneebedeckten Dachflügel nur durch den Rauch, der kerzengerade aus dem Kamin in die Höhe stieg.
»Das Wetter hält«, rief der Jökull nach hinten. »Das ist gut.«
Meerut saß jetzt im Stall und molk. Später würde sie das Vieh

zum Brunnen treiben, damit es saufen konnte. Sie würde mit ihren Holzpantoffeln hinter ihm herlaufen, »hea« schreien und dann die Milch in die Küche tragen.
Jakov dachte lange über sie nach. Es war schwierig geworden mit ihr. Wie wenn eine Wand zwischen ihnen stünde. Er sah an ihr vorbei und wußte nicht, warum. Es war seit ihrer Krankheit so, und dabei hatten sie sich nicht gestritten.
Wenn er nicht aufpaßte, stieß er mit den Reifen an die Kufen des Schlittens. Dann stolperte er und fiel nach vorn. Einmal schlug er sich das Knie an. Es tat weh, aber er schluckte den Schmerz hinunter. Er stützte die Hände auf die Griffe am Schlittenende und schob an. Bald klebte sein Hemd am Rücken. Die Haare fielen ihm ins Gesicht, und es nützte nichts, wenn er sie immer wieder zurückstreifte.
Der Hof verschwand hinter dem nächsten Buckel.
Auf halbem Weg legte der Jökull eine Pause ein. Sie hatten Brot dabei, dazu Käse und Schinken. Sie aßen schweigend. Jakov, weil er müde war, und der Jökull, weil er keine Lust zum Reden hatte. Nur einmal zeigte er mit der Hand hangabwärts. Da hockten zwei weiße, hühnerähnliche Vögel im Schnee.
»Wo kommen sie her?« fragte Jakov.
Der Jökull zuckte mit den Achseln. »Sie sind einfach da.« Er stand auf und zwängte sich in den Riemen. »Komm!«
Die Sonne hatte ihren höchsten Stand bereits überschritten, als sie die kleine Hütte erreichten, in der das Heu aufbewahrt wurde. Sie luden den Schlitten voll und banden ein großes Tuch darüber.
Es war gutes Heu, es strömte den Duft von Kräutern und warmen Sommertagen aus. Den Jökull erinnerte es an viele Stunden mühseliger Arbeit. Er hatte das Gras an steilen Hängen mähen müssen, immer vor einem Wetterumschlag

zitternd, hatte es gewendet und zusammengerecht, um schließlich Packen für Packen auf seinem Rücken zur Hütte zu schleppen. Das war im letzten Sommer gewesen, genauso wie im Sommer davor, und es würde im nächsten und übernächsten Jahr dasselbe sein. Jedesmal waren es die gleichen Handgriffe – bis zu seinem Tod.

Als sie den Schlitten beladen hatten, setzte sich der Jökull vorne zwischen die Hörner. Jakov stand auf den Kufen am hinteren Ende. Die Schneereifen hatten sie abgeschnallt. Sie zerrten den Schlitten soweit, bis er von allein zu gleiten begann, dann sprangen sie auf. Sie kamen nur langsam in Fahrt.

»Weiter!« schrie der Jökull, wenn Jakov anschieben sollte, und »hoh!« wenn es zu schnell ging.

Er steuerte mit den Stiefelhacken.

Die eisenbeschlagenen Kufen schürften laut durch den kalten Schnee. Die Schneehühner waren fort, als sie an ihrem Rastplatz vorbeifuhren.

Der Nachmittagsschatten wanderte bergwärts. Vor Einbruch der Dämmerung wollte der Bauer zu Hause sein.

Bald kam die Rauchfahne in ihr Blickfeld, über ihnen das Joch und die kleine Felswand, unter der Tschuk im Schnee begraben war. Tschuk ist tot, dachte Jakov, und dann wiederholte er es immer wieder: Tschuk ist tot, tot, tot, tot. Solange, bis er begriff, daß sein Tod ein unwiederbringlicher Zustand war.

Auf der gegenüberliegenden Seite des Tales betonten die schrägen Strahlen der Sonne Spalten und Risse im Gletscher. Dort, wo das Eis besonders tief aufgebrochen war, gähnten blau überschattete Streifen. Dort war das ganze Jahr Winter. Dort wuchs kein duftendes Gras.

Kurz bevor sie am Ziel waren, ließ der Jökull Jakov den

Schlitten steuern. »Versuch es«, sagte er grinsend, »es ist nicht schwer, wenn man es einmal raus hat!«
Jakov nahm den Platz des Bauern ein. Er griff mit den Händen um das Holz der Hörner, lief ein paar Schritte vor dem Schlitten her und sprang dann auf.
Jetzt kamen sie rasch in Fahrt. Das letzte Stück führte steil bergab. Er stemmte die Absätze in den Schnee, bremste und steuerte, wie es der Jökull getan hatte. In seinem Rücken spürte er den hin und her schwankenden Heupacken. Wenn Meerut mich jetzt sehen könnte, dachte er stolz.
»Langsam!« schrie der Jökull von hinten.
Doch Jakov fühlte sich sicher. Er hatte den Schlitten in seiner Gewalt, er ließ sich leicht lenken! Doch dann, als die Scheune vor seinen Augen auftauchte, war er auf einmal zu schnell geworden. Jakov konnte bremsen, so kräftig er wollte, es half nichts mehr. – Er streckte die Arme und legte sich weit nach hinten, während seine Absätze tiefe Furchen in den Schnee gruben.
»Jakov!« schrie der Jökull, »spring ab, schnell!«
Doch Jakov sah Meerut unter der Stalltüre stehen. Sie hatte den Melkeimer in der Hand. Er wollte nicht feig sein. Nein, jetzt nicht. So kam es, daß der Schlitten zu schleudern begann – nachdem der Jökull abgesprungen war –, die Scheunenwand rammte und seitlich kippte.
Jakov überschlug sich, kollerte ein Stück weiter und blieb schließlich kopfüber im tiefen Schnee stecken.
Meerut und Jökull lachten und lachten.
Stumm ging der Junge an ihnen vorbei. Er war es nicht gewöhnt, ausgelacht zu werden.
Stumm löffelte er seine Suppe am Abend.
»Sei mir nicht böse«, sagte Meerut. »Ich hab' es nicht so gemeint. Du hättest dich sehen sollen!« Und sie lächelte, als

sie sich daran erinnerte, wie er wieder aufgetaucht war, das wirre, dunkle Haar voll Schnee.

Jakov verzieh nicht so schnell. Sein Stolz war verletzt. Für einen Augenblick vergaß er, daß er für die andern nicht der Sohn des Duschaks war.

»Ich kann nicht hierbleiben«, sagte er unvermittelt. »Ich muß weiter, mein Vater ist krank. Ich muß zu ihm.«

»Überleg es dir gut«, gab der Jökull zu bedenken. »Jetzt bist du wütend. Geh nicht im Zorn!«

Meerut stand auf und ging in die Küche.

»Ich muß gehen«, wiederholte der Junge. »Nimm mich mit, wenn du das nächste Mal ins Dorf gehst.«

Der Jökull lehnte sich zurück. Er zog seine Pfeife aus der Lade unter dem Tisch. »Das kann schon in ein paar Tagen sein, wenn das Wetter so bleibt.«

Seine wachen Augen streiften über Jakovs Gesicht.

Jakov war unzufrieden. Er ärgerte sich über sich selbst und konnte nichts dagegen tun. Er ärgerte sich, daß ein Mädchen über ihn gelacht hatte und daß Meerut das Mädchen war. Mit einem Jungen konnte man sich prügeln und so die Sache aus der Welt schaffen. Mit einem Mädchen ging das nicht. Doch dann erinnerte er sich wieder an die Nacht in der kleinen Hütte, als sie beide unter seinem Fellmantel gelegen hatten. Da war es für einen Augenblick anders gewesen, und wenn er ehrlich war, hatte es ihm gefallen.

Er schob den Gedanken beiseite.

»Ich gehe nicht, weil ich wütend bin«, erklärte er dem Jökull.

»Und warum dann?«

»Weil ich gehen muß. Ich weiß das schon länger.«

»Schade.« Der Jökull legte die Arme auf den Tisch, die rechte Hand umklammerte den Pfeifenkopf. »Das wird auch Meerut einsehen müssen.«

»Sie wird sich freuen«, murmelte Jakov böse und verfolgte mit den Augen den hin und her schwingenden Pendel der Uhr.

»Wie kannst du das sagen?«

Meerut war ins Zimmer gekommen, ohne daß Jakov es bemerkt hatte. Er wandte ihr den Rücken zu. Die gemalten Bauernrosen am Zifferblatt verschwammen vor seinen Augen. Er wußte, daß er Meerut unrecht tat, aber er wußte nicht, was er dagegen tun sollte.

»Jakovs Vater ist krank«, erklärte der Jökull seiner Tochter. »Nur deswegen kann er nicht bleiben.«

Meerut glaubte ihm nicht.

»Wir werden mit ihm gehen«, sagte der Jökull. »Der Käse stapelt sich in der Kammer, und der Kasten ist voll mit gesponnener Wolle. Am Sonntag tanzen die Masken in Jarschut. Wir wollen Jakov begleiten und uns das ansehen!«

Ein Maskenfest

Das Wetter blieb schön. In den Mittagsstunden wurde es warm. Dann taute es, an den Dachrinnen bildeten sich lange Eiszapfen.
Jakov beeilte sich mit seiner Arbeit, damit er fertig war, wenn die Sonne auf die Giebelwand schien. Vor der hellen Mauer des Sockels war es dann warm. Er liebte es, auf der Treppe hockend nachzudenken. Es ist noch ein weiter Weg bis zum Paß von Juku, überlegte er. Zwischen hier und dort liegt Ravenstein.
Dort hauste der Tamarak auf seinem Schloß. Er war sein Feind. So jedenfalls stand es in der Botschaft, die Selwyn dem Abt überreicht hatte. Aber solange ihn niemand erkannte, würde alles gutgehen. Wer sollte ihn auch erkennen?
»Jetzt siehst du aus wie einer von uns«, hatte Meerut zu ihm gesagt, als er den Kittel des Bruders anzog. Der grobe, ausgebleichte Wollstoff war schon an vielen Stellen geflickt. »Behalt ihn! Hier paßt er niemand mehr, dem Vater nicht und mir erst recht nicht.«
Seine Haut hatte die Sonne dunkel gebrannt, und die Haare hingen ihm in die Augen. »So siehst du aus wie einer von uns!« Wenn das alle fanden, konnte ihm nichts geschehen.
An klaren Tagen sah er die Dächer von Jarschut, dahinter glänzte das silberne Band eines Flusses. Weit unten im Tal taute der Schnee von den Bäumen. Dort war der Wald dunkler als hier.
Er hockte still da und beobachtete spielende Dohlen. Sie schossen heran, benützten den Wind, um zu schweben, zu

segeln. Sie flatterten und stritten sich um die besten Bissen des Küchenabfalls, den Meerut ihnen hingestellt hatte.
Da besann sich Jakov auf das Mädchen. Seit sie über ihn gelacht hatte, war die Wand zwischen ihnen noch undurchdringlicher als vorher. Er versuchte Meerut zu bestrafen, indem er an ihr vorbeisah. Dann zählte er die Astlöcher in der Holzwand hinter dem Eßtisch.
Manchmal, wenn sein Blick auf ihr Kraushaar fiel, zwang er sich, schnell wieder wegzusehen. Er schob ihr nur widerwillig zu, was sie von ihm verlangte, und vermied es, so gut er konnte, das Wort an sie zu richten.
Meerut bemerkte sein verändertes Wesen. Sie war traurig darüber, aber sie war sich keiner Schuld bewußt.
Was ist nur mit mir los? dachte Jakov. Ich bin doch sonst nicht so? Es wird Zeit, daß ich gehe. Der Vater wartet. Und es fiel ihm nicht auf, daß er diesmal seinen Entschluß allein faßte, ohne vorher darüber nachzudenken, wie sein Vater entscheiden würde.
In der Nacht vor dem Tag, an dem sie ins Tal absteigen wollten, schlief er besonders schlecht. Der Ofen war ihm zu warm, die Decke auf seinen Beinen zu schwer. Er wälzte sich hin und her, hörte das Ticken der Uhr und das Pochen des Pulses in seinen Ohren. Er zählte die Glockenschläge und starrte über sich in die Dunkelheit.
Lange bevor der Jökull ins Zimmer kam, um ihn zu wecken, war er schon wach. Zum letzten Mal fütterte er das Vieh, während Meerut molk. Er warf ihnen mehr vor als sonst. Es würde spät werden, bis der Jökull und Meerut vom Tal zurückkämen.
Dann saßen sie auch zum letzten Mal zusammen am Tisch in der Stube und tunkten das harte Brot in den Kaffee.
»Wir nehmen die Kiepen«, bestimmte der Jökull.

Sie packten die kantigen Holzgestelle voll mit dem gelben Käse. Jakov wickelte Wams, Messer und Tschuks zerrissenen Strick in seinen Fellmantel und band das Bündel darüber. Meerut trug nur ihre Wolle.
Als sie Makeera verließen, wurde es hell. Der Schnee war hart gefroren. Sie brauchten keine Schneereifen. Der Mond stand blaß und kaum mehr sichtbar über den Bergen.
Jakov vermied es, sich umzusehen, als er hangabwärts stapfte. Von jetzt an würden der Jökull und Meerut wieder allein hier leben. Das würde so bleiben, bis Meerut einen Mann fand, der bereit war, hierherzuziehen. Und dann würde der Jökull beruhigt sterben können. Alles würde seine Ordnung haben, als habe es ihn, Jakov, nie gegeben.
In Makeera blieb ein Teil von ihm zurück, ebenso wie in der Kutsche und in Ruskos Hütte. Er empfand es als Verlust und trauerte ihm nach.
Er vermied es auch, zum Morro Kundan zu sehen, wo Tschuk unter der Lawine lag. Der Jökull hatte ihm versprochen, Tschuk zu begraben, wenn das Tauwetter seinen Körper freigäbe. Tschuk. Alles wäre leichter, wenn er noch lebte.
Jarschut war ein kleines Dorf. An diesem Tag war alles, was laufen konnte, unterwegs. Von überall her waren Leute gekommen, um am Maskentanz teilzunehmen. Von den Bergen und den Nachbardörfern, von den Tälern hinter den Bergen und den Weilern, die die Straße nach Ravenstein säumten.
Der Jökull führte Meerut und Jakov zuerst zur Schenke. Der Wirt war ein dicker Mann. Sein rotangelaufenes Gesicht glänzte vor Schweiß. Er hatte alle Hände voll zu tun. »He, Jökull!« begrüßte er sie. »Bringst du Käse?«
Neugierig starrten die kleinen, verschwommenen Augen Jakov an. »Wer ist denn das?«

»Das ist Jakov. Er ist auf dem Weg zu seinem Vater. Vielleicht nimmt ihn jemand mit nach Ravenstein.«
»Nach Ravenstein, so so«, brummte der Wirt. »Da wird sich was finden. Heut' geht's hoch her bei uns.«
»He, Wirt, ein Bier!«
Aus der Stube torkelte ein Gast. Jakov sah durch die offene Türe. Über den Tischen schwebte der Rauch in graublauen Schwaden. Kein Platz war mehr frei.
»He, Wirt!« schrie es von allen Seiten. »Beeil dich!«
Der Wirt hatte die Hände voll Gläser. Über den Rand schwappte der Schaum. Er tropfte auf den Boden.
»Stellt das Gepäck in die Kammer«, sagte er.
Erleichtert ließen sie ihre Lasten auf den Boden gleiten. Jakov reckte die Arme in die Höhe und bog sie nach hinten.
»Wer's nicht gewöhnt ist, für den ist es hart.« Der Jökull grinste.
Sie gingen hinaus.
Auf dem Dorfplatz drängten sich die Menschen. Sie strömten aus allen Gassen, lehnten sich an Häuserwände, drückten oder wurden geschoben.
»Geht schon voraus«, sagte der Jökull. »Ich brauche ein Bier.«
Vor der Kirche standen die Musikanten: Trommler, flankiert von Fiedlern und Dudelsackpfeifern. An ihnen vorbei bewegte sich der Maskenzug im Kreis um den Dorfplatz.
Jakov und Meerut fanden eine kleine Stufe, die zu einem der Häuser führte. Von hier konnten sie alles gut übersehen. Bis jetzt hatten sie noch nicht miteinander geredet. Jakov war unsicher, was er Meerut sagen sollte, und das Mädchen blieb stumm.
Zu dreien und vieren hüpften die Masken daher. Sie folgten dem Takt der Trommeln, trippelten in kleinen Schritten oder

sprangen hoch in die Luft. Jakov sah Hexen mit zahnlosen Mündern. Ihre langen Nasen schienen mit dem Kinn zusammenzuwachsen. Statt Augen hatten sie Löcher. Sie kamen bucklig daher, ritten auf Besen und kreischten dazu. Ihre Stimmen gellten in seinen Ohren.
Er sah kleine verwachsene Zwerge und auf Stelzen laufende Riesen, wandelnde Strohbüschel, Geister und Narren, deren Gewänder mit Glocken behangen waren. Einige hatten sich Tierköpfe übergestülpt. Sie kamen als Geier und Krähen, als Löwen, Esel und Hirsche. Auch ein Einhorn war dabei.
»He, du!« rief ein Mann hinter Jakov. »Mach Platz!«
Er hatte sich einen Sack über den Kopf gezogen. »Geh weg!« schrie er, als Jakov nicht schnell genug auswich. Ihm folgte ein zweiter, dritter und vierter Mann. Alle vier hatten ihre Köpfe unter Säcken verborgen.
Irgend etwas gefiel Jakov nicht. Sie paßten nicht in den Maskenzug. Ihre Bewegungen waren nicht fröhlich wie die der anderen. Sie hatten etwas Lauerndes, Drohendes an sich. Jakov hätte gerne ihre Gesichter gesehen.
»Sieh mal«, flüsterte Meerut neben ihm und zupfte ihn am Ärmel. »Sie tragen Sporen, sieh mal, Sporen wie Reiter!«
Für Jakov war das nichts Ungewöhnliches. Am Hof seines Vaters trugen die meisten Männer Sporen. Auch wenn sie nichts mit Pferden zu tun hatten. Am Hof seines Vaters waren Sporen ein Standeszeichen. Aber hier, im Gebirge, gab es fast keine Pferde. Wer so reich war, eines zu besitzen, der hielt es, um es an den Wagen zu spannen, und nicht, um auf ihm zu reiten.
Jakov ließ die Männer nicht aus den Augen. Sie mischten sich unter die anderen Masken und waren bald in der Menge verschwunden.
Auf den Fußspitzen stehend, beobachtete der Junge, was in

der Mitte des Platzes geschah. Dort hatten die Leute einen Scheiterhaufen aufgeschichtet. Auf ihm stand eine Puppe aus Stroh, die von einer Stange aufrecht gehalten wurde. Sie hatte einen alten Schlapphut auf und ein buntes Gewand an.
»Zündet sie an! Zündet sie an!« brüllten die Masken.
Da warf ein Mann eine brennende Fackel auf das Holz. Die dürren Äste fingen rasch Feuer. Unter dem Wirbeln der Trommel verbrannte die Puppe.
»Jetzt ist der Winter tot«, flüsterte Meerut leise.
»Aber er kommt wieder«, sagte Jakov, und das Mädchen sagte: »Erst nach dem Sommer.«
Sie redeten wieder miteinander. Fast war es wie früher.

Der Kampf

Die Kirchenglocken läuteten Mittag. Während die Puppe noch brannte, zerstreute sich die Menge der Masken. Sie strebten dem Fluß zu.
»Und was kommt jetzt?« fragte Jakov das Mädchen.
»Jetzt werden sie kämpfen«, erklärte ihm Meerut. »Wir müssen zum Vater!«
Weil vor der Tür zur Schenke eine Menge durstiger Männer auf Bier warteten, versuchten sie, den hinteren Eingang zu erreichen.
»Wenn wir durch den Wirtshof gehen, sind wir schneller.«
Meerut kannte sich aus.
Jakov folgte ihr.
In der schmalen Gasse unter den Dächern war es ruhig. Die Musik hatte aufgehört zu spielen, das Plappern der Leute und das Scheppern der Rasseln wurde zu einem gleichmäßigen Rauschen.
Es roch nach Schweinen und verbranntem Stroh.
Der Schnee auf dem Boden war brauner Matsch.
»Komm, wir sind richtig«, sagte Meerut. »Dort muß das Tor zum Wirtshof sein.«
»Hilfe!« schrie da jemand. »Hilfe!«
Aus dem Hof klangen Schläge und Stöhnen.
»Wo ist er?« fragte ein Mann mit böser, nasaler Stimme.
Die Antwort kam jammernd. »Laßt mich in Ruhe. Ich weiß es nicht!«
»Bist du der Krämer?«
»Ja, ja, was wollt ihr von mir?«
Jakov hatte Meerut in eine Mauernische gezogen. Sie standen

bewegungslos und wagten kaum zu atmen. Irgendwo bellte ein Hund.
»Komm«, bettelte Meerut, »geh weiter!« Aber Jakov wollte hören, was da geredet wurde.
»Wo ist er? Du weißt, wen wir meinen!« schrie der Fremde.
»Meint ihr den Alten? Den mit dem Stock und dem Umhang? Den Halbverrückten?« fragte verstört der Krämer.
»Fuhr er nicht mit dir? Wohin?«
»Nach Ravenstein. Wohin denn sonst!«
»Und weiter?«
»Das weiß ich nicht.«
Für eine Weile war nichts zu hören.
»Laß uns gehen, Jakov«, flüsterte Meerut ängstlich. »Die sind gefährlich.«
Da kamen die Männer durch das Tor. Sie waren zu viert, hatten Säcke über den Köpfen, und an den Stiefeln trugen sie Sporen. Es waren dieselben von vorhin.
»Jakov«, sagte Meerut. »Ich habe Angst, laß uns gehen!« Sie hatte das Umschlagtuch über ihr Gesicht gezogen. Nur die Augen hatte sie freigelassen.
»Schsch, sei still!« Jakov legte den Finger auf die Lippen.
Aus dem Hof klang Stöhnen. Der Junge achtete nicht darauf, ob Meerut ihm folgte. Er lief hinein, ohne zu überlegen, ob es gefährlich sei oder nicht. Im Halbschatten erkannte er zuerst nur Gerümpel. Alte, nicht mehr verwendbare Karren und Räder standen herum, ein Stapel Fässer an der Wand, darüber Ketten aus Mais, zwischen Gabeln, Sensen und anderem Gerät.
In einer Ecke, gleich neben der Einfahrt, hockte ein Mann an der Mauer. Er hatte den Kopf an die Wand gelehnt und ächzte leise. Aus seiner Nase rann Blut.
»Was ist?« fragte Jakov. »Bist du verletzt?«

Der Mann sah Jakov an. »Diese Schweine«, flüsterte er mit schwacher Stimme. »Räuber, Mörder!«
»Kanntest du sie?«
»Nein. Von hier sind sie nicht, sonst würde ich sie kennen.« Er versuchte aufzustehen.
»Komm, ich helf dir!« Jakov griff ihm unter die Achsel und zog ihn hoch.
»Bist du der Krämer?«
»Ja, ja.«
Der Mann wischte sich mit dem Ärmel das Blut von der Nase. »Bring mich hinein!« Er deutete auf eine kleine Pforte in der der Toreinfahrt gegenüberliegenden Mauer.
Jakov und Meerut stützten ihn. Seine Verletzungen waren nicht schwer, aber er war noch benommen. Hinter der Türe war ein zweiter Hof. Er war kleiner, ordentlicher als der andere.
Jakov hörte die keifende Stimme des Wirtes. Eine Frau antwortete ihm. Er hörte das Klappern von Geschirr und dahinter die Stimmen grölender Männer.
Durch einen Torbogen betraten sie den Gang vor der Stube.
Drinnen drängten sich die Leute am Schanktisch. Sie hatten ihre Masken abgenommen. Die meisten von ihnen hielten Biergläser in der Hand.
»He, Wirt, wir haben Durst!« schrie ein Mann.
Der Wirt wußte nicht, wen er zuerst bedienen sollte. Er hatte keine Zeit für den verwundeten Krämer. »Bringt ihn in die Küche«, riet er Jakov. »Vielleicht ist dort noch ein Stuhl frei.« Er rannte hinaus, kam mit einem Tablett voller Gläser wieder herein, wischte die Tische ab und brachte Teller und Gabeln.
Jakov und Meerut schleppten den Mann in die Küche. Sie räumten einen Stapel ungespülter Suppenteller von einem alten Küchenstuhl und ließen ihn sich setzen.

»Danke«, sagte der Krämer. »Laßt mich hier. Es geht gleich wieder.«
Die Kinder ließen ihn unter der Obhut der Wirtin zurück.
In der Küchentür stießen sie wieder mit dem Wirt zusammen.
»Dein Vater hat nach dir gefragt«, rief er Meerut zu. »Er ist schon zum Kampfplatz. Ihr sollt nachkommen!«
Da mischten sich Jakov und das Mädchen in den Strom der Leute.
»Was ist das für ein Kampf?« fragte Jakov.
»Also, das ist so«, begann Meerut. Sie hatte sich ihr Tuch wieder auf die Schultern rutschen lassen und es auf der Brust mit einem großen Knoten festgebunden. »Nachdem sie die Winterpuppe verbrannt haben, kämpfen zwei Männer gegeneinander. Der eine ist als Bär, der andere als Ritter verkleidet.«
Voll Eifer erzählte sie, und Jakov hörte ihr aufmerksam zu.
»Da war einmal ein Tamarak von Kerkuelen, den liebten die Leute sehr. Er wohnte auf seinem Hissar wie alle Tamaraks vor ihm.«
»Hissar«, unterbrach sie Jakov. »Was ist das?«
»Der Hissar ist ein Schloß. Das Schloß der Tamaraks von Kerkuelen heißt Hissar von Homorud. Es steht auf einem Felsen, hoch über der Hauptstadt Ravenstein, und ist nur durch einen unterirdischen Tunnel zu erreichen.«
Während sie auf dem rutschigen Weg dem Fluß zuliefen, hörte Jakov wieder die Trommeln.
»Komm«, sagte Meerut, »wir müssen uns beeilen!«
»Und wie ging es weiter?« fragte der Junge.
»Der Tamarak lebte glücklich auf seinem Hissar und regierte, bis eines Tages ein wilder Bär über die Berge kam und das Volk in Schrecken versetzte.«

»Warum hat man ihn nicht gleich getötet?«

»Das hat man ja versucht, aber alle Pfeile prallten an ihm ab. Die Speere zerbrachen, und die Schwerter wurden stumpf. Daraufhin setzte der Tamarak eine Belohnung aus für den, dem es gelänge, den Bär zu vertreiben. Aber niemand wagte sich an ihn heran.«

Während Meerut erzählte, beobachtete Jakov die Menschen, die vor und hinter ihnen gingen. Aber nirgends entdeckte er Männer mit Sporen an den Stiefeln.

»Viele Leute gaben dem Tamarak gute Ratschläge«, erzählte Meerut weiter. »Sie kamen sich alle sehr klug vor, aber der Bär wütete weiter im Land. Er tötete das Vieh und raubte Kinder. Niemand wagte sich mehr allein hinaus, und die Felder verkamen. Das Korn fiel aus, die Kartoffeln verfaulten im Boden. Die Folge war eine große Hungersnot. Da kam eines Tages ein altes Weib auf den Hissar und wollte den Tamarak sprechen. ›Gib ihm deine Tochter zur Frau‹, sagte sie. ›Dann läßt er euch in Ruhe!‹

›Meine Tochter?‹ fragte der Tamarak voll Entsetzen.

›Deine Tochter‹, wiederholte die Alte.

Nach einer schlaflosen Nacht beschloß der Vater, ihrem Rat zu folgen. ›Für mein Volk tue ich alles‹, sagte er traurig. Und er schickte seine Tochter in die Berge.«

»Das war aber dumm von ihm«, fand Jakov. Doch Meerut ging nicht darauf ein.

»Am Hofe des Tamarak diente ein Ritter, der die Tochter schon lange sehr gern hatte. Er hatte es nur noch nicht gewagt, seinen Herrn um ihre Hand zu bitten. Als er hörte, daß sie in die Berge geschickt worden war, folgte er ihr bis vor die Höhle des Bären. – Da ist der Vater!«

Sie hatten in der Menge den Jökull entdeckt und rannten auf ihn zu.

»Und was geschah dann?«
»Was dann?«
Ihr Umschlagtuch flatterte, der weite Rock schlang sich um ihre Beine.
»... folgte er ihr bis vor die Höhle des Bären«, wiederholte Jakov ihren letzten Satz.
»Dort kämpften sie gegeneinander.«
»Wer war der Sieger?«
»Der Ritter natürlich.«
Sie hatten den Jökull erreicht. Er stand am Rand des Weges und unterhielt sich mit zwei Männern. »Na, endlich«, begrüßte er die beiden. »Wo ward ihr solange?«
Aber er wartete nicht auf Antwort. »Gleich geht's los!«
Der Kampf fand auf einer flachen Wiese in der Nähe des Flusses statt. Die Menge hatte den Schnee festgetrampelt. An manchen Stellen glänzte Eis. Auf der dem Fluß zu gelegenen Seite hatte man einen Wall aufgeschüttet. Wenn das Hochwasser im Frühjahr oder nach langen Regenfällen über die Ufer stieg, dann sollte er den kostbaren Boden schützen, sonst schwemmte es die Erde weg und ließ nur Steine zurück. Von dem Wall aus hatte man den besten Blick auf den Kampfplatz. Auf einem Holzstoß an der gegenüberliegenden Seite standen die Trommler, die Fiedler und die Dudelsackpfeifer. Jakov fand, daß ihre fröhliche Musik nicht so recht zu der Sage paßte, die Meerut ihm erzählt hatte.
Durch die Menge drängten sich die Kämpfer. Der Bärenmann war groß. Er hatte das Fell über der Brust zusammengebunden. Der riesige Kopf schwankte bedrohlich hin und her. Ängstlich wichen die Leute vor ihm zurück.
»Eigentlich ist es doch dumm von ihnen, gegeneinander zu kämpfen, wenn der Sieger vorher schon feststeht«, sagte Jakov.

»Aber das tut es doch gar nicht«, verteidigte das Mädchen den Kampf.
»Wieso nicht?«
»Auch der Bär kann siegen, nicht nur der Ritter.«
»Das verstehe ich nicht«, sagte Jakov.
»Das ist so«, erklärte Meerut. »Im Lauf der Jahre wurde der Kampf von allen als eine Art Weissagung angesehen. Wenn der Bär siegt, wird es ein kurzer Sommer. Es wird viel regnen und böse Unwetter geben. Wenn der Ritter siegt, wird die Ernte gut, und der erste Schnee läßt lange auf sich warten.«
»Aber wird dann der Mann, der den Bär spielt, auch richtig kämpfen?«
»Er muß. Es ist ein Mann aus dem Dorf, der eine Schuld auf sich geladen hat. Wenn er gewinnt, wird ihm die Strafe erlassen. Deshalb kämpft er ehrlich. Auch er will siegen.«
Dem Bärenmann gegenüber hatte sich der Ritter aufgestellt. Ruhig, voll Würde, mit heruntergelassenem Visier, wie es seine Rolle verlangte, stand er da und wartete auf den Kampf. Ein leiser Windhauch bewegte die Federn auf seinem Helm.
Jakov verglich ihn mit seinem Gegner. Er ist klein, zu klein, um zu gewinnen, dachte er. Der Bär ist größer und stärker als er. Da fiel ihm die Sage wieder ein, die Meerut ihm erzählt hatte. Er konnte nicht verstehen, daß ein Vater seine Tochter einem Bären überließ, nur um sein Volk von einem Unheil zu befreien. Ob der Jökull auch so gehandelt hätte, wenn es um Meerut gegangen wäre?
Darauf fand er keine Antwort. Er wußte nur, daß er es nicht zugelassen hätte. Deshalb kam es ihm so vor, als kämpften die Männer um Meerut von Makeera und nicht um eine Tamaraktochter. Er fühlte sich, als stecke er in der Ritterrüstung und nicht irgendein Dorfbewohner aus Jarschut.
Er vergaß die Menge der Zuschauer, fühlte den eisigen

Bergwind in seinem Rücken und sah vor sich das dunkel gähnende Loch der Bärenhöhle. Er stand und wartete auf den ersten Angriff. Alle seine Sinne waren auf den Gegner gerichtet. Er hörte nicht die Trommel und nicht das Raunen der Leute. Alles, außer dem Kampf, ließ ihn gleichgültig.
Er hatte sein Schwert abgelegt. Nur die Eisenhandschuhe behielt er an. Als der Bär zum ersten Mal angriff, war es nur eine plumpe Attacke. Er sprang zur Seite, und die Pranke schlug an ihm vorbei.
»Er ist groß und stark«, flüsterte Meerut neben ihm ihrem Vater zu. Aber Jakov hörte es nicht.
Der Bär stürmte abermals vor. Diesmal war es ein heimtückischer Angriff. Er lief mit ein paar kleinen Schritten auf den Ritter zu, machte dann blitzschnell eine Wendung und sprang ihm in die Seite. Seine mächtigen Arme umklammerten ihn und hoben ihn hoch. Ein Aufschrei ging durch die Menge.
»Gib's ihm, Juri!«
Das brachte Jakov in die Wirklichkeit zurück. Es war kein Bär, der da kämpfte. Es war nur ein Mann, der sich als Bär verkleidet hatte. Und es war kein echter Ritter. Es war ein Mann aus Jarschut, der Juri hieß. Es ging auch nicht um Meerut von Makeera, sondern um ein Mädchen, das vor vielen hundert Jahren die Tochter eines Tamaraks von Kerkuelen gewesen war.
Die Sonne näherte sich bereits dem Gipfel des Morro Kundan, aber der Kampf war immer noch nicht entschieden. Neben dem Kirchturm des Dorfes stieg eine Rauchfahne kerzengerade in den Nachmittagshimmel. Bis zum Kampfplatz war der Gestank von verbranntem Stroh zu riechen.
Jetzt hatte der Ritter den Bären angefallen. Sie rangen und fielen zu Boden, wälzten sich hin und her, und jeder versuchte, den anderen auf die Schulter zu zwingen.

Der Bär war groß und der Ritter flink. Sie sprangen auf, drehten sich um sich selbst, täuschten den Gegner und kämpften hart und verbissen.
Jakov hörte sie keuchen.
»Juri, Juri!« brüllten die Zuschauer. »Gib's ihm!«
Da entdeckte der Junge auf einmal die Reiter. Sie standen auf der gegenüberliegenden Seite, neben den Trommlern. Sie hatten die Säcke abgenommen, doch Jakov erkannte sie an ihren Sporen.
»Jökull«, sagte er und zupfte den Bauern am Ärmel.
»Laß mich«, sagte der Jökull, ohne ihn anzusehen. »Gleich ist's zu Ende.«
»Kennst du die Männer da hinten? Sind sie von hier?«
Sie starrten zu ihm herüber, als würden sie ihn erkennen. Das machte ihn unruhig.
»Ich glaub', ich muß gehn«, murmelte er leise.
»Jetzt gleich?« fragte Meerut.
»Ja, jetzt gleich«, sagte Jakov.
Wie eine Mauer standen die Leute auf dem Wall hinter ihnen.
Der Bär wurde müde. Seine Kraft war am Ende. Planlos stampfte er hin und her. Obwohl die Gelegenheit günstig schien, ließ sich der Ritter Zeit.
»Pack ihn!« schrien die Männer.
Da nahm er einen Anlauf und sprang dem Bär an die Kehle.
Der Bär hatte keine Kraft mehr, ihm Widerstand zu leisten.
Er fiel um wie ein Sack.
Der Kampf war zu Ende. Die Zuschauer brüllten vor Begeisterung.
Einer der Männer, die den Krämer überfallen hatten, überquerte den Kampfplatz und kam auf Jakov zu. »Wer bist du?« fragte er mit fremder, nasaler Stimme. Er sprach puschkanisch.

Da machte Jakov einen Fehler. Er vergaß, daß er sich im Lande Kerkuelen aufhielt, und in Kerkuelen spricht und versteht fast niemand puschkanisch.
»Was geht's dich an!« antwortete er rasch, ohne zu überlegen.
In den Augen des Mannes blitzte es schadenfroh. »Mehr als du denkst«, sagte er höhnisch. »Komm mit!«
Er packte Jakov an der Schulter und wollte ihn mit sich ziehen.
Doch der Junge riß sich los. »Jökull, hilf mir!« schrie er laut.
Der Jökull fuhr herum. »Laß den Jungen in Ruhe!«
Er stieß den Fremden weg.
»Komm schnell!« Sie zwängten sich durch die Menge.
»Wohin?«
»Nur weg!«
Gefolgt von Meerut rannten sie hangaufwärts. »Macht langsam!« rief Meerut hinter ihnen her. Doch die Angst trieb Jakov vorwärts.

Auf dem Fluß

Erst im Schatten der Häuser hielt Jakov an. Leer, wie ausgestorben lag der Platz vor der Kirche in der prallen Mittagssonne. Nur ein kleiner Aschenhaufen erinnerte noch an die verbrannte Winterpuppe. Einige Hühner scharrten nach Körnern im zertrampelten Schnee.

»Was ist?« fragte der Jökull. »Warum rennst du davon? Was regt dich so auf?«

»Ich werde verfolgt«, sagte Jakov. Er sah sich ängstlich um. »Ich muß fliehen!«

Der alte Jökulll sah ihn prüfend an. Er hatte eine Hand auf Meeruts Schulter gelegt, als müßte er sich stützen. Unter seinem Blick kam sich Jakov dumm und verlogen vor.

»Dann bist du der Junge, von dem der betrunkene Mann in der Schenke erzählt hat«, sagte der Jökull. Mehr sagte er nicht, aber das war genug.

»Ich muß fliehen«, wiederholte Jakov. Seine Stimme zitterte vor Erregung. »Fliehen oder mich verstecken. Sie wollen mich töten!«

»Wer?« fragte Meerut.

»Die Reiter. Die mit den Sporen. Sie sind schon lange hinter mir her.«

»Und wo willst du hin?«

»Zu meinem Vater nach Tandilan. Er ist der Duschak.«

»Dann mußt du zuerst nach Ravenstein.« Der Jökull überlegte laut. »Auf der Straße holen sie dich schnell ein. Da bleibt nur der Pundok-Fluß!«

Jakov atmete auf. Auf dem Pundok konnte man mit dem Floß flußabwärts gelangen.

»Aber es ist nicht leicht zu dieser Jahreszeit«, überlegte der Jökull. »Er führt wenig Wasser, seine Ränder sind vereist, noch trägt er kein großes Floß.«
»Ich muß es versuchen«, sagte Jakov.
Der Jökull erkannte, wie fest entschlossen Jakov war. Er machte ihm einen Vorschlag: »Wenn du willst, bringe ich dich so weit, bis es nicht mehr so gefährlich ist. Wir nehmen nur drei oder vier leichte Stämme. Das wird ein bißchen unruhig, aber wenn man den Weg durch die Stromschnellen kennt, müßte es gehen. Nur auf dem Wasser kommst du durch die Schlucht. Kein Pferd kann uns da folgen. Die Reiter müssen einen Umweg machen. Bis sie den Berg umritten haben, bist du schon weit.«
Er machte eine Pause.
»Drei oder vier Stämme«, wiederholte er, als ob er sich selbst überprüfen wollte. »Das müßte reichen!«
»Und was wird aus Meerut?« fragte Jakov.
»Meerut muß heim, das Vieh versorgen. Sie ist nicht in Gefahr. – Komm! Beeilen wir uns!«
»Mein Mantel ist noch in der Schenke.«
Da schickte der Jökull Meerut, um Jakovs Bündel zu holen.
»Sie werden dich zwischen den Masken suchen, dann erst im Dorf«, sagte der Jökull, während sie auf Meerut warteten. »Danach, wenn sie nirgends eine Spur von dir entdecken, werden sie die Straße nach Ravenstein kontrollieren, den Fluß erst zuallerletzt.«
Der Jökull war klug. Jakov fand seine Überlegungen folgerichtig.
»Darf ich euch ein Stück begleiten?« fragte Meerut, als sie mit dem zusammengeschnürten Mantel zurückgekommen war. »Bitte!«
Der Vater erlaubte es ihr.

Sie konnten nicht auf dem direkten Weg zum Fluß. Dort war die Gefahr zu groß, auf Jakovs Verfolger zu treffen. So verließen sie das Dorf auf der dem Fluß abgewandten Seite. Auf einem schmalen, im Schnee ausgetretenen Pfad stiegen sie zuerst ein Stück den Hang aufwärts, querten ihn, bis die Dächer von Jarschut hinter der nächsten Bodenerhebung verschwunden waren. Im Schutz eines Lawinengrabens führte sie der Jökull zum Ufer hinunter. Einmal kamen sie dem Kreischen und Johlen sehr nahe, die Leute lachten und schrien.
»Sie bringen den Bären zurück«, erklärte der Jökull leise.
»Was machen sie mit ihm?« fragte Jakov.
»Er hat den Kampf verloren. Jetzt muß er seine Strafe abbüßen.«
»Und wie lautet das Urteil?«
»Er bekommt vor allen Leuten zwanzig Stockhiebe auf den nackten Hintern.«
Der Jökull grinste bei dem Gedanken.
»Was hat er denn getan?« fragte Jakov entsetzt.
»Er hat dem Pfarrer ein Schwein gestohlen.«
Jakov erschien die Strafe zu hart für das Vergehen. Es waren nicht nur die Stockhiebe, die ihn störten, es war auch die erniedrigende Art der Vollstreckung: Nie mehr würde der Mann derselbe sein wie vorher. Jakov überlegte, was er täte, wenn ihm etwas Ähnliches geschähe.
»Beeilt euch«, flüsterte der Jökull. »Es ist schon spät!«
Sie stapften weiter durch den Schnee. Ein Stück flußabwärts der Stelle, an der der Kampf stattgefunden hatte, kamen sie an den Platz, an dem Holz auf den Abtransport wartete. Bis hierher trieb das Wasser die Stämme von allein. Hier wurden sie gesammelt, zusammengebunden und lagen bereit, mit dem ersten Hochwasser nach Ravenstein gebracht zu werden.

Im Schutz kahler Weidenbüsche schlichen die drei heran. Der Platz lag still im Nachmittagslicht. Weit und breit war niemand zu sehen, außer dem Murmeln des Wassers war nichts zu hören.
Da stand der Jökull auf. »Kommt!« rief er.
Er lief von Stamm zu Stamm, betrachtete die Rinde, schätzte und maß. Es war nicht einfach, vier gleiche Bäume zu finden, die widerstandsfähig, doch nicht zu schwer, gerade gewachsen, kräftig und mit möglichst wenig Ästen versehen sein sollten. Sie mußten nahe beieinanderliegen, nicht zu weit vom Ufer entfernt. Sie durften nirgendwo einen Spalt oder Riß haben, sonst würden sie an der ersten Stromschnelle knicken, wie Zweige im Sturm.
Er fand, was er suchte. Vier junge Kiefernstämme, widerstandsfähig, doch nicht zu schwer und ohne Verletzung. Er legte die vier Stämme nebeneinander und zeigte Jakov, wie sie zusammengebunden wurden. Von diesem Zusammenhalt würde ihr Leben abhängen. Er legte zwei dicke Äste quer über die Stämme und verband alles mit biegsamen Weidenruten. Zum Schluß befestigte er noch einen Ast über allem, damit sie sich festhalten könnten, wenn die Strömung das Floß heftig bewegte.
Jakov arbeitete still und verbissen. Ab und zu richtete er sich auf und sah sich um.
Von den Verfolgern war nichts zu sehen.
Auch Meerut half, so gut sie konnte. Sie schnitt die Weiden, schleppte sie heran, reichte sie dem Vater und Jakov, wenn sie danach verlangten.
Der Bauer wußte, wie man ein Floß baute. Er hatte in jungen Jahren viele Flöße gebaut. Das hatte er nicht vergessen. Die Arbeit ging schnell, weil jeder Handgriff saß. Die Zeit drängte.

Jakov hatte Angst vor dem Abschied. Diesmal war er es, der jemand verließ. Er fühlte sich unglücklich, wußte nicht, was er sagen sollte. Er vermied es, Meerut ins Gesicht zu sehen. Er wußte, daß sie traurig war, aber er konnte es nicht ändern.
Dann, als er schon auf dem Floß hockte, während es der Jökull mit einer Stange vom Ufer abstieß, fiel ihm etwas ein. Ich muß ihr ein Geschenk machen. Irgend etwas, das sie an mich erinnert, dachte er. Ein Geschenk ist wie eine unsichtbare Verbindung. Aber er wußte nicht, was er ihr schenken könnte! Da fiel sein Blick zufällig auf die bunten Flußkieselsteine, und er griff mit der Hand in das eiskalte Wasser und holte sich einen heraus. »Da«, rief er und warf ihn Meerut zu, und dann sagte er, und er sagte es so, als wäre es ganz unwichtig: »Er soll dir Glück bringen!«
Meerut fing den Stein auf. »Mach's gut, Jakov«, sagte sie leise. Aber das konnte Jakov schon nicht mehr hören.
Das schmale Floß strebte der Flußmitte zu. Zuerst mußte der Jökull staken, damit es sich bewegte, doch dann, als die Strömung stärker wurde, zog sie das Floß mit sich.
Jakov saß rittlings auf der Stange, die der Jökull über den querliegenden Ästen angebracht hatte. Das Bündel mit dem Mantel hing festgebunden neben ihm.
Jakov beobachtete, wie Meeruts Gestalt am Ufer immer kleiner wurde. Sie hatte sich ihr Tuch um den Kopf geschlungen, stand und rührte sich nicht.
Sie hatte keine Miene verzogen, als Jakov davonfuhr. Erst als das Floß hinter der Flußbiegung verschwunden war, wendete sie sich ab und machte sich auf den Heimweg. Nach Makeera war es noch weit, und das Vieh hatte Hunger. Der Vater würde gut durch die Stromschnellen kommen. Da war sie ganz sicher. Und ihre Hand in der Rocktasche umklammerte den Kieselstein.

Jakov starrte noch einige Zeit in die Richtung, in der Meerut verschwunden war, dann drehte er sich um und blickte flußabwärts. Das Gefälle nahm zu. Das Floß schoß dahin. Auch der Jökull hockte jetzt auf der Stange. Sein breiter Rücken versperrte dem Jungen die Sicht. In dieser Jahreszeit führte der Pundok nicht viel Wasser mit sich. Noch hatte die Schneeschmelze nicht eingesetzt, und die Kälte hielt das Wasser in den Gletschern gefangen. Unter dem blaßgrünen Schimmer der Strömung war jeder Stein zu sehen.
Das Tal war weit, der Fluß wand sich in vielen Biegungen dahin. Seine Nebenarme hatten langzüngige Inseln abgetrennt, und Jakov betrachtete ängstlich das Gewirr der Strömungen. Doch der Jökull wußte, welchen Weg er einzuschlagen hatte. Manchmal stand er auf und gab mit der Stange dem Floß eine andere Richtung, und wenn es einem Hindernis zu nahe kam, stieß er es ab.
An den Ufern wuchsen Weiden. Im winterlichen Nachmittagslicht erschienen ihre Äste in einem violetten Schimmer. Wenn das Land rechts und links anstieg, hatte sich der Fluß sein Bett tief eingegraben. Dann brachen die Ufer steil ab, und aus den lehmigen Wänden rieselte Wasser.
Jakov gefiel es auf dem Floß, fast hatte er vergessen, daß er verfolgt wurde. Doch plötzlich hob der Jökull den Arm. »Da«, sagte er nur.
Jakov entdeckte eine Schar aufgescheuchter Enten. Entrüstet schnatternd, schwirrten sie hoch, ordneten sich keilförmig hintereinander ein und flogen davon. Erst als sie weg waren, sah er die Reiter. Sie standen auf einem Hügel und beobachteten den Fluß.
»Jökull«, rief der Junge voll Entsetzen. »Da sind sie!«
»Ich weiß«, sagte der Jökull. Seine Stimme klang ruhig. »Reg dich nicht auf!«

Das kleine Floß war nicht zu übersehen, die Reiter wußten, hinter was sie her waren. Sie hatten das ganze Dorf nach dem Jungen abgesucht. Sie waren ein Stück die Straße hinunter geritten, dann hatten sie sich getrennt und das Gelände durchstreift. Sie hatten Leute gezwungen, ihre Masken abzunehmen – sie suchten den Sohn des Duschaks! Und sie gaben nicht auf. Nun hatten sie ihre müden Pferde zum Fluß getrieben. Als sie das Floß in der Mitte der Strömung entdeckten, bohrten sie den Tieren die Sporen in die Seiten, zwangen sie durch den Schnee hügelabwärts. Kurz bevor das Floß die Stelle passiert hatte, erreichten sie das Ufer.

»Leg dich hin!« schrie der Jökull. Er warf sich auf die Stämme und hielt sich mit einer Hand an der Mittelstange fest. Steuerlos trieben sie in der Strömung.

Schon peitschten die ersten Schüsse über das Wasser. Die Reiter hatten ihre Flinten heruntergerissen und schossen.

Jakov preßte sein Gesicht gegen das Holz. Er spürte nicht, daß das überschwappende Wasser seinen Kittel durchnäßte, daß es in die Stiefel lief und daß er es, als ein Schuß in unmittelbarer Nähe in den Fluß schlug, sogar schluckte. Er lag mit ausgebreiteten Armen auf dem Floß und hielt sich mit den Händen an den äußeren Stämmen fest. Vor seinem Kopf baumelte das Fellbündel.

Vater, hilf mir! dachte er. Doch dann fiel ihm ein, daß der Jökull bei ihm war. Der Jökull würde es schaffen. Damit bezwang er seine Angst.

Die schräg auf die Wasseroberfläche fallenden Strahlen der untergehenden Sonne spiegelten sich in den Wellen der Strömung. Aufblitzende Lichtflecken blendeten die Schützen. Dies und ihr rasch sich bewegendes Ziel verhinderten, daß sie ihr Opfer trafen.

Das Floß trieb vorbei.

»Bleib liegen«, sagte der Jökull, als Jakov aufstehen wollte. Die Reiter trieben die Pferde ins flache Wasser. Sie brüllten vor Wut und versuchten, in wildem Galopp das Floß einzuholen. Als das Ufer immer steiler wurde, mußten sie die Verfolgung aufgeben.
Hinter der nächsten Biegung richtete sich der Jökull auf. Jakov schlotterte vor Kälte. Die Sonne war untergegangen. Immer noch riß die Strömung das Floß mit sich.
»Zieh den Mantel an«, sagte der Jökull. Er nahm seinen Stock in die Fäuste und hielt ihn in die Strömung.
»Wir machen bald Pause.«
Jakov zog seinen Fellmantel an. Der Jökull ist da, dachte er. Er weiß, wo wir lagern können. Wenn er die Augen schloß, spürte er das Schlingern des Holzes.
Der Jökull ist bei mir, sagte er sich immer wieder vor. Meerut hat ihn mir geliehen. Der Jökull ist ein guter Vater.
Es war finster, als sie auf einer Insel landeten. Jakov war todmüde. Er bemerkte kaum noch, wie der Jökull ein kleines Feuer in Gang brachte. Er spürte nicht, wie ihm der nasse Kittel und die Stiefel ausgezogen wurden und wie er in seinem Fellmantel am warmen Feuer einschlief.
Über ihm war der kalte Winterhimmel von Sternen übersät.
Ein fremdes Geräusch weckte Jakov. Es war noch dunkel.
Der Jökull hockte am glimmenden Feuer, briet etwas in der Asche. »Eine Ente«, sagte er, als er sah, daß Jakov aufgewacht war. »Sie war so dumm, sich fangen zu lassen.« Er hatte mit Hilfe von Tschuks zerrissenem Strick eine Schlinge gebaut, sich angeschlichen und die Ente gefangen. Und das alles fast lautlos.
»Steh auf«, sagte der Jökull, »da ist der Kittel. Und iß was. Es wird bald hell. Wir müssen hier weg.«
Die Ente schmeckte gut. Jakov riß mit den Zähnen das warme

Fleisch von den Knochen. Als er satt war, war nichts mehr von ihr übrig.
Er zog den Kittel unter den Fellmantel. Noch war es so kalt, daß er ihn brauchte. Dann schob er mit dem Jökull zusammen das Floß ins Wasser. Sie stießen ab.
Diesmal wurden sie gleich von der Strömung mitgerissen. Das Wasser war silbrig, die Weidenbüsche huschten vorbei wie fliehende Schemen.
Unverwandt starrte der Bauer den Fluß hinunter. Er schien es zu ahnen, wenn ein Stein in der Strömung in ihrem Weg lag oder ein ins Wasser gestürzter Baum gefährliche Wirbel entstehen ließ.
Der Junge hörte das Gluckern und Rauschen der Strömung gern. Es verschlang jedes andere Geräusch. Er fühlte sich hinter dem Rücken des Jökull geborgen.
Mit der aufgehenden Sonne kamen die Reiter.
Diesmal entdeckte Jakov sie zuerst. Er stieß den Jökull an. »Da sind sie wieder!«
Im Schutz der Dunkelheit hatten die Reiter sie überholt. Jetzt standen sie oben am Steilufer, behielten den Fluß im Auge und warteten.
»Beweg dich nicht«, flüsterte der Jökull. »Es ist noch nicht hell genug. Vielleicht halten sie uns für Treibgut.«
Sie waren auf gleicher Höhe, als der Anführer das schmale Floß erkannte. Er riß sein Pferd herum und machte sich an die Verfolgung. Die anderen ritten hinter ihm her. Sie jagten am Ufer entlang, doch nirgends war es so flach, daß die Pferde über die Böschung ins Wasser gelangen konnten. Über den lehmigen Steilwänden hing zuviel Schnee.
»Sie schaffen es nicht!« jubelte Jakov. Er klammerte sich fest an die Stange, während das Floß in rasender Fahrt dahinschoß. Er sah, wie sie die Pferde schlugen. Er lachte, als sie

ihre Flinten herunterrissen und aus viel zu großer Entfernung zu schießen begannen. Er fühlte sich nicht gefährdet und achtete nicht darauf, daß das gluckernde Rauschen sich längst in ein Brüllen verwandelt hatte. Erst als der Jökull ihm etwas zuschrie, fiel es ihm auf. »Halt dich fest! Beweg dich nicht!«
Da wurde es dunkel um sie herum. Der Himmel über ihnen war nur noch ein schmales Band.
Der Jökull kniete auf dem Floß. Er hatte die Unterschenkel unter der Mittelstange verschränkt, damit seine Hände frei waren. In ihnen hielt er den Stock. Er war jetzt Prellbock und Ruder zugleich. Die Wucht der Strömung nahm ständig zu. Für sie war das Floß kaum mehr als ein Spielzeug. Sie riß es hin und her, warf es hoch, bis es sich aufbäumte und gleich darauf klatschend wieder aufs Wasser prallte.
Mein Gott! dachte Jakov verzweifelt. Das schafft auch der Jökull nicht mehr.
Er spürte bald jeden Knochen im Leib. Es schüttelte ihn hin und her, und sein Fellmantel sog sich voll Wasser.
»Jökull!« schrie Jakov, als sie sich plötzlich drehten. Die Strömung riß sie nach unten.
»Halt dich fest!« brüllte der Jökull.
Jakovs Hände umklammerten die Stange, seine Nägel gruben sich ins Holz. Sie fuhren rückwärts. Das Floß tauchte tief ins Wasser. Weiße, eiskalte Gischt schlug über ihnen zusammen.
»Jökull!« schrie Jakov noch einmal.
Aber der Jökull hatte das Floß schnell wieder in der Gewalt. Das Holz unter ihnen ächzte, mehr als einmal schürften sie über den felsigen Grund.
Als ein heftiger Stoß Jakovs Kopf nach hinten warf, sah er, wie das ausgefranste Band des Himmels sich über ihm abspulte. An einigen Stellen hatte der Fluß die Uferwand unterhöhlt.

Die Kraft des nach unten stürzenden Wassers war groß. Es zwängte sich durch Spalten und Risse, brach sich an herausragenden Steinen, schäumte, sprühte und schoß über die kleinen Stufen im Flußbett.

»Zieh den Kopf ein!« brüllte der Jökull manchmal, und Jakov duckte sich, als warte er auf einen Schlag. Er schloß die Augen, um die vorbeifliehende Felswand nicht sehen zu müssen. Es kam ihm wie eine Ewigkeit vor, bis das Floß zur Ruhe kam. Er fühlte sich kaputt und zerschlagen.

»Jakov«, sagte der Jökull ruhig, als wäre nichts vorgefallen. »Hat's dir gefallen?«

»Na ja«, sagte Jakov, »auf einem Pferd fühl' ich mich wohler.«

Da lachte der Jökull.

Sie schwammen auf einem unterirdischen See, der nur durch einen schmalen Spalt erhellt wurde. An der Wölbung über ihnen hingen Eiszapfen, aber dem fließenden Wasser konnte die Kälte nichts anhaben.

»Hier bleiben wir«, sagte der Jökull. Er tauchte seinen Stock ins Wasser, aber er kam nicht auf Grund. An beiden Seiten hatte das Hochwasser tiefe Ausbuchtungen aus den Wänden geschwemmt. Dort waren Höhlen entstanden.

Sie warteten, bis die Strömung das Floß in die Nähe der Felsen trieb. Solange der Fluß kein Hochwasser führte, war es dort trocken.

Der Jökull kletterte an Land und befestigte ihr Gefährt an einem Felsblock.

Jakov versuchte aufzustehen. Fast wäre er ins Wasser gefallen. Seine Beine waren steif, und die Stämme, auf denen er stand, gerieten ins Schwanken.

»Komm, das wird gleich besser!«

Auf dem Boden der Höhle fanden sie trockenes Schwemm-

holz. Es war alt und morsch, und der Jökull hatte nur wenig Mühe, ein Feuer in Gang zu bringen. Er schlug den Funken aus zwei Steinen. Das macht man so und so und so, erklärte er dem Jungen. Es sah ganz einfach aus, doch als Jakov es später selbst versuchte, brauchte er lange dazu.
Die Wände warfen die Wärme zurück, und ihre Kleider trockneten schnell. Sie hockten vor dem Feuer und schwiegen. Der Jökull hatte entdeckt, daß seine Pfeife naß geworden war – das machte ihn verdrossen.
Jakov hatte Hunger. Er dachte an die Ente, die sie am Morgen gegessen hatten. Das Wasser lief ihm im Mund zusammen. Der Jökull hat sicher auch Hunger, überlegte er, aber er wird es nie zugeben, weil es nicht zu ändern ist. Wenn es ein bißchen heller wäre, würde ich versuchen, einen Fisch zu fangen. Ich würde ihn so fangen, wie Selwyn es mir gezeigt hat, und es würde mir nichts ausmachen, ihn auch zu töten. Ich würde es für den Jökull tun – und natürlich auch für mich selbst.
Sie schwiegen lange, und jeder hing seinen Gedanken nach. Das Feuer flackerte und strahlte Wärme aus. Ihre Schatten huschten über die Felswände. Die Eiszapfen begannen zu tauen, und es war, wie wenn es regnete.
Das Rauschen des Flusses kam aus weiter Entfernung.
»Weißt du«, sagte Jakov zögernd, »früher im Kloster, da war ich der Meinung, daß ein Freund ein Mensch ist, mit dem man gut reden kann. Jetzt glaube ich, daß es ein Mensch sein muß, mit dem man auch gut schweigen kann.«
Der Jökull hörte ihm zu. Er nickte bedächtig mit dem Kopf. »Das stimmt«, sagte er. Es war das erste Mal, daß ihm der Junge von früher erzählte. Er hatte nie danach gefragt. Es war auch nicht nötig zu wissen, was vorher war. Es würde nichts ändern zwischen ihnen. Sie schliefen gut in dieser Nacht.

Am nächsten Tag war der Hunger noch größer. »Wenn wir das hinter uns haben«, sagte der Jökull, »dann fange ich wieder eine Ente.«
Das machte sie zwar nicht satt, aber die Hoffnung tröstete etwas. Sie schoben das Floß ins Wasser.
Jakov hätte gern gefragt, wie lange sie noch durch die Schlucht fahren müßten, aber er hatte Angst davor, daß ihr Ende auch den Abschied von Jökull bedeuten würde.
Sie hangelten sich an der Felswand entlang, solange, bis sie die Strömung wieder erfaßte.
Das Himmelsband war grau an diesem Morgen.
Wieder kauerte Jakov hinter dem Rücken des Jökull, während dieser mit dem Stock auf den Knien Wache hielt. Doch das Gefälle war nicht mehr so stark. Der Pundok floß ruhig über sandigem Boden dahin. Nur wenn es zu flach wurde, mußte der Jökull staken. »Es geht langsam voran heute«, sagte er einmal. Und dann, als wollte er Jakovs nicht ausgesprochene Frage beantworten: »Wenn wir hier durch sind, muß ich heim.«
»Und wie komm ich weiter?« fragte der Junge.
»Du fährst noch ein Stück auf dem Fluß, bis du von fern eine Brücke siehst. Dort triffst du auf die Straße nach Ravenstein.«
Bald kam es dem Jungen so vor, als rücke der Himmel näher. Die Felswände schrumpften in sich zusammen. An den Ufern wuchsen vereinzelt schon Weiden. Manchmal huschten Fische im Wasser an ihnen vorbei. Manchmal standen sie lauernd über dem rötlichen Sand. Es roch nach Algen.
Dann wurde es plötzlich hell, die Schlucht war zu Ende. Die Landschaft hatte sich sehr verändert. Die Berge waren zurückgewichen, als wollten sie dem Fluß Platz machen.
»Dort hinten liegt der Paß von Juku«, erklärte der Jökull. Er

beschrieb mit der Hand einen Bogen. »Dort hinten! Von Ravenstein führt eine Straße dorthin. Wenn du Glück hast, glauben sie, daß du tot bist. Dann warten sie nicht mehr. Kaum jemand fährt im Winter den Fluß hinunter. Wenn das Floß in der Schlucht zerbricht, bist du hin. Du kannst nicht mehr vor und nicht zurück. Bei höherem Wasser verschwinden viele Steine. Dann fahren die Flöße hintereinander, und einer hilft dem anderen, wenn es nötig ist. Du kannst nur hoffen, daß sie glauben, du seist jetzt tot. Dann sind sie längst in die Stadt zurück.«

Das Tal öffnete sich, die Hügel wurden flach. Unter dem Schnee versteckten sich Wiesen und Äcker.

Sie landeten auf einer Kiesbank.

Während der Junge trockenes Holz zusammentrug, ging der Jökull auf die Jagd. Aber es war nicht leicht, am hellen Tag eine Ente zu erwischen.

»Du mußt dein Wild überlisten«, sagte er später zu Jakov. »Das ist der Trick. Du mußt ihm den Fluchtweg versperren und handeln, bevor es handelt. Du mußt das sein, was du jagen willst. Das ist das ganze Geheimnis.«

Ich muß also lernen zu denken wie eine Ente, wenn ich eine Ente jagen will, überlegte der Junge. Vielleicht gilt das auch für meine Verfolger. Wenn ich mir vorstelle, was ich an ihrer Stelle tun würde, dann ist die Wahrscheinlichkeit groß, daß sie zu demselben Ergebnis kommen. Sie wissen, wohin ich will, und handeln danach. Und wenn ich das Gegenteil tue von dem, was sie von mir erwarten, kann ich ihnen entkommen.

Aber seine Möglichkeiten waren begrenzt. Der Weg, den er einschlagen mußte, lag fest. Er führte ihn auf der Straße nach Ravenstein und von dort zum Paß von Juku. Was war da zu ändern?

Sie aßen die Ente gemeinsam.
»Mach's gut!« sagte der Jökull beim Abschied.
Dann ging er davon. Sein Weg führte über die Berge, durch die sich der Fluß eingegraben hatte. Gebeugt und ein wenig müde ging er davon, und er sah sich nicht um.
»Grüß Meerut von mir!« rief Jakov ihm nach. Doch er konnte nicht erkennen, ob der Jökull es gehört hatte.

Diesmal schob er allein das Floß ins Wasser. Er sprang mit einem Schritt auf die Stämme, hielt in der Hand die Stange und versuchte, das Gleichgewicht nicht zu verlieren. Dann, als es ruhig flußabwärts trieb, war er stolz. Er stakte es in die gewünschte Richtung. Es ließ sich leicht steuern. Einmal blieb es an einer Sandbank hängen, aber er hatte es schnell wieder frei.

An den flachen Ufern wuchsen Weiden und Pappeln. Der Pundok floß träge an ihnen vorbei. Der Himmel war grau, und die Berge versteckten sich hinter den Wolken. Jetzt, nachdem ihn der Jökull verlassen hatte, merkte Jakov, wie allein er war. Damals im Moor, kurz nach dem Überfall, war ihm das nicht aufgefallen. Da war er Hals über Kopf geflohen. Dann war ihm Tschuk zugelaufen, später traf er Rusko.

In Wolneschitza hatte der Abt seinen Schülern Alleinsein verordnet. Sie hatten in ihren Zellen gesessen und sich gelangweilt.

»Alleinsein muß man können«, hatte der Abt gesagt. »Es ist erlernbar.«

Aber Jakov hatte ihn nicht verstanden. Er wäre viel lieber mit den anderen über die Hügel geritten. So saß er auf seinem Lager und vertrieb sich die Zeit mit dem Betrachten der Spinnen, die an der Decke Netze webten.

Alleinsein ist erlernbar!

»Wenn man es nicht kann, wird man von anderen abhängig«, hatte der Abt erklärt.

Jetzt lernte er es.

Das Wasser war hellgrün. Nicht immer waren die Steine auf

seinem Grund zu sehen. Ab und zu trieben Algen und Äste an Jakov vorbei. Der Fluß wurde breiter. Reiher hockten am Ufer. Sie hatten die Hälse eingezogen, und wenn sie schrien, klang es häßlich und störend.

Jakov entdeckte sein Spiegelbild im Wasser. Er hatte sich sehr verändert. Die dunklen Haare waren lang gewachsen. Seine Haut war gebräunt, und in dem zerrissenen Kittel von Meeruts Bruder kam er sich wie ein Landstreicher vor. Niemand würde ihn für den Sohn eines Duschaks halten oder für einen Schüler des Klosters Wolneschitza in Puschkanien. Was ihn verraten konnte, war die Sprache. Er konnte puschkanisch ebensogut wie seine Muttersprache, aber in Kerkuelen sprachen die Leute anders. Auf Makeera hatte er gelernt, sich zu verständigen, aber sobald er zu sprechen begann, würde jeder den Fremden in ihm erkennen.

Flußabwärts kam eine Holzbrücke in Sicht. Er stakte das Floß zum Ufer und landete auf einer Kiesbank. Als er an Land gesprungen war, schob er das Floß ins Wasser zurück, bis es die Strömung erfaßte.

Allein trieb es den Pundok hinunter. Irgendwie war er froh, es los zu sein. Die Fahrt durch die Schlucht lag wie ein Alptraum hinter ihm. Indem er das Floß der Strömung überließ, trennte er sich von etwas, das ihn daran erinnerte.

Jakov zog seinen Mantel aus und band ihn zusammen. Dann kletterte er über die Uferböschung. Kaum einen Steinwurf entfernt von der Stelle, an der er gelandet war, führte die Straße über den Fluß.

Eigentlich hatte er sich vorgenommen, nicht auf der Straße zu gehen. Es war ihm zu gefährlich. Aber als er über die Wiesen stapfte und immer wieder im körnigen Schnee einsank, beschloß er, es trotzdem zu wagen.

Ich sehe aus wie ein Bettler, dachte er. Also bin ich von jetzt an ein puschkanischer Bettler! Und wenn meine Verfolger mich nicht für tot halten und etwas von ihrem Handwerk verstehen, dann vermuten sie sicher, daß ich Ravenstein meide. Wer flüchtet schon in das Haus des Jägers? Sie werden mich außerhalb Ravensteins suchen!

Das beruhigte ihn etwas, und während es leicht zu schneien begann, wanderte er der feindlichen Stadt entgegen. Die Wolken sanken so tief, daß die Spitzen der Pappeln in ihnen verschwanden. Es kam ihm vor, als fiele der Himmel auf das Land. Bald bedeckte der pulvrige Schnee die Spuren vor ihm mit einer weißen Schicht.

Er hörte die Pferde erst, als sie schon dicht hinter ihm waren. Er hörte ihr Schnauben und das leise Klappern der Gebisse. Der Neuschnee dämpfte alle Geräusche.

Jetzt haben sie mich, dachte Jakov. Ihm fehlte die Kraft, davonzulaufen. Mit einem Sprung zur Seite landete er in einem Loch, ließ sich fallen, obwohl die Zweige der Schlehen sein Gesicht zerkratzten und der Kittel an mehreren Stellen zerriß.

Er lag und erwartete, daß sie sich über ihn stürzten.

Es waren vier Pferde, aber nur auf einem von ihnen saß ein Reiter; sie zogen eine Kutsche. Der auf dem Rücksitz hockende Diener lachte, als er den Jungen im Schnee liegen sah.

Die Kutsche war schon längst hinter dem nächsten Hügel verschwunden, als Jakov aufstand. Immer noch zitternd vor Schreck zog er das Bündel mit seinem Mantel von einem Ast.

Das wäre dem Jökull nicht passiert, fuhr es ihm durch den Kopf, und er nahm sich vor, besser aufzupassen. Das, was ihm entgegenkam, konnte er frühzeitig sehen. Nur was ihn von hinten einholte, mußte er hören.

Endlos zog sich die Straße dahin, und Jakov war müde.

»Wenn du dich beeilst, kannst du es bis zum Abend schaffen«, hatte der Jökull gesagt. »Aber du darfst nirgends verweilen.«
Der Himmel war grau, auf den kahlen Bäumen hockten Krähenschwärme.
Diesmal hörte er zeitig genug, daß etwas herankam. Er versteckte sich hinter den Schlehen am Rande der Straße solange, bis er erkennen konnte, was es war. Ein mageres, kleines Pferd zog einen Karren hinter sich her. Er hatte zwei große Räder, und eine Plane schützte die Last vor dem Schnee.
»He, du«, rief ein Mann unter der Plane hervor. »Wo willst du hin?«
»In die Stadt«, sagte Jakov.
»Dann fahr mit mir!«
Er hielt das Pferd an, bis Jakov auf den Wagen geklettert war.
»Setz dich da her«, sagte er und rückte ein Stück zur Seite.
Jakov hockte sich neben ihn.
»Was willst du in Ravenstein?«
Der Mann fragte freundlich. Er war jünger als der Jökull. Seine wachen, kleinen Augen sahen den Jungen neugierig an.
»Ein bißchen betteln«, gab ihm Jakov zur Antwort.
Über dem mageren Rücken des Pferdes hinweg betrachtete er die Straße. Es war schöner zu fahren als zu laufen.
»Sind die Leute freigebig dort?«
Er fragte es so beiläufig wie möglich. Es sollte den Eindruck erwecken, als habe er nie etwas anderes gemacht als betteln.
»Das weiß ich nicht«, sagte der Mann. »Ich fahre zum ersten Mal hin.«
Die Art, wie er Jakov musterte, gefiel dem Jungen nicht.
»Bist du von hier?«
»Nein. Aus Puschkanien.«

»Aus Puschkanien. Soso.«
Auf seinem Kopf saß ein schwarzer, breitrandiger Hut. »Von wo aus Puschkanien?«
»Von Wolneschitza.«
Als Jakov das sagte, erschrak er über sich selbst. Doch dann beruhigte er sich wieder. Zum Kloster gehörte ein Dorf. Dort wohnten viele Leute.
Der Mann schien sich mit Jakovs Antwort zufriedenzugeben. »Wenn du müde bist, leg dich nach hinten.«
Es dämmerte früher als sonst. Die Wolken legten sich auf die Straße, und es schneite weiter.
Jakov war wirklich müde. Er warf das Bündel, das er bisher auf seinen Knien gehalten hatte, nach hinten und stieg nach. Der Geruch von Holz und ungewaschenen Kleidern kam ihm entgegen. Irgend etwas streifte über sein Gesicht. Kurze Zeit darauf, als sich die Augen an die Dunkelheit gewöhnt hatten, entdeckte er über sich eine Stange, an der etwas hing. Es sah aus wie Lappen, Fetzen aus Stoff oder Säcke. Dann erkannte er Kleider, dann Hände, dann Köpfe aus Holz.
Es waren Puppen. Sie hingen an Schnüren. Durch das Rütteln und Stoßen des Karrens bewegten sie sich hin und her. Sie drehten sich, nickten mit den Köpfen, schlugen aneinander und erzeugten dabei ein klapperndes Geräusch.
Jakov fand eine Decke, schob sich ein Bündel unter den Kopf und versuchte einzuschlafen. Über ihm schwebte ein König, daneben ein Mann in schwarzem Gewand. Sein weißbemaltes Gesicht war lauernd und böse. Am bunten Kleid eines Harlekins klingelten Glöckchen. Der Junge entdeckte einen Soldaten, dann eine Frau aus dem Volk im geblümten Rock und mit einem Tuch auf dem Kopf, wie Meerut eines hatte. Und er sah einen Jungen und eine Prinzessin.
Dann schlief er ein, und während das Pferd den Karren die

Straße entlangzog, träumte er wieder davon, ein Kind zu sein und im Schloß seines Vaters Komödien zu sehen.
Er erinnerte sich gut an die prächtig gekleideten Schauspieler und an Musik und Lieder. Selwyn hatte dafür gesorgt, daß er den Samtkittel trug, und ließ seinen Stuhl neben den des Vaters stellen. Es war ein Ereignis, auf das sich alle schon lange gefreut hatten. Sie spielten heitere Stücke. Sein Vater wollte es so. Jakov hörte noch, wie sie lachten.
Während er träumte, wünschte er sich, daß der Traum kein Ende nähme. Doch dann, als der Wagen mit einem Ruck stehen blieb, wachte er auf.
»He! Du!« rief eine nasale Stimme. Sie klang fremd und böse.
»He, du, was hast du geladen?«
»Nur Puppen, mein Herr! Nichts wert zum Stehlen«, antwortete der Mann auf dem Bock.
Jakov hob einen Zipfel der Plane hoch und starrte hinaus. Es waren die Reiter. Sie umringten den Wagen.
»Wirklich nur Puppen?« fragte einer von ihnen noch einmal.
»Komm, laß ihn«, sagte ein anderer. »Der ist harmlos. Es ist schon dunkel, und ich habe Hunger.«
Der Anführer zögerte etwas. Doch dann gab er nach und ritt mit den anderen davon.
Es war stockfinster. Der Mond blieb verschwunden. Jakov fiel ein, wie er noch vor einigen Tagen über dem Morro Kundan gestanden hatte. Es kam ihm so vor, als sei es Monate her. An den Morro Kundan und Makeera dachte er nur ungern zurück. Erinnerungen sind eine Last, überlegte er traurig, weil das, an was man sich erinnert, nicht wiederholbar ist.
Jakov schlief abermals ein. Das Rütteln des Wagens war wie eine Wiege. Er wachte nicht auf, als sie durch ein Bauerndorf fuhren. Es störte ihn nicht, als ein Kettenhund jaulte. Er sah

nichts von der Landschaft, die sie durchquerten, von schneebedeckten Hügeln, von Brücken über vereisten Bächen, von Wäldern und einsamen Höfen.

Er hörte nicht einmal die Domuhr von Ravenstein Mitternacht schlagen. Da standen sie längst auf dem Hof einer Schenke. Das Pferd kaute zufrieden sein Heu, und der Besitzer des Wagens lag auf dem Rücken und schnarchte.

Die Domuhr schlug achtmal, als Jakov die Augen aufschlug. Zuerst wußte er nicht, wo er sich befand. Neben ihm lag ein fremder, schlafender Mann. Über ihm hingen merkwürdige Puppen. Dann fiel ihm alles wieder ein. Er lag in einem Karren, und der Mann, dem der Karren gehörte, war Puppenspieler.

Jakov stand auf. Ohne den Schläfer zu wecken, kletterte er hinaus. Er schob die Plane zur Seite, hockte sich auf die Bodenbretter und sprang auf den gepflasterten Hof.

Die Häuser um ihn hatten mehrere Stockwerke. Sie waren aus anderen Steinen gebaut als die in Jarschut und sahen aus als hätten sie reiche Besitzer. Durch den offenen Torbogen sah er vorbeifahrende Kutschen und Ochsenkarren, Frauen, die ihre Lasten auf den Köpfen trugen, Kinder und Reiter. Es war Markttag in Ravenstein.

Jakov beobachtete aufmerksam, was sich auf der Straße bewegte. Einmal kam ein streunender Hund in den Hof. Er hob ein Bein an einem der Torpfeiler, trottete dann auf den Jungen zu und beroch seine Stiefel. Jakov hielt still und ließ ihn gewähren. Der Hund sah anders aus als Tschuk ausgesehen hatte. Sein Haar war glatt. Es hatte die Farbe von gebleichtem Stroh. Der weiße Fleck auf seiner Stirn saß genau zwischen den Augen. Er konnte nur ein Ohr stellen. Das andere kippte immer nach vorne. Jakov lächelte, als er es entdeckte. Er überlegte, ob der Hund einen Herrn hatte, oder

ob er versuchen sollte, ihn an sich zugewöhnen. Aber dann schob er den Gedanken schnell wieder weg. Tschuk war nicht ersetzbar. Später vielleicht, an einem anderen Ort und nach einiger Zeit, würde er wieder einen Hund haben. Da war er ganz sicher. Nur würde es nie mehr so sein wie mit Tschuk.
In der Rückwand des Hauses ging eine Tür auf. Eine dicke Frau schüttete Wasser aus. »He, du«, rief sie, als sie den Jungen entdeckte. »Gehörst du zu dem?«
Sie machte mit dem Kopf eine Bewegung auf den Karren zu. Und als Jakov nickte, drehte sie sich, ohne weiter zu fragen, um und ging ins Haus zurück.
Küchendunst breitete sich aus. Es roch nach gekochten Kartoffeln, Sauermilch und frischem Brot. Jakovs Magen knurrte. Er hatte seit gestern morgen nichts gegessen.
»Wenn du Lust hast, kannst du bei mir arbeiten«, sagte eine Stimme neben ihm. Der Mann hatte die Plane zurückgeschlagen und hockte auf dem Kutschbrett. »Ich brauche einen Gehilfen.«
»Für was?« fragte Jakov.
»Für alles«, sagte der Mann. »Für die Plakate, zum Geld kassieren, Vorhang ziehen und um Musik zu machen. Vier Hände schaffen mehr als zwei.« Er lachte.
»Ich kann nicht Musik machen«, erklärte ihm Jakov.
»Meine Musik kann jeder«, widersprach der Puppenspieler. Er zog einen Kasten unter seinem Gepäck hervor und begann, eine Kurbel zu drehen.
Jakov hörte zuerst ein Quietschen. Dann knackte es mehrmals hintereinander.
»Jetzt kommt's«, sagte der Mann. »Paß gut auf!«
Da kam plötzlich Musik aus dem Kasten heraus. Ein Schwall von Tönen, langgezogene, ineinanderübergehende Akkorde, dann – rascher werdend – eine gefällige Melodie.

Jakov hatte noch nie etwas Ähnliches gehört. Am Hof seines Vaters spielten oft Musikanten. Er kannte die Instrumente, die sie benützten, konnte sie auch am Klang unterscheiden. Aber diese Musik war anders. Sie erinnerte ihn etwas an die Klänge der Orgel im Kloster, nur nicht so feierlich. Der fröhliche Takt machte lebendig. Die Töne erfüllten den Hof der Schenke.

Irgendwo ging ein Fenster auf. »Ruhe!« brüllte ein Mann zu ihnen herunter.

»Die verstehen nichts von Kunst«, sagte der Puppenspieler zu Jakov. »Die Armen! Wenn sie nur wüßten, was ihnen dadurch entgeht.« Er hob die Arme und ließ sie fallen, dann schob er den Kasten zurück in den Wagen.

»Also, wie ist's, willst du mir helfen? Ich geb' dir zu essen, bis du satt bist. Das ist mehr, als du durch Betteln verdienen kannst.«

Jakov nahm an. Bei diesem Puppenspieler konnte er sich am besten verstecken.

»Mein Name ist Domenik«, sagte der Mann. »Und wie heißt du?«

»Rusko«, antwortete der Junge schnell. In Ravenstein wollte er nicht Jakov heißen.

»Gut, Rusko, dann wollen wir frühstücken.«

Sie gaben dem Pferd einen Arm voll Heu. Dann folgte Jakov dem Mann in die Schenke. Dort, in der Wirtsstube, fiel dem Jungen erst auf, wie sehr sich der Puppenspieler von anderen Gästen unterschied. Es lag nicht an dem schwarzen Schlapphut allein, an den anders geschnittenen Hosen in Stiefeln, deren Stulpen breiter waren als sonst üblich. Es war nicht der weite Kittel oder das bunte Halstuch. Es war sein Gesicht.

Der Mann war ein Fremdling. Über der schmalen, gebogenen Nase wuchsen die Brauen zusammen. Er war in der Lage zu

lächeln und zugleich traurig zu schauen. Kummer und Zorn lagen dicht beieinander.
»Wo kommst du her?« fragte Jakov.
»Von weit«, antwortete der Puppenspieler.
Mit dieser Antwort war Jakov nicht zufrieden. Während er seinen Kaffee schlürfte und dann mit beiden Händen das Brot mit dem Schinken zum Mund führte, um abzubeißen, überlegte er, wie er mehr erfahren könnte.
»Von Puschkanien oder noch weiter?« fragte er kauend.
Der Mann lachte. »Von überall her«, sagte er dann. »Ich bin hier zu Hause und dort und immer da, wo mein Karren gerade steht. Ich laß meine Puppen tanzen, und die Leute freun sich, wenn ich komme, und sind traurig, wenn ich sie wieder verlasse. Ist das nicht schön?«
»Und hast du das immer schon gemacht?«
Der Puppenspieler schwieg, als müßte er überlegen. Er schob seine Tasse zur Seite. »Nein. Mein Vater war Schreiber in einer Stadt, weit unten im Süden. Er wollte, daß ich denselben Beruf ergreife. Zuerst hatte ich nichts dagegen. Hinter der Stadt war für mich die Welt zu Ende. Ich war bereit, mein Leben in einer Schreibstube zu verbringen, mit der Feder in der Hand über ein Stehpult gebeugt. Mein Rücken würde sich krümmen, wie der meines Vaters sich schon gekrümmt hatte, und die Leute, die mir auf der Straße begegneten, würden sofort erkennen: Da kommt ein Schreiber. Doch eines Morgens, als ich wie immer zur Arbeit ging, schien mir der Tag zu schön, um ihn in der Stube zu verbringen. Der Wind trieb federleichte Wolken über den strahlenden Himmel. Die Luft war klar, und die Vögel sangen. Da lief ich hinaus aus der Stadt, und während ich über die Wiesen streifte, beschloß ich, nicht mehr zurückzugehen. Ich war nicht zum Schreiber geboren.«

Der Puppenspieler hatte den Kopf in die Hände gestützt, seine Augen sahen ins Leere.
»Und dann?« fragte Jakov. »Wie kamst du dazu, mit Puppen zu spielen?«
»Ich machte alles«, erzählte der Puppenspieler weiter. »Half hier einem Bauern, die Ernte heimzubringen, und dort einem Schmied beim Beschlagen von Pferden. War hier ein Diener und dort ein Soldat, fuhr zur See und kam weit herum in der Welt. Dann lernte ich eines Tages einen Puppenspieler kennen, der einen Gehilfen brauchte. Ich schlug Plakate an die Wände, kassierte Geld, machte Musik und reichte ihm die Puppen zu, wenn er spielte. Bevor er starb, vermachte er mir seine ganze Habe. – Jetzt weißt du alles.«
Jakov gefiel die Geschichte. Er beobachtete, wie der Puppenspieler mit dem Wirt um den Preis für ihre Unterkunft feilschte. Das Pferd brauchte einen Stall, es war schließlich Winter, und eine Kammer zum Schlafen für ihn und den Jungen wäre auch nicht zu verachten.
Nach einigem Hin und Her wurden sie handelseinig.
Jakov war stolz, als er später mit Leimtopf, Pinsel und einem Packen Plakate durch die Stadt lief.
An allen Ecken und großen Plätzen schlug er sie an Mauern und Zäune.
Während er so durch die Gassen ging, verglich er Ravenstein mit Sabalgar, der Hauptstadt Tandilans. Ravenstein erschien ihm kleiner als Sabalgar. Doch dann fiel ihm ein, daß er selbst ja gewachsen war und daß sich mit dem Wachsen der Blickwinkel verändert. Für ein kleines Kind sind Erwachsene Riesen und ein gewöhnlicher Wohnraum ein Saal. Er war fünf Jahre lang in Wolneschitza gewesen. Jetzt war er kein kleines Kind mehr.
»Seid vorsichtig, bevor ihr über irgend etwas urteilt«, hatte

der Abt seinen Schülern eingeschärft. »Von jeder Seite gibt es auch eine Gegenseite.«

Also versuchte Jakov, in seiner Einschätzung von Ravenstein Seite und Gegenseite zu berücksichtigen, bevor er sich ein Urteil bildete. Die aus Stein gebauten Häuser waren reich verziert mit Simsen und aufgesetzten Säulen. Breite Treppen führten zu prächtigen Portalen, Erker und Balkone unterbrachen das Einerlei der Giebelwände. Die Wasserspeier an den Regenrinnen hatten die Köpfe von Tieren. Fröhliche Menschen mußten dort wohnen.

Das war in Sabalgar anders. Dort waren die Häuser kühl und gerade gebaut. Verzierungen galten als Verschwendung. Die Mauern waren dick und die Fenster klein. Jedes Haus war wie eine Festung. Seine äußere Erscheinung war eher der Ausdruck von Macht als von Pracht.

Als der Junge schließlich vor der Fassade des Doms stand, bestaunte er dieses Wunder der Baukunst, weil er noch nie etwas Ähnliches gesehen hatte. Sie wirkte auf ihn, als sei sie aus Luft gebaut und nicht aus Steinen. Irgendwie erinnerte ihn alles an die Musik aus dem Kasten des Puppenspielers. Es hatte etwas miteinander zu tun, aber er wußte nur nicht, was es war. Dann merkte er, daß das Bild, das er sich vorher von dieser Stadt gemacht hatte, nicht mit dem übereinstimmte, was er jetzt vor sich sah.

Ravenstein war die Stadt seines Feindes. Er hatte Angst vor ihm. Also hatte er auch Angst vor ihr gehabt. Er war der Meinung gewesen, daß sie unheimlich, düster, böse aussehen müsse. Und nun wirkte sie heiter, wie die Melodie aus einer Drehorgel.

Als er einen großen, freien Platz erreichte, stand er plötzlich vor dem Hissar von Homorud. Ein Hissar ist ein Schloß! Er hatte Meeruts leise Stimme noch im Ohr. Der Hissar von

Homorud ist das Schloß aller Tamaraks von Kerkuelen. Der Felsen stand in der Mitte des Platzes, als habe ihn jemand dort abgestellt und dann vergessen, ihn wieder abzuholen. Ein großes eisernes Tor verschloß den Zugang zu seiner Spitze.
Jakov sah nach oben. Die Mauern des Schlosses unterschieden sich kaum von der Farbe des Steinblocks. Die in den Himmel ragenden Türme klebten wie Schwalbennester an ihnen, und die Fenster erschienen Jakov wie kleine Schlitze. Und hier empfand er auf einmal das, was er in der Stadt zu finden erwartet hatte: Gewalt, Bosheit, Macht und Feindschaft. Selbst die Wachsoldaten vor dem Tor blickten kalt und ohne eine Miene zu verziehen immer geradeaus, als wären sie aus Stein – wie der Felsen, vor dem sie Wache hielten.
Jakov war froh, daß er in der Menge der Menschen verschwinden konnte. Doch das Bild des Hissar verfolgte ihn weiter. Es war, als würde von ihm aus alles, was in der Stadt vor sich ging, beobachtet.
Er klebte das letzte Plakat an die Mauer des Hauses, das dem Tor gegenüber stand. Dann lief er zurück zur Schenke, in der sie abgestiegen waren. Es läutete Mittag. Die Vorstellung sollte um vier Uhr beginnen, da blieb nicht viel Zeit.

Die Geschichte vom blauen König

Auf dem Platz vor der Schenke war der Markt im vollen Gange. Die Bauern verkauften Schweine, Butter, Eier und Käse. Sie verkauften Kartoffeln und geschlachtete Hühnchen, Flachs und Wolle. Dafür handelten sie sich Salz und Gewürze, Tuche, Töpfe und anderes Gerät ein. Sie ließen Pferde beschlagen und standen herum, um zu schwatzen.
Während der Junge die Plakate anklebte, hatte der Puppenspieler den Wagen aus dem Hof auf die Straße geschoben. Er hatte eine Seite der Plane zurückgeschlagen und mit wenigen Handgriffen alles in eine Bühne verwandelt. Die Plane war der Vorhang, die Seitenwand des Wagens Hintergrund und Kulisse. Als Bühnenboden diente ein schmales Brett. Drei blaue Papierblumen steckten in einer Ritze zwischen den Brettern. Hinter der Bühnenwand hingen die Puppen an dünnen, kaum sichtbaren Schnüren.
»Gefällt dir's?« fragte der Puppenspieler, als er sah, daß Jakov erstaunt die Verwandlung des Karrens betrachtete. Er hatte die Seitenwand einfach umgedreht. Daß sie innen bemalt war, war dem Jungen vorher nicht aufgefallen. Vor dem Hintergrund blaßblauer Berge baute sich eine Hügellandschaft auf. Die Wiesen waren übersät mit Blumen, ein Fluß schlängelte sich durch das Land. Inmitten eines Waldes stand ein prächtiges Schloß. Es war blau wie der Himmel über dem Gletscher des Morro Kundan, und seine Dächer glänzten rot. Jakov wußte von den Plakaten, daß das Stück, das gespielt werden sollte, »Der Blumenkrieg« hieß, und er kannte den Helden der Geschichte. Es war eine Puppe, die kleiner war als die anderen Puppen. Sie hatte mehr die Figur

eines Kindes, nur das Gesicht war alt und faltig. Ihr reich besticktes blaues Gewand war fleckig, verblichen, und auf dem hölzernen Kopf saß eine verbogene Messingkrone. »Das ist der kleine blaue König«, erklärte der Puppenspieler dem Jungen, und dann zeigte er ihm, was er tun sollte. »Zuerst die Drehorgel spielen, und wenn sich genug Leute vor dem Vorhang versammelt haben, mit dem Hut herumgehen und das Geld einsammeln. Auf mein Zeichen zieh hier an den Schnüren, dann öffnet sich der Vorhang. Drehorgelmusik, wenn ich es dir sage. Sonst nichts. Das andere kann ich allein.«

Jakov hatte ihn verstanden. Als die Uhr des Doms die vierte Nachmittagsstunde ankündigte, stellten sich Kinder vor den verschlossenen Vorhang. Sie starrten ihn an, als warteten sie auf ein Wunder.

Jakov setzte die Drehorgel in Gang.

Zu den Kindern gesellten sich schwatzende Frauen. Neugierig blieben einige Männer stehen.

Jakov ging mit dem Hut herum und sammelte Geld ein.

»Na, kleiner Zigeuner«, sagte ein Mann zu ihm. Seine Stimme klang hämisch.

Jakov ging weiter, ohne ihn zu beachten. Er freute sich über die vielen Münzen im Hut, als der Puppenspieler mit einem Gong den Beginn ankündigte. Wieder erklangen die langgezogenen Akkorde, und die fröhliche Melodie stimmte die Zuschauer heiter. Die Harlekinpuppe schlüpfte durch den geteilten Vorhang. Sie hüpfte und sprang in komischen Sätzen umher, und die Glöckchen an ihrem bunten Kostüm klingelten den Takt zu den Sprüngen.

»Guten Tag«, rief der Puppenspieler hinter der Bühne. Er ließ den Harlekin linkische Verbeugungen machen. »Guten Tag, guten Tag, guten Tag!« In der ersten Reihe lachten die

Kinder. »Heute erzähle ich euch ein Märchen. Der Held der Geschichte ist ein kleiner König«, fuhr der Harlekin fort. Jakov stand an der Seite und beobachtete alles. Er sah die Kinder, die Bühne und das, was auf ihr geschah. Bald merkte er nicht mehr, daß der Spieler den Puppen seine Stimme lieh: Es kam ihm so vor, als könnten sie selbst sprechen.
»Wißt ihr, was ein König ist?« fragte der Harlekin.
»Ein König, das ist ein Mann mit einer Krone auf dem Kopf«, rief ein kleiner Junge.
»Ein König ist ein Mensch wie du und ich«, erwiderte der Harlekin. »Soll ich es euch beweisen?«
Inzwischen hatten sich noch mehr Leute vor dem Wagen eingefunden, und Jakov ging wieder mit dem Hut herum.
»Es war einmal ein Königreich«, begann der Harlekin. Auf ein Zeichen des Spielers zog der Junge an den Schnüren, und der Vorhang ging auf. »Dort war alles blau: der Himmel, die Berge, das Wasser der Flüsse und Seen und die Blumen auf den Wiesen. Sogar die Häuser waren blau und die Burg des Königs ebenfalls. Deshalb hieß es auch das ›blaue Königreich‹ und die Könige nannten sich ›der blaue Heinrich‹ oder ›Otto der Blaue‹ oder ›Friedrich Blaukönig‹.«
Die Zuschauer lachten.
»Einmal regierte dort ein König«, fuhr der Harlekin unbeirrt fort, »der im Alter von zehn Jahren aufgehört hatte zu wachsen. Ihn nannte das Volk ›den kleinen blauen König‹. Der kleine blaue König hatte eine Vorliebe für Blumen. Insgeheim wäre er lieber Gärtner geworden statt König. Aber das Gesetz schrieb ihm etwas anderes vor, nach dem Tod seines Vaters mußte er den Thron des blauen Königreiches besteigen. Trotzdem versäumte es der kleine blaue König nie, jeden Tag ein Stündlein im Garten die Blumen zu betrachten. Doch eines Tages entdeckte er mit großem Entsetzen ...«

Der Harlekin trat ab. Unter dem Wirbel der Trommelstöcke in Jakovs Händen näherte sich der kleine blaue König. Als er vor seinen Blumen stand, fing er an, sie zu zählen: »Eins, zwei, drei ...« Er sah suchend um sich, dann begann er wieder: »Eins, zwei, drei ... drei, zwei, eins ...« Er schrie laut auf: »Wieso sind es nur drei, gestern waren es noch vier. Wo ist meine vierte Blume? Wache, hierher! Man hat mich bestohlen!« Ein Wachsoldat rannte herbei. Wild um sich fuchtelnd und außer sich vor Zorn und Trauer, befahl der König, die ganze Burg zu durchsuchen. Kaum waren beide verschwunden, kam ein schwarzer Mann auf die Bühne. Es war die Puppe, die Jakov schon im Wagen aufgefallen war, die mit dem blassen Gesicht und dem bösen Blick. Sie rieb sich die Hände und kicherte leise vor sich hin. »Das war ein guter Einfall«, zischte sie. »Damit kann ich ihn treffen. Jetzt macht er alles, was ich von ihm verlange. Wart nur, kleiner König! Bald besteige ich den blauen Thron deines Reiches!« Er klatschte in die Hände. Ein Diener erschien. »Das hast du gut gemacht, Loki«, lobte er ihn. »Wo hast du sie hin?«
»Verbrannt, so wie Ihr es befohlen habt, großer Ratsherr!«
»Gut, gut!« sagte der Schwarze befriedigt. »Und heute nacht die zweite!« Der Diener verbeugte sich, doch bevor er die Bühne verließ, rief ihm der Ratsherr noch nach: »Paß auf, daß dich niemand erwischt!«
Für einen Augenblick wandte Jakov den Kopf und blickte zur Seite. Der Markt war zu Ende, es wurde schon dämmrig. Ein rauher Wind fegte durch die Gassen. Gebannt starrten die Zuschauer auf die Bühne. Als Jakov die bereitstehenden Kerzen anzünden wollte, winkte der Puppenspieler ab. »Noch nicht!« flüsterte er leise. »Später!«
Die Bühne lag im Halbdunkel. Die Farben der Hügel, des Flusses, der Wälder und Häuser waren verblaßt, nur die drei

Blumen waren immer noch gut zu erkennen. Der König trippelte auf die Bühne. Ihm folgte der schwarze Ratsherr. »Ich werde selbst Wache halten«, sagte der König leise. »Davon könnt Ihr mich nicht abhalten. Niemand kann das. Niemand darf Blumen in meinem Garten stehlen. Ich werde dafür sorgen, daß der Dieb gehängt wird!« – »Ihr seid klug und weise«, schmeichelte ihm der Schwarze. »Wahrlich ein großer und würdiger König!« Er ließ sich vor ihm auf die Knie fallen. »Ich verehre Euch sehr!« – »Warum kniest du vor mir nieder?« fragte der König. – »Wenn ein Edelmann mit einem König redet, hat sein Kopf tiefer zu sein als der Kopf des Gebieters!« sagte der Ratsherr unterwürfig. Der kleine König warf sich in die Brust. »Das ist gut, das muß ich mir merken. Du kannst jetzt gehen!« Mit einer huldvollen Handbewegung entließ er seinen Begleiter.

Die Nacht brach herein. Der König war jetzt nur noch als schwarzer Schatten zu sehen. Er schlich zur Seite und hockte sich nieder.

Dreißig oder vierzig Herzschläge lang geschah nichts. Irgendwo fiel ein Geldstück auf den Boden, und in den hinteren Reihen weinte ein Kind. Der Wind schüttelte die Blumen und ließ ihre Papierblätter leise rascheln. Das Schweigen des Puppenspielers erhöhte die Spannung, bis der Druck für Jakov fast unerträglich wurde. Da plötzlich näherte sich eine dunkle Gestalt. Sie huschte geduckt zu den Blumen, riß eine heraus und verschwand. Brüllend vor Zorn sprang der König auf und verfolgte sie.

Auf ein Zeichen des Spielers schlug Jakov die Trommel. Die Trommelschläge mischten sich unter das Wehgeschrei des Königs und übertönten es.

Der Lärm hallte über den leeren Marktplatz. Jakov betrachtete, während er die Trommel schlug, die Zuschauer. Die

Frauen hatten sich ihre Fuchspelze um die Schultern gelegt, und die Kinder trippelten frierend, voller Ungeduld, von einem Fuß auf den anderen. In den hinteren Reihen verließen einige Leute ihren Platz. Andere kamen vorbei und blieben stehen.

»Zünd die Kerzen an!« flüsterte der Puppenspieler dem Jungen zu. – In ihrem kärglichen Licht standen nur noch zwei einsame Blumen im Garten des Königs. Der Harlekin hüpfte aus den Kulissen. »Dumdideldei, dumdideldei«, trällerte er vor sich hin. »Kleiner blauer, dummer König. Merkst du denn gar nicht, wie man dich in eine Falle lockt? Dumdideldei!« Die Glöckchen an seinem Gewand hüpften und klingelten fröhlich. Nachdem er verschwunden war, betrat der kleine König die Bühne. Traurig wackelte die Messingkrone auf seinem Kopf hin und her. »Weh mir, ich Armer!« wehklagte er. »Jetzt stiehlt man mir das Liebste auf der Welt. Die einzige Freude!« – »Ich glaub', ich kenn' den Dieb«, zischte der schwarze Ratsherr ihm ins Ohr. Leise war er dem König gefolgt. »Wer? Ihr? Den Dieb?« rief der König erstaunt. »Dann sagt es mir! Schnell!« – »Kennt Ihr den König des grünen Reiches?« fragte der Schwarze. »Den Nachbarkönig?« – »Ja, den!« – »Den kenn' ich gut. Er ist mein Freund. Wir jagen zusammen. Was hat er mit dem Raub zu tun?« – »Er ist der Räuber.« – »Das glaub' ich nicht.« – »Hat er nicht schon immer Eure Blumen bewundert und in Andacht vor ihnen gestanden?« – »Warum denn nicht, das tun doch viele!« – »Aber er besonders. Es ist mir bekannt, daß er auch versucht hat, in seinem Garten Blumen zu züchten, die es mit Euren aufnehmen können. Er hat viele Gelehrte befragt, und alle sagten ihm dasselbe.« – »Was war das?« fragte der kleine blaue König neugierig. »Daß seine Erde nicht gut genug sei, daß nur Ihr die richtige Erde besitzt. Seitdem ist er nicht nur wild auf Eure Blumen, sondern auch wild auf Euer Reich. Er will es erobern.« – »Mein Reich erobern?« schrie der König empört. »Der wird sich hüten!« – »Wie wollt Ihr Euch schützen?« fragte der Ratsherr listig. »Wir ziehen das Heer an den Grenzen zusammen. Dann sind wir gerüstet.« Der Schwarze schüttelte nachdenklich den Kopf. »Wäre es nicht klüger, ihm zuvorzukommen?« – »Wie meint Ihr das?« – »Ein Überraschungsangriff hat doch die meisten Aussichten, ohne großes Blutvergießen zu seinem Ziel zu gelangen. Rüstet das Heer und laßt es mich führen! Ich werde dafür sorgen, daß es ein siegreicher Feldzug wird.«

Sie verschwanden. Jakov beobachtete den Puppenspieler, während er die Puppen führte. Er sah, wie er die Miene wechselte, während er die verschiedenen Rollen sprach, und er betrachtete lange die Hände, in denen die Fäden der Puppen endeten. Jedes Zucken bedeutete eine Bewegung. Wenn eine Szene zu Ende war, hing er die Puppe auf und nahm eine neue von der Stange.

Der Harlekin sprang auf die Bühne. »Dumdideldei, dumdideldei«, sang er, tanzte auf und ab. Im flackernden Kerzenlicht tanzte sein Schatten auf der Rückwand hinter ihm. Er tanzte über die gemalten Hügel, über den Fluß, die Berge und den Himmel und wurde einmal groß und dann wieder klein. »Dumdideldei«, trällerte der Harlekin. »Verblendet von der Liebe zu seinen Blumen, ließ sich der König dazu bewegen, einen Krieg anzufangen. Einen Feldzug gegen seinen besten Freund, den König des Grünen Reiches.«

Der Abendwind fachte die Kerzen an. Ihr Licht huschte auch über die Köpfe der Zuschauer. Da entdeckte der Junge ein bekanntes Gesicht unter ihnen. In der hintersten Reihe stand ein alter Mann.

Er hüllte sich frierend in seinen Umhang.

»Selwyn!« schrie Jakov und stürzte davon. Der Alte hatte sich abgewandt. »Selwyn, bleib stehn!«
Die Dunkelheit hatte ihn rasch verschluckt.
Jakov zwängte sich durch die Menge. Rücksichtslos schob er die Leute beiseite und keuchte und rannte und rief immer wieder: »Selwyn, bleib stehen! Ich bin Jakov!«
Das Spiel auf der Bühne ging ohne ihn weiter, während er eilig den Platz überquerte.

Am anderen Ende des Platzes blieb Jakov stehen. Er hörte das Lachen der Kinder und die Stimme des Puppenspielers. Dann hörte er leises Geflüster in seiner Nähe. »Bist du's, Duschaki?«
Es war wirklich Selwyn. Nur er rief Jakov mit diesem Namen.
»Selwyn! Wo bist du? Ich kann dich nicht sehen!«
Da huschte der alte Diener aus einer Einfahrt heraus, stürzte vor Jakov auf den Boden und rief unter Tränen: »Bist du's wirklich?«
»Steh auf!« sagte der Junge. »Ich mag keinen Kniefall.«
»Und das Feuer im Wald hat dir nichts getan?« fragte Selwyn.
Im spärlichen Licht der Straßenlaterne konnte Jakov Selwyn nur schlecht erkennen. Er roch nach Schnaps oder anderem billigen Fusel, nach Dreck und Stallmist.
»Ich hab' nicht gewußt, wer mich damals verfolgte«, sagte Jakov entschuldigend.
Sie gingen ziellos durch die leeren Gassen und wußten nicht, wohin sie sich wenden sollten.
»Ich kann noch nicht glauben, daß du lebst«, wiederholte der Alte wieder und wieder.
»Ja, ich lebe«, sagte er laut und mehr zu sich selbst. »Ich bin am Leben und will es auch bleiben.«
Es dauerte lange, bis sich der alte Diener wieder beruhigte. Sie redeten und schwiegen, liefen nebeneinander her, als hätten sie sich nie getrennt und genossen das Gefühl, sich wieder gefunden zu haben.
»Von jetzt an bleiben wir zusammen«, sagte Jakov. »Der Weg zum Paß von Juku wird sicher überwacht.«

Da zögerte Selwyn. »Ich weiß nicht recht«, murmelte er. »Willst du wirklich weiter nach Tandilan?«
»Wie meinst du das?« fragte Jakov erstaunt. »Du selbst hast mich doch von Wolneschitza geholt, um mit mir zu meinem Vater zu fahren.«
»Weil ich dich beschützen wollte«, sagte Selwyn. Wieder fiel Jakov ein seltsamer Ton in seiner Stimme auf. Es war wie damals in der Kutsche, als er ihm klarzumachen versuchte, daß der Weg mitten durch die Niederungen des Edsamflusses der schnellste Weg durch die Berge sei.
»Vor wem wolltest du mich beschützen?« fragte er.
Selwyn schwieg, als müsse er erst überlegen.
Der Junge bedauerte, daß es zu dunkel war, um sein Gesicht erkennen zu können. Er dachte darüber nach, was dieses Schweigen bedeutete, aber es fiel ihm kein Grund dafür ein. Das Johlen und Klatschen der Kinder vor dem Puppentheater war verstummt. Eine Katze schlich um die Ecke.
»Vier Männer wollten dich töten«, berichtete Selwyn.
»Aber das weiß ich doch«, sagte Jakov. »Es waren vier Reiter. Sie sind immer noch hinter mir her.«
Selwyn schwieg eine Weile. »Geh nicht nach Tandilan, bitte!« rief er dann. »Dein Vater ist sicher inzwischen gesund.«
»Bist du betrunken?«
»Betrunken? Nein, nein, mein Kopf ist so klar wie schon lange nicht mehr.«
»Dann versteh' ich dich nicht«, sagte Jakov. Gleich darauf ärgerte er sich über den herrischen Ton in seiner Stimme. »Was ist mit meinem Vater?«
»Nichts, gar nichts. Mit ihm hat es nichts zu tun.«
Sie waren, ohne auf ihren Weg zu achten, auf dem Platz vor dem Hissar von Homorud angekommen. Bei Nacht wirkte der Felsen noch unheimlicher als sonst. Sie hörten die Schritte

der Wachen, aber nirgends brannte eine Laterne. Auch die Fensterschlitze des Schlosses ließen kein Licht nach außen dringen.

»Was weißt du von Sabion?« fragte Selwyn.

»Nur, daß er den Brief unterschrieben hat. Den Brief mit der Nachricht, daß mein Vater krank sei und daß ich heimreisen solle.«

»Sabion ist ...« begann Selwyn und unterbrach sich selbst, »ich bitte dich sehr, kehr um!«

»Mein Vater ist der Duschak«, sagte Jakov verärgert. »Wer Sabion auch sein mag, oder was er auch tut, wenn mein Vater mich bittet, zu ihm zu kommen, kann mich niemand daran hindern.«

»Du kennst Sabion nicht.«

»Und wenn er mit dem Tamarak von Kerkuelen unter einer Decke stecken sollte, dann muß ich erst recht heim, um meinen Vater zu warnen.«

Da gab es Selwyn auf. »Nun gut, wenn du unbedingt willst, dann werde ich dich begleiten. Vielleicht kann ich Pferde für uns besorgen.«

Sie verabredeten sich bei Sonnenaufgang am Osttor der Stadt.

Jakov ging zur Schenke zurück, während Selwyn einen Viehhändler suchen wollte, der ihm noch zwei Pferde verkaufen würde.

Der Junge war froh, daß der Puppenspieler nicht aufwachte, als er in die Kammer schlich und sein Lager aufsuchte. Es tut mir leid, dich schon wieder verlassen zu müssen, sagte er in Gedanken zu ihm. Ich wäre gern mit dir gegangen und hätte das Spiel mit den Puppen erlernt. Aber mein Vater braucht mich dringend, und er bedeutet mir alles.

Mit der Decke über dem Kopf schlief er ein. Er träumte

schreckliche Dinge. Wieder sah er die Kutsche vor sich und die Leichen der Männer. Er hörte den Ruf des Bussards und Selwyns seltsame Stimme, als er ihm sagte, daß er ihn beschützen wolle. Und plötzlich standen die Toten auf. Doch sie kamen nicht mit eigener Kraft auf die Füße. Es war, als zögen Fäden sie hoch. Sie wackelten mit den Köpfen wie Puppen und trippelten eilig davon. Auch er hing an Fäden. Er konnte sich nicht mehr selbst bewegen, er wurde bewegt. Eine fremde Kraft steuerte seine Gliedmaßen. »Sabion«, stammelte er, als die schwarze Puppe mit dem blassen Gesicht auf ihn zukam. Er wollte flüchten, aber er kam nicht von der Stelle.

Da wachte er auf. Es war noch dunkel. Die Domuhr schlug laut die vierte Stunde. Er drehte sich um und schlief wieder ein. Es kam ihm so vor, als habe die Domuhr diesmal in ihm geschlagen, als er zum zweiten Mal erwachte. Er blieb einen Augenblick liegen und überlegte. Der Puppenspieler schnarchte auf seinem Lager. Manchmal murmelte er vor sich hin, dann wälzte er sich auf die andere Seite und atmete ruhig weiter.

»Auf Wiedersehn«, flüsterte Jakov in die Dunkelheit.

Im dunklen Zimmer suchte er Mantel und Messer, dann noch Tschuks alten, zerrissenen Strick. Die Wollhandschuhe steckten schon in der Tasche. Als er die Treppe abwärts schlich, trug er die Stiefel in der Hand. Es fiel ihm schwer, den Puppenspieler zu verlassen. Er hätte ihn gern als Freund behalten. Draußen war es kalt. Ein frostiger Morgenwind fegte durch die engen Gassen.

Jakov zog Stiefel und Fellmantel an.

Er lief durch die leere Stadt und war froh, daß er nicht mehr am Schloß vorbei mußte. Er folgte den schmalen Streifen des Himmels, die zwischen den Häusern zu sehen waren. Dort,

wo sie heller wurden, lag Osten. Er konnte sich nicht verirren. Als er das östliche Tor erreichte, war es noch zu und verschlossen.
Niemand war da, keine Wachen, kein Selwyn.
Er drückte sich in eine Mauernische und wartete. Irgendwo krähte ein Hahn. Ein zweiter antwortete ihm. Hinter dem Tor ging die Sonne auf. Da hörte er das Getrappel von Hufen. Es näherte sich langsam und kam auf ihn zu. Dann wurde es still, aber er konnte nichts sehen.
»Duschaki, wo bist du?«
Jakov huschte aus dem Versteck und lief um die Ecke.
Selwyn stand da und neben ihm zwei Soldaten auf ihren Pferden.
»Ergib dich, Jakov von Tandilan!« befahl der eine, und der andere schrie: »Du bist gefangen!«
Aber das war Jakov noch lange nicht. Noch konnte er sich frei bewegen. Zuerst war ihm so, als habe ein Blitz ihn getroffen. – Selwyn! Er hatte ihn verraten! Doch dann warf er sich herum und jagte davon.
»Jakov, bleib stehn! Es hat keinen Sinn zu flüchten. Sie haben Pferde!« schrie Selwyn hinter ihm her. »Ich kann dir alles erklären!«
Da wäre Jakov fast über einen Stein gestolpert. Ohne zu überlegen, hatte er sich gebückt, hatte ihn aufgehoben und nach hinten geschleudert. Er kam ihm gelegen, denn irgendwo mußte er hin mit seiner Wut.
Jakov sah noch den leichten Bogen, den das Geschoß beschrieb, dann floh er weiter. Der Stein prallte an einer Mauer ab und traf eines der Pferde am Kopf, und als es scheute, stieß es Selwyn zur Seite.
»Mein Gott, Duschaki!« schrie Selwyn erschrocken. »Was hast du getan?«

Da traf ihn ein eisenbeschlagener Huf auf der Brust, und er sackte zusammen.
Der Junge hörte den Schrei. Er war in eine Gasse geflohen, hatte im Laufen zwischen den Häusern nach einem Versteck gesucht und nichts gefunden. Er blieb stehen und lauschte.
»Jakov, was hast du getan?« Was hat er denn mir getan? dachte der Junge trotzig. Er hat mich verraten. Doch irgend etwas zwang ihn, zurückzuschleichen, um zu sehen, was wirklich geschehen war. So lief er den Soldaten genau in die Arme.
»Na, Bürschchen«, sagte der eine, »jetzt haben wir dich! Oder wolltest du dem Alten helfen?«
»Dem hilft niemand mehr, außer dem lieben Gott und dem Pfarrer«, rief der andere lachend.
Jakov stand wie gelähmt. Er leistete keinen Widerstand, als sie ihm die Hände auf den Rücken banden. Sie knoteten die Enden des Strickes an ihren Sätteln fest.
»Na, willst du ihn noch einmal sehen?«
Selwyn lag zusammengekrümmt auf dem harten Boden. Während er stürzte, hatte sich sein schwarzer Umhang geöffnet. So lag er da, mit angezogenen Knien und seitlich verdrehtem Kopf. Nur die Arme streckte er von sich. Seine Lippen bewegten sich langsam. »Duschaki«, flüsterte er, und während er sprach, rann ihm das Blut aus dem Mundwinkel über die Backe. »Kehr um! Geh nicht zu deinem Vater. Sabion läßt dich töten, sobald du in seine Hände gerätst. Die Schuld daran will er dem Tamarak in die Schuhe schieben, um dann Krieg gegen ihn zu führen. Der Tamarak ist …«
Er brach ab, während sein Kopf noch einmal zuckte. Dann lag er still.
Jakov war keines klaren Gedankens fähig, als die Soldaten ihn durch die Stadt führten. Er sah nicht die vielen neugieri-

gen Blicke der Leute, hörte nicht ihr Getuschel und spürte die Fesseln nicht. Er lief hinter den Pferden her, als wäre er nicht er selbst, sondern ein anderer.
Einer, den er nicht kannte.
Einer, der einen Menschen getötet hatte.
Es war ihm gleich, wohin sie ihn schleppten. Seine Augen starrten ins Leere. Natürlich sah er die Häuser mit ihren Balkonen, die Fassade des Doms und den Hissar, aber sein Gehirn verweigerte ihm die Erkenntnis der Dinge.
Sie brachten ihn in ein Verlies im Felsen unter dem Schloß. Dort nahmen sie ihm die Fesseln ab und das Messer. Mantel und Handschuhe durfte er behalten.

In den Händen des Tamarak

Nachdem die Soldaten Jakov alleingelassen hatten, versank er in tiefes Brüten. Selwyns Tod war schrecklicher als alles, was er bisher erlebt hatte. Das Gefühl der Schuld am Tod des alten Mannes überwältigte ihn. Zorn und Enttäuschung darüber, daß er verraten worden war, hatten ihn dazu gebracht, den Stein zu werfen.
Seine Gedanken schweiften ab. Er überlegte, ob Selwyns Worte der Wahrheit entsprachen. »Kehr um, Duschaki!« hatte er geflüstert. »Geh nicht zu deinem Vater! Sabion läßt dich töten, sobald du in seine Hände gerätst!«
Was sollte das heißen? War sein Vater nicht mehr Herr in Tandilan? Doch davon hatte Selwyn nichts gesagt. Oder wußte sein Vater nichts von den Machenschaften des obersten Rates der Räte? Das war schon eher möglich. Mußte man ihn dann nicht warnen? Konnte er Selwyns Worten überhaupt trauen? War er in Sabions Diensten gestanden oder in denen des Tamarak?
Wie Bienen in einem Bienenstock schwirrten die Fragen in seinem Kopf umher. Aber er fand keine Antwort. Dann plötzlich, nach langem Grübeln, sah Jakov die Sinnlosigkeit seiner Überlegungen ein, und er beschloß, den Worten Selwyns keinen Glauben zu schenken. Fünf Jahre war er schon weg von seinem Vater. Jetzt war er fünf Jahre älter als damals, und seit er das Kloster verlassen hatte, kam es ihm vor, als habe er nochmals fünf Jahre hinter sich gebracht. Sein Name war immer noch Jakov. Doch in dem Kerker in Kerkuelen hockte ein anderer Jakov als der, den sein Vater ins Kloster geschickt hatte.

Von der Decke tropfte Wasser. Die regelmäßig fallenden Tropfen quälten den Jungen. Er hockte auf einem Sack, der mit fauligem Stroh gefüllt war, und als die Flöhe ihn bissen, begann er sich zu kratzen. Stunden um Stunden verrannen, ohne daß etwas geschah. Außer dem Tropfen des Wassers und seinem Herzschlag war nichts zu hören. Obwohl er den Mantel anhatte, fror er entsetzlich.
Das war eine andere Art von Alleinsein als die auf dem Gletscher im Schneesturm oder als die auf dem Floß.
Einmal hörte er Schritte. Ein Mann kam herein und brachte ihm etwas zu essen. Aber er war nicht hungrig. Der Mann sprach kein Wort. Nachdem er die Schüssel abgestellt hatte, verließ er den Jungen wieder.
Jakov verlor jedes Zeitgefühl, wußte nicht, ob es erst Abend war oder schon Morgen oder bereits der Abend des nächsten Tages oder des übernächsten. Er schlief und wachte, ging manchmal hin und her, um sich Bewegung zu machen, aß ein paar Löffel Suppe und hockte sich wieder hin.
Dann plötzlich näherten sich Schritte, die anders klangen als die seines Kerkermeisters. Es war ihm, als hörte er das Klirren von Sporen, und als sich die Tür langsam öffnete, sah er zwei Soldaten. »Komm mit!« befahl einer. »Der Herr will dich sehen!«
»Dann muß ich mich vorher waschen«, sagte Jakov.
Sie brachten ihn in die Wohnung des Kerkermeisters. Er durfte sich waschen, und er sah sich im Spiegel. Sein graues Gesicht wurde heller, nur ein Schatten um Kinn und Wangen blieb zurück. Und als er genauer hinsah, entdeckte er feine Haare. – Ihm wuchs ein Bart.
»Mach schneller!« drängten die Soldaten.
Er stieg zwischen ihnen eine Felsentreppe hoch. Ungleiche Stufen führten in steilen Windungen aufwärts. Er keuchte.

Seine Gelenke waren steif vom Hocken in der Zelle. Jede Bewegung tat weh, und er hatte große Mühe, mit den Soldaten Schritt zu halten. Endlos kam ihm die Treppe vor. Die rissigen Wände waren feucht, über die Stufen rieselte Wasser.
Sie erreichten das Schloß durch den Keller, durchquerten die Küche, gingen an Balustraden entlang, erstiegen hölzerne Galerien und durchschritten weite, im Halbdunkel liegende Räume. Durch die Mauerschlitze drang spärliches Licht.
Niemand begegnete ihnen. Jakov erschien es, als sei das Schloß unbewohnt.
Dann betraten sie einen Raum, der größer war als alle anderen Räume. Jakov sah einen Wald stämmiger Säulen, verbunden durch kreuzweis gewölbte Kanten und Bänder. Fernes Gemurmel erfüllte die Halle. Wie Orgeltöne schwammen die Worte ineinander.
Sie steuerten auf einen dem Portal schräg gegenüberliegenden Erker zu. Durch einen Kranz rundbogiger Fenster strömte Sonnenlicht in die Nische. Jakov entdeckte ein Stück Himmel und Wolken. Geblendet schloß er die Augen.
»Komm näher!« befahl jemand barsch und dann weiter: »Du bist also Jakov, der Sohn des Duschak von Tandilan?«
Erschrocken riß Jakov die Augen auf. Vor ihm stand ein großer Mann, der sich in Haltung und Kleidern deutlich von den anderen Männern abhob. Der schwarze gepflegte Bart, die stechenden Augen unter buschigen Brauen gaben ihm ein finsteres Aussehen. Einige Narben an Stirn und Schläfen zeugten von harten Kämpfen.
Der Tamarak paßt in sein düsteres Schloß, dachte Jakov. Laut sagte er: »Der bin ich.«
»Ist das die Mode in Tandilan heute?« fragte der Tamarak, während er Jakovs schmutzigen Mantel und den zerrissenen

Kittel musterte. Ein spöttisches Lächeln zuckte um seine Lippen.
Dem Jungen stieg das Blut in den Kopf vor Ärger. Trotzig starrte er an die Mauer und schwieg.
»Gib Antwort, wenn ich dich frage!«
Anstatt der geforderten Antwort fragte ihn Jakov zurück: »Ihr habt mich gefangen. Was werft Ihr mir vor? Was wollt Ihr von mir?«
Jakov fühlte eine Schwäche in den Beinen. Die Knie wurden weich, er schwankte.
»Bringt einen Stuhl und laßt ihn sich setzen!«
Er spürte, daß ihm ein Hocker hingeschoben wurde. Er setzte sich.
»Was führt dich nach Kerkuelen?« fragte der Tamarak weiter.
»Mein Vater ließ mich rufen«, erwiderte Jakov. »Er schrieb einen Brief an den Abt des Klosters in Puschkanien. Dort besuchte ich die Schule. In dem Brief stand, daß er krank sei und daß ich heimkommen solle.«
Er schwieg.
»Und dann? Was geschah dann? Der Sohn eines Duschak reist nicht zu Fuß.«
»Das solltet Ihr besser wissen als ich«, begehrte Jakov auf. »Eure Reiter überfielen die Kutsche. Sie brachten den Kutscher um und seine Begleiter, jagten die Pferde davon und verfolgten Selwyn, während ich ohnmächtig dalag.«
»Woher willst du wissen, daß es Reiter aus Kerkuelen waren?«
»In dem Brief, den Selwyn dem Abt überbrachte, stand, daß ich ein Hindernis für Euch bedeute.«
»Ein Hindernis?« fragte der Tamarak erstaunt. »Ein Hindernis, wozu?«

»Auf dem Weg zum Thron von Tandilan«, sagte Jakov. Jetzt war es ihm gleich, was der Tamarak mit ihm vorhatte.
Es war still in der Halle. Die Männer hinter dem Tamarak schwiegen. Ab und zu klirrte ein Säbel.
»Wer hat den Brief unterschrieben? Dein Vater selbst?«
»Nein. Sabion, der oberste Rat aller Räte des Landes.«
»Sabion.« Der Tamarak nickte und setzte sich auf einen Stuhl zwischen den Fenstern der Nische, stützte den Kopf in die Hände und versank in Grübeln.
So, wie er dasaß, sah er müde aus. Müde und traurig, wie jemand, der eine schlechte Nachricht bestätigt findet.
»Holt mir den Schreiber!« sagte er dann. Und als der Schreiber neben ihm stand: »Schreib einen Brief!«
Der Mann ging zu einem Stehpult und schrieb, während der Tamarak ihm diktierte:

An Agbur, Duschak von Tandilan!
Wir, der Tamarak von Kerkuelen auf Homorud zu Ravenstein, halten Euren Sohn Jakov gefangen. Da uns zu Ohren kam, daß der oberste Rat Eurer Räte unser Land zu überfallen gedenkt, sind wir bereit, Euren Sohn gegen ihn auszutauschen. Falls Ihr nicht darauf eingeht, sehen wir uns gezwungen, den Krieg zu beginnen, damit er uns nicht zuvorkommt.

Dem Boten, der diesen Brief überbringt, wird eine Taube mitgegeben. Sie trägt einen Ring mit dem Siegel von Kerkuelen an ihrem Fuß. Laßt sie fliegen, wenn Ihr mit unserem Vorschlag einverstanden seid. Dann werden wir zehn Tage nach dem nächsten Vollmond an dem Paß von Juku sein und können dort die Gefangenen austauschen.

gez. Tamarak von Kerkuelen zu Homorud auf Ravenstein

»Setz das Siegel darunter und mach den Brief fertig!« sagte der Tamarak.
Für kurze Zeit hörte man nur das Kratzen der Feder auf dem Papier. Während der Tamarak mit dem Brief beschäftigt war, hatten sich die Männer in die Fensternischen zurückgezogen.
Der Junge saß auf dem Hocker und hörte zu. Was wollte der Herr von Kerkuelen von Sabion? War Sabion wirklich der Böse? Hatte er Macht über seinen Vater? Nein! Er schob den Gedanken wieder von sich. Niemand war stärker als Agbur, sein Vater.
Der Schreiber streute Sand über den Brief. Dann zündete er eine Kerze an und setzte das Siegel von Kerkuelen unter den Namen.
»Willst du nicht auch unterschreiben, Jakov?« fragte der Tamarak.
Jakov stand auf und ging zum Stehpult. Als der Schreiber ihm die Feder in die Hand drückte, schrieb er unter das Siegel:

Vater! Ich lebe und bin auf dem Weg zu Dir dem Tamarak in die Hände gefallen. Selwyn hat mich verraten, weil er glaubte, mich vor Sabion schützen zu müssen. Dein Schutz genügt mir. Tu, was du für richtig hältst. Jakov

Er wartete einen Augenblick, bevor er die Feder weglegte. Sein Blick fiel auf das Fenstersims. Brotkrumen lagen da und Körner. Ein frierender, kleiner Vogel pickte sie auf. Der Tamarak fütterte Vögel!
Das paßt nicht zu seiner Erscheinung, überlegte der Junge. Er legte die Feder weg und wandte sich ab. »Vielen Dank!« sagte er. Doch der Tamarak hörte es nicht.
»Wer bringt den Brief nach Tandilan? Er muß zuverlässig sein und ein schnelles Pferd reiten«, sagte er zu dem neben ihm stehenden Mann.

Auf seinen Wink hin nahmen die Soldaten Jakov in die Mitte. Auf dem Weg durch die Gänge, die leeren Räume und Galerien begegneten ihnen zwei Männer. Obwohl er ihren Gestalten keine Beachtung schenkte, hörte der Junge, wie sie miteinander redeten.

»Du sollst einen Brief nach Tandilan bringen!« sagte der eine. »Und eine Taube. Hast du ein schnelles Pferd?«

»Dem Tamarak zu Gefallen treib ich's, bis es tot umfällt«, erwiderte der andere.

Es war der Mann mit der nasalen Stimme.

»Nein, nein«, schrie Jakov. »Laßt ihn nicht meinem Vater die Botschaft bringen! Er ist ein Mörder!«

Doch die Soldaten schleppten ihn fort, ohne auf seine Worte zu achten.

Für Jakov begann die Wartezeit mit einer angenehmen Überraschung. Auf Anordnung des Tamarak brachte man ein Bettgestell in seine Zelle, dazu einen frischen Strohsack und einige Decken. Ein Kohlebecken strahlte Wärme aus, eine kleine Öllampe spendete Licht. Soweit das in einem Verließ überhaupt möglich war, trugen diese Dinge sehr zu seiner Bequemlichkeit bei. Er, der früher in einem Schloß gewohnt hatte, der bedient worden war und der auch im Kloster weder frieren noch hungern mußte, war jetzt mit einem Strohsack, den Decken, dem Ofen und etwas Licht fast zufrieden. Nur das Alleinsein fiel ihm immer schwerer. Seine Augen fanden nichts, was sie nicht schon seit seiner Gefangennahme gesehen hatten. Seine Ohren vernahmen nichts anderes als das Tropfen des Wassers von der Decke. Um dieser Folter zu entgehen, opferte er eines Tages die Handschuhe, Meeruts Weihnachtsgeschenk. Er legte sie unter das tropfende Wasser und dämpfte das Geräusch damit. Stundenlang lag er auf seinem Lager und starrte an die Decke. Dann kam es ihm vor, als schrumpften die Wände. Um ihn herum wurde es eng, wie in einer Schachtel. Ohne es zu merken, begann er laut zu reden. Zuerst mit sich selbst, dann mit dem toten Selwyn.

Er hockte auf seinem Lager, hatte die Ellbogen auf die Knie gestützt und hielt den Kopf zwischen seinen Händen. Während er sprach, kroch ein dicker Käfer über den Boden.

»Du hast es gut mit mir gemeint, Selwyn. Wenn mein Vater den obersten Rat der Räte gegen mich austauscht, wäre uns allen geholfen. Ihm, mir und dem Tamarak. Aber jetzt ist der

Brief in den Händen von einem der Reiter. Sie stehen vermutlich in Sabions Diensten, denn sie wollten mich töten. So wird die Botschaft zuerst von ihm gelesen. Er wird sich hüten, sie weiterzugeben. Nach allem, was du mir erzählt hast, wird ein Krieg ihm gerade recht sein. Was soll ich jetzt tun, Selwyn?«

Doch Selwyn war tot. Er konnte nicht antworten. Tiefe Niedergeschlagenheit überfiel Jakov. Er fühlte sich müde und hockte herum, ohne sich zu bewegen.

Außer dem Mann, der ihm die Mahlzeiten brachte, sah er keinen Menschen. Einmal kam dieser Mann in die Zelle, ohne daß Jakov es merkte. »Es tut mir leid, Selwyn«, sagte er gerade. »Ich würde mein Leben dafür geben, wenn ich dich wieder lebendig machen könnte.«

»Mit wem redest du denn?« fragte ihn da der Mann erstaunt. Jakov fuhr zusammen, als habe ihm jemand einen Schlag versetzt. »Mit mir selbst.«

Der Mann schüttelte den Kopf, und als er das nächste Mal die Mahlzeit brachte, hatte er ein Schachbrett dabei. »Hast du Lust auf ein Spiel?«

Und ob Jakov Lust hatte!

So kam es, daß er jeden Tag nach dem Essen mit dem Mann Schach spielte. Sie schoben den Tisch vor sein Lager. Jakov hockte sich auf den Strohsack, der Mann auf den Stuhl. Im spärlichen Schein der kleinen Lampe schoben sie die Figuren auf dem Brett hin und her, überlegten und kämpften, ohne daß Blut floß. Jakov kannte das Spiel von früher. Er hatte es oft mit dem Abt gespielt. »Achte auf deinen Gegner«, hatte der Abt ihm geraten. »Spiele zuerst in Gedanken die Möglichkeiten durch, die er hat, und überlege dir dann, welche davon er wohl durchführen wird. Beobachte ihn genau. Ist er ein bedächtiger Mann, entscheidet er sich anders

als einer, der aufbraust und handelt, ohne lange zu überlegen. Vergiß dabei nicht, daß er es mit dir genauso macht. Verrate dich nicht!«
Jakov spielte mit Leidenschaft und vergaß um sich herum alles. Der weiße König war sein Vater, der schwarze der Tamarak, manchmal auch Sabion. Deshalb spielte er lieber mit den weißen Figuren. Er dachte nicht mehr daran, daß der Mann, der die schwarzen führte, nur sein Kerkermeister war. Er kämpfte für seinen Vater, den Duschak, gegen vermeintliche Feinde, überlegte sich neue Züge, um den Gegner zu überlisten, opferte manchen Bauern, setzte, je nach der Lage des Spiels, die Läufer ein oder die Türme, griff überraschend an oder verteidigte sich. Wenn er verlor, war der Abend verdorben. Wenn er gewann, schöpfte er neue Hoffnung.
Eines Tages brachte ihn der Kerkermeister auf einen Gedanken. »Du bist ein angenehmer Gefangener«, sagte er.
»Warum?« fragte der Junge.
»Die anderen machten Fluchtversuche.«
An diesem Abend konnte Jakov nicht einschlafen. Der Gedanke an Flucht war ihm noch nie gekommen. Da er nicht wußte, wie viele Tage man ihn hier schon festhielt, wußte er auch nicht, ob die Frist, die der Tamarak seinem Vater gestellt hatte, bereits verstrichen war. Aber auch, wenn Sabion zum Schein auf das Angebot eingehen würde, bedeutete das für ihn der sichere Tod. Im Falle eines Krieges würde man ihn hier vergessen, und er wäre lebendig begraben.
Der Gedanke an Flucht ließ ihn nicht mehr los. Er verfolgte ihn so, daß er in den nächsten Tagen an nichts anderes mehr denken konnte.
Zuerst spielte er nur mit der Möglichkeit, dann zog er sie in Erwägung. Von da bis zum Vorsatz war es nur ein kleiner

Schritt. Er versuchte zu planen, überlegte und kam zu der Überzeugung, daß er mit Gewalt nichts ausrichten würde. Die Wände bestanden zum Teil aus Felsen, die Türe aus Eisen. Er hatte kein Werkzeug, konnte die schweren Schlösser nicht aufbrechen. Er konnte es nur mit List versuchen. Er mußte den Kerkermeister selbst dazu bringen, die Türen für ihn zu öffnen.

Der Kerkermeister war ein bedächtiger Mann mit starrem Gesicht. Er sah eigentlich nicht so aus, als ob Klugheit zu seinen hervorstechendsten Eigenschaften zählte. Doch jede seiner Bewegungen verriet, daß er über große Kräfte verfügte. Als ihm auffiel, daß Jakov mit sich selbst zu sprechen begann, hatte er das Spiel mitgebracht. Auf dieses Mitgefühl baute Jakov seinen Plan.

Von seiner Schnelligkeit und der Begabung, sich zu verstellen, würde die Durchführung abhängen. Er begann mit Leibesübungen. Er streckte und beugte den Rumpf, schüttelte die Beine, schwenkte die Arme, lief und hüpfte auf der Stelle, bis er spürte, daß seine Gelenke wieder geschmeidig wurden. Der nächste Teil seines Planes bestand in der Ablehnung der Mahlzeiten. Auf den Vorschlag zu spielen, ging er zwar ein, spielte jedoch zerstreut und verlor aus den nichtigsten Gründen. Den forschenden Blicken des Kerkermeisters versuchte er, nicht zu begegnen.

»Ist was?« fragte der Mann, als er bemerkte, daß der Junge nichts aß, und Jakov fragte mit leiser Stimme zurück: »Was soll sein?«, als hätte er von nichts eine Ahnung.

Am nächsten Tag weigerte er sich zu spielen. Er lag auf dem Strohsack, deckte die Arme übers Gesicht und versuchte, in kurzen Stößen zu atmen.

»Bist du krank?« fragte der Mann.

Er erhielt keine Antwort.

Als er am Abend noch einmal kam, brachte er seine Frau mit.
»Er läßt das Essen stehen und benimmt sich ganz anders als sonst«, erklärte er ihr, als sie vor seinem Lager standen.
Die Frau legte ihre Hand auf die Stirn des Jungen und fühlte, ob er Fieber hatte. Dann zog sie ihm die Decke weg und drückte ihm auf den Magen, wie man einem Hund auf den Magen drückt, wenn er das Fressen verweigert.
Er ächzte unter dem Druck ihrer groben Hände.
»Hier kann ich nichts für ihn tun«, sagte die Frau nach einer Weile. »Bring ihn nach oben!«
»Das ist verboten«, widersprach der Mann.
»Dann laß ihn krepieren!«
»Wenn das passiert, wird man mich hängen!«
»Dann schaff ihn nach oben!«
Wortlos lud sich der Mann den Jungen auf den Rücken und trug ihn hoch.
Nur schwach erinnerte sich Jakov noch an die Wohnung des Kerkermeisters. Damals hatte er kurz durch ein Fenster gesehen und den Platz vor dem Hissar wiedererkannt. Daraus zog er den Schluß, daß sie zu ebener Erde in den Felsen gehauen war.
Während der Mann ihn die Treppen hoch schleppte, ließ er den Kopf zur Seite hängen, als sei er nicht bei Bewußtsein. Dabei beobachtete er durch die nur halbgeschlossenen Augen, wohin man ihn brachte.
Am Ende der Treppe erreichten sie einen Vorraum, in dem er drei Türen erkannte: die, durch die sie gekommen waren, die, durch die sie die Wohnung betraten, und eine dritte, unter deren Ritze Licht schimmerte.
Sie brachten ihn in die Küche und legten ihn auf eine Holzbank. Der Geruch von Kohl und heißem Fett drang in seine Nase. Er hielt die Augen geschlossen. Er lag und wartete.

In der Mitte des Raumes stand der Mann mit hängenden Armen und schnaufte vernehmlich.
»Steh nicht herum!« sagte die Frau unfreundlich. »Stell lieber Wasser auf!«
»Was willst du tun?«
»Das wirst du gleich sehen.«
Sie verließ die Küche durch eine zweite Tür. Jakov konnte sie im Nebenzimmer herumkramen hören, während der Mann einen Topf von der Wand nahm, um Wasser zu holen.
Jakov riß die Augen auf, sah sich kurz um. Aber er hatte nicht an das Licht gedacht – zu lange war er im Dunkeln gewesen. Die Helligkeit tat ihm weh, und er machte die Augen schnell wieder zu.
Da kam der Mann in die Küche zurück, doch Jakov hatte genug gesehen. Zwischen ihm und der Türe stand der Küchentisch, an der Seitenwand war ein Fenster, und an der Wand gegenüber hing der Spiegel, in dem er sich damals gesehen hatte, als er sich auf die Unterredung mit dem Tamarak vorbereitete.
Ich muß schnell sein, überlegte er, und die richtige Gelegenheit abwarten. Der Kerkermeister ist stark, aber langsam. Bis er begreift, was geschehen ist, muß ich schon weg sein.
Auch die Frau war jetzt wieder da. Jakov hörte das Klappern von Töpfen und roch den Duft von frischgewaschenem Leinen. Er wurde unruhig, weil er nicht wußte, was die Frau mit ihm vorhatte, doch er bezwang sich.
Dann hörte er wieder das Quietschen der Tür. Es wurde still. Der Mann und die Frau hatten den Raum verlassen.
Immer noch zögerte Jakov. Dann sprang er auf. Abermals schnitt ihm das Licht in die Augen, er stolperte über den Tisch. Aber er erreichte die Tür, ohne hinzufallen. Sie war verschlossen. Man traute ihm nicht.

Da hörte er Schritte, rasch lief er zurück und legte sich auf die Holzbank.
Die Frau kam herein. Sie stand einen Augenblick da und sah auf den Tisch, den Jakov bei seinem mißglückten Versuch verschoben hatte. Dann sah sie zu ihm hinüber.
Er lag da mit geschlossenen Augen, genauso, wie sie ihn vorher verlassen hatte. Sie schüttelte den Kopf und wandte sich ab. Sie murmelte etwas, was er nicht verstehen konnte.
Er mußte erreichen, daß sie ihm traute. Nur wenn ihre Wachsamkeit nachließe, würde er eine Chance erhalten. So ließ er eine mühselige Kur über sich ergehen. Sie machte ihm einen Einlauf, dann legte sie ihm einen Sack mit warmen Kartoffeln auf den Leib.
Er tat, als ob er langsam wieder zu sich käme. Sie kochte ihm einen bitteren Tee, den sie ihm Löffel für Löffel eingab, danach eine fade Suppe. Bei allem, was sie tat, redete sie kein Wort mit ihm, und ihre Miene blieb mürrisch.
Nur weiter so, Jakov, sagte er sich, als er wieder allein war.
Am nächsten Tag ließ er wieder das Essen stehen, legte sich auf das Lager und weigerte sich zu spielen. Diesmal brachte ihn der Mann gleich in die Küche.
Erneut ließ er alles über sich ergehen, was die Frau ihm verordnete. Dabei paßte er auf. Er hörte genau hin, wenn beide die Küche verließen, und achtete auf das leise Klicken des Schlosses, wenn der Schlüssel gedreht wurde.
Der zweite Versuch mußte gelingen, Gelegenheit zu einem dritten würde es kaum geben. In Gedanken spielte er die Flucht durch, überlegte, daß die Sorgfalt, mit der sie die Türe absperrten, darauf schließen ließ, daß die Außentür offen war. Überprüfen konnte er das nicht, er mußte es wagen.
Am nächsten Tag tat er, als ginge es ihm besser, nachdem er den Tee getrunken hatte. Die Frau gab ihm etwas gekochtes

Fleisch zu essen. Der Mann schlug ihm vor, in der Küche ein Spiel zu spielen.
Jakov war mit sich zufrieden. Allmählich kam er den beiden näher. Bald brauchte er nicht mehr den Kranken zu spielen. Bald holten sie ihn herauf und ließen ihn in der Küche essen. Danach spielten sie, bevor er in die Zelle zurückgeführt wurde. Sie redeten wenig miteinander. Und Jakov wagte auch nicht zu fragen.
Der Tamarak hatte ihn wohl vergessen.
Dann, eines Tages, blieb er allein in der Küche. Die Frau war noch nicht vom Markt zurück, und der Mann hatte seinen Tabak vergessen. Und diesmal vergaß er auch, den Schlüssel zu drehen, nachdem er den Raum verlassen hatte.
Jakov zählte bis zehn. Dann sprang er auf. In der Tür prallte er mit dem Kerkermeister zusammen. Der Mann riß den Mund auf vor Schreck, und bevor er begriff, was los war, war Jakov schon an ihm vorbei. Wie eine Katze duckte er sich und schlüpfte unter ihm durch. Er erreichte den Vorraum, sprang auf die Tür zu, unter deren Ritze das Licht hereinschimmerte, und gelangte ins Freie.
Er befand sich in einer der Gassen hinter dem Hissar. Ohne zu zögern, huschte er weiter.
»He, haltet ihn fest! Er ist entkommen«, schrie hinter ihm eine Stimme. Doch bis sich die Leute umdrehten, war er längst hinter der nächsten Ecke verschwunden.

Kaum war Jakov zwei Straßen weiter, zwang er sich, langsam zu gehen. Sein Herz klopfte laut. Er versuchte, sich den Anschein zu geben, als sei er auf dem täglichen Weg zur Arbeit. Als Soldaten an ihm vorbeiritten, schlenderte er weiter, und als ihn jemand anstieß und etwas fragte, zuckte er nur mit den Achseln. Sein Ziel war das Osttor, das er auf dem kürzesten Weg zu erreichen versuchte.

Nichts hatte sich hier verändert, seit er das letzte Mal hier entlanggegangen war, und doch mußten es einige Wochen her sein. Die Plakate des Puppenspielers hingen noch an den Mauern, ausgebleicht von der Sonne, manche vom Wind zerrissen.

Ob der Puppenspieler ohne ihn weitergezogen war? Kein Wandertheater spielte lange an ein und demselben Ort.

Jakov ging langsam. Er hatte alle Sinne gespannt, witterte wie ein Jagdhund, horchte, sah alles und kam sich bald wieder so vor wie ein Wild, das sich auf seine Tarnung verläßt. Je weiter er kam, umso erstaunter stellte er fest, daß sich niemand ernsthaft an seine Verfolgung machte.

Kaum hatte sich seine Unruhe etwas gelegt, da fiel ihm auf, daß die Stadt selbst voller Unruhe war. Soldaten liefen umher. Reiter trabten die Straße entlang. Ein Wagen mit einer Kanone donnerte an ihm vorbei.

»Was ist denn los?« fragte er einen Jungen, der ihm mit einem Esel entgegenkam.

»Woher kommst du, daß du nicht weißt, was los ist? Es gibt Krieg.«

»Krieg?« fragte Jakov entsetzt. »Gegen wen?«

»Gegen das böse Tandilan«, rief der Junge über die Schulter zurück, schlug mit dem Stock auf den Esel ein und wiederholte im Takt seiner Schläge: »Tandilan! Tandilan!« Das klang wie ein Schlachtruf.
Niedergeschlagen setzte Jakov seinen Weg fort.
Am Osttor war das Gedränge größer als in den Straßen. Soldaten strömten herein und heraus. Manche zerrten ihre Pferde hinter sich her, andere ritten mit Handpferd. Niemand fiel auf, daß ein Junge mit dunklem Haar, bekleidet mit einem schmutzigen Kittel, die Stadt verließ. Fellmantel, Messer und Handschuhe ließ er zurück – und Selwyn, von dem er nicht wußte, wo er begraben lag.
»He«, rief ein Mann hinter ihm. »Geh aus dem Weg!«
Er sprang zur Seite.
Rechts und links von der Straße standen die Zelte des Trosses, davor brannten Feuer.
Wenn ich rechtzeitig nach Tandilan komme, kann ich den Krieg verhindern, überlegte Jakov. Die Zeit drängt. Jakov lief am Rand der Straße entlang, und während er lief und die Soldaten reiten sah, kam ihm der Gedanke, sich ein Pferd zu verschaffen. Mit einem Pferd würde er leichter und schneller vorwärtskommen. Und weil er kein Geld hatte, um es zu kaufen, blieb ihm nichts anderes übrig, als eines zu stehlen.
Jakov blieb einen Augenblick stehen und sah sich um. Einer Eingebung folgend, bog er von der Straße ab. Er watete durch den knietiefen Matsch zwischen den Zelten und patschte durch Pfützen. Erst jetzt fiel ihm auf, daß der Schnee weg war. Während er im Gefängnis gesessen und mit dem Kerkermeister Schach gespielt hatte, war es unbemerkt Frühling geworden. Auf den kahlen Hügeln schimmerte der Boden grün, und die Weiden trugen dicke Knospen. Nur die Spitzen der Berge waren noch weiß.

»Mach Platz!« brüllte wieder jemand hinter ihm.
Er sprang zur Seite.
»Steh nicht herum, du blöder Lümmel! Paß lieber auf!«
Fast wäre er unter ein Pferd gekommen. Er ging ein Stück weiter und blieb wieder stehen. Niemand beachtete ihn. Zwischen den Zelten streiften noch andere Jungen umher. In Erwartung eines Trinkgeldes boten sie ihre Hilfe an, oder sie suchten nach verlorengegangenen Hufeisen. Sie schlenderten hierhin und dorthin, und wenn sich eine günstige Gelegenheit bot, dann stahlen sie, was ihnen gerade unter die Finger geriet.
Auch Jakov wartete auf eine Chance. Da beobachtete er, wie ein streunender Hund auf der Suche nach Abfall einem Pferd zwischen die Beine geraten war. Das Pferd scheute heftig, riß sich los und raste davon.
»Haltet es auf!« schrie ein Mann. Das war eine Gelegenheit, auf die Jakov nicht zu hoffen gewagt hatte. »Ich hol' es zurück!« rief er dem Soldaten zu und rannte los.
Er kannte sich aus mit Pferden und wußte, was man tun muß, um sie einzufangen, aber auch, was man tun muß, um sie davonzutreiben. Er rannte solange, wie er sich beobachtet glaubte, und trieb dabei das Pferd immer weiter weg. Sobald er das Lager nicht mehr sehen konnte, hielt er an. Das Pferd blieb ebenfalls stehen. Es begann zu grasen. Dann hob es den Kopf und wieherte leise.
»Du bist ein gutes Pferd«, sagte Jakov mit einschmeichelnder Stimme. »Ich bin dein neuer Herr, aber das kannst du nicht wissen. Nein, nein, wir kehren jetzt nicht mehr zum Lager zurück. Du trägst mich zu meinem Vater. Sei schön brav. Niemand tut dir was. Auch in Tandilan gibt es Pferde. Sie sind ebenso schön wie du. So bist du brav!«
Und er redete und redete, bis er so nahe an das Pferd

gekommen war, daß er den schleifenden Zügel fassen konnte. Das Pferd blieb ruhig. Als er die Hand auf den Sattelknauf legte, drehte es nur den Kopf nach ihm um und beschnüffelte ihn. Es schnaubte leise. Dann stellte der Junge den linken Fuß in den Bügel und stieß sich vorsichtig ab. Sobald er den Sattel unter sich spürte, entspannte er sich. Es war geschafft!

Für einen kurzen Augenblick genoß er das Glück, auf dem Pferd zu sitzen, wie eine Mahlzeit, die auf der Zunge zergeht. Ein Pferd, das bedeutete nicht nur einen Zeitgewinn, das war etwas Lebendiges, mit dem man reden konnte. Wie damals, als er Tschuk bei sich hatte.

Er ritt schnell und freute sich über den Wind in den Haaren. Alles zusammen verstärkte das Gefühl, wieder frei zu sein und atmen zu können. »Komm, vorwärts!« rief er dem Pferd zu. Er lenkte es nach Osten.

Das erste Stück ließ er es galoppieren, weil er befürchtete, daß die Soldaten noch hinter ihm her sein könnten. Er ritt auf der Straße. Hier war der Boden fest, und das Pferd sank nicht ein.

Später, als Jakov sicher war, daß er nicht weiter verfolgt wurde, nahm er den Zügel zurück und ließ es traben. Er sah sich um. Das leicht ansteigende Gelände gefiel ihm. Die Sonne stand hoch. Die Wolken trieben nach Osten. Über den Himmel zogen Schwärme von Vögeln. Jakov sah Bauern, die mit ihren Ochsengespannen die Felder pflügten. Der Geruch nach frischer Erde zog über das Land. Auf den Wiesen blühten die Märzenbecher, an den Waldrändern Seidelbast und Huflattich. Einmal huschte ein Wiesel über die Straße. Sein Fell war immer noch weiß, wie im Winter. Das Pferd erschrak, als habe es noch nie ein Wiesel gesehen.

»Na, na«, beruhigte es Jakov und strich ihm mit der Hand über die Mähne. »Wer wird denn so dumm sein?«

Es war ein rotes Pferd mit blonder Mähne und kleinen, lebhaften Ohren. Manchmal, wenn Jakov müde wurde, stützte er die rechte Hand auf den breiten Mähnenkamm. »Komm weiter«, munterte er es auf, wenn es versuchte, langsamer zu gehen. Dann ruckte es kurz mit dem Kopf und lief wieder schneller.

Die Berge rückten näher. Auf immer länger werdenden Strecken zog sich die Straße durch Wald.

Ab und zu begegneten ihm Leute. Jakov grüßte sie freundlich, und sie grüßten zurück. Niemand schöpfte Verdacht, fragte ihn, was er hier suche, oder wem wohl das Pferd gehöre.

Es wurde Abend. In seinem Rücken ging die Sonne unter. Aber er ritt weiter. Manchmal, wenn die Straße steil bergauf führte, stieg er ab und lief ein Stück neben dem Pferd her. Dann sah er, wie sich die Nüstern schnell auf und zu bewegten. Er spürte den warmen Schweiß und betrachtete mitleidig die müden Augen. »Verzeih mir, Pferd«, flüsterte er, »du kannst das nicht verstehen, aber es muß sein.«

Das Pferd lief am lockeren Zügel hinter ihm her. Nachdem die Sonne weg war, wurde es kühler. In einer Kurve entdeckte er einen schmalen Saumpfad. Er nahm an, daß es der alte Paßweg sein mußte und daß er auf ihm abkürzen könnte.

Das Pferd weigerte sich, die Straße zu verlassen. Jakov mußte ihm zureden. Auch er wurde langsam müde. Seine Kräfte ließen nach, und er stolperte immer wieder.

Der Pfad führte sie am Rand eines Baches steil nach oben. Der Lehm zwischen den Steinen war schlüpfrig, und die niederen Sträucher waren voller Dornen.

Jakov war froh, daß sie die Straße wieder erreichten, bevor es völlig dunkel geworden war. Das Pferd blieb stehen und atmete schwer. Jakov ließ es sich etwas erholen. »Komm«, sagte er dann, »komm weiter!«

Hinter der nächsten Kurve stand ein Haus. Es war alt und verfallen. Sein Standplatz am Rande des Baches schien gefährlich zu sein. Es war kaum mehr als ein hölzerner Kasten, der des Wildwassers wegen auf Steinsäulen stand. Das flache Dach war mit Schindeln gedeckt. Auf der dem Bach zu gelegenen Seite hing ein Mühlrad ins Wasser.
Jakov blieb stehen und überlegte.
Jetzt bin ich Jakov, der Sohn eines Bauern, dachte er. Wer will mir beweisen, daß ich das Pferd gestohlen habe? Es kann mich nicht verraten.
Er band es an einer der Steinsäulen fest, dann suchte er den Eingang. »He, hallo!« schrie er. »Ist jemand da?«
Wütendes Kläffen war die Antwort. Irgendwo quietschte eine Tür in den Angeln. Dann fuhr ein Hund heraus. Zuerst sah es so aus, als spränge er Jakov gleich an die Kehle. Jakov stand wie versteinert und rührte sich nicht.
Auf der dem Berg zugewandten Seite führte eine schmale Holzbrücke zum Eingang. Auf ihr stand ein dicker schlampiger Mann. »Wer ist da?« fragte er.
»Ich«, sagte Jakov.
Jetzt sah ihn der Mann. »Was suchst du hier?«
»Kann ich hier übernachten?«
Der Mann zögerte. »Wir sind kein Wirtshaus«, sagte er dann. »Für Gäste sind wir nicht eingerichtet.«
»Das ist mir gleich. Mir genügt ein Strohsack und ein Stück Brot. Das Pferd braucht Futter und einen Stall.« Jakov deutete mit der Hand auf das angebundene Pferd, das mit müde hängendem Kopf dastand. Da fuhr der Hund abermals auf ihn los, und Jakov ließ rasch den Arm wieder fallen.
Der Mann rief den Hund zurück.
»Du kannst hierbleiben.«
Er zeigte dem Jungen den kleinen Schuppen. Eine magere

Kuh lag dort wiederkäuend im Mist. In einem Verschlag grunzte ein Schwein.
Jakov band das Pferd an und sattelte es ab. Er warf ihm einen Arm voll Heu vor und stellte ihm Wasser hin. Das alles erinnerte ihn sehr an Makeera. Es war der Geruch nach Heu, Kuh, Schwein und altem Holz. Einen Augenblick lang wünschte er sich, dort zu sein. Doch dann rief ihn der Mann ins Haus.
Die Küche war düster. Nur eine kleine Ölfunzel stand auf dem Tisch. Auf dem Boden lag schmutzige Wäsche. Der Stuhl, auf den er sich setzte, wackelte gefährlich.
Am Herd hantierten eine Frau und ein Mädchen.
»Wen bringst du da mit?« fragte die Frau, als Jakov am Tisch Platz genommen hatte. »Wir sind kein Wirtshaus.«
»Das hab' ich ihm schon gesagt«, sagte der Müller. »Aber wo will er noch hin, heute abend?«
»Wo willst du hin?« fragte das Mädchen neugierig, als es den dampfenden Suppentopf auf den Tisch stellte.
Jakov sah sie an. Sie wirkte anders als Meerut. Ihre Haare hingen strähnig herunter. Durch einen Riß im Ärmel des Kleides war der rundliche Arm zu sehen.
»He«, sagte das Mädchen, »kannst du nicht reden?«
»Über die Berge nach Tandilan«, sagte Jakov.
Das Mädchen holte die Löffel aus der Schublade. »So, nach Tandilan«, wiederholte es. Dabei lächelte es, als wisse es mehr.
»Was ist dabei?«
»Nichts, nichts.« Das Mädchen reichte Jakov einen Löffel über den Tisch, und als er ihn nahm, entdeckte er den Ring an ihrer Halskette. Es war ein Ring mit dem Wappen von Kerkuelen. Ein kleiner, schmaler Reif, so wie man ihn Brieftauben an die Füße macht.

»Einen schönen Ring hast du da«, sagte er bewundernd.
Da warf sich das Mädchen in die Brust. »Findest du? Ein Mann hat ihn mir geschenkt. Er blieb hier über die Nacht. Es ist ein Taubenring, mußt du wissen.«
Da wußte Jakov Bescheid. Es war das Siegel von Kerkuelen, das die Taube getragen hatte, die mit der Botschaft an den Hof seines Vaters geschickt worden war. Die Taube war nie über den Paß gekommen.

Bevor Jakov sich schlafen legte, sah er noch einmal nach dem Pferd. Das Mädchen begleitete ihn mit der Laterne. Es lief dicht hinter ihm her. Zu dicht, fand Jakov, und er beschleunigte seine Schritte, um den Abstand zwischen ihr und ihm zu vergrößern.

Doch das Mädchen ließ sich nicht abhängen. Sie trug die Lampe auf der Seite, und Jakov betrachtete mit unbehaglichem Gefühl die beiden schräg vor ihm herlaufenden Schatten, die fast ineinander verschmolzen.

Sie roch nach Schweiß und Knoblauch. Er war froh, als er den morschen Holzriegel der Stalltür umklappen konnte und im Licht der Laterne das liegende Pferd entdeckte. Es hatte den Kopf auf dem Boden aufgestützt und schlief. Der Lichtschein weckte es auf, und es sah blinzelnd um sich.

»Komm, komm, schon gut«, versuchte Jakov es zu beruhigen. »Bleib liegen!«

Er kniete sich vor ihm ins Stroh, strich ihm über die Augen und war froh, als er spürte, daß es sich langsam wieder entspannte. Sein Fell war seidig und ziemlich lang, wie es im Winter immer war. Er kratzte es in der Mähne und freute sich, als es zufrieden seufzte.

»Na«, sagte das Mädchen, das die ganze Zeit hinter ihm stehengeblieben war und ihm zugesehen hatte. »Na, wie ist's mit uns beiden?«

Jakov stand rasch auf. Er stieß an den Sattel, der über dem Schlagbalken hing.

»'n schönen Sattel hast du da«, flüsterte sie ihm ins Ohr. »Aus schönem Leder.« Ihre Hand fuhr liebkosend die Nähte

entlang. »Sieht fast aus wie ’n Soldatensattel. Find’st du nicht auch?«
Jakov erschrak.
»Aber du bist doch ’n Junge und kein Soldat – oder?«
»Laß mich in Ruhe!«
»Blöder Hammel«, brummte das Mädchen beleidigt. »Andere sind nicht so dumm.« Ohne darauf zu achten, ob er ihr nachkam, lief sie ins Haus zurück.
»Na, alles in Ordnung?« fragte die Frau des Müllers, als sie die Küche betraten. Sie hatte einen Strohsack hergerichtet. Er lag irgendwo zwischen den alten Säcken, die noch geflickt werden mußten, zwischen halb abgenagten, stinkenden Knochen und vergessenem Werkzeug, so, als sei er da einfach fallengelassen worden. Für Jakov war es die erste Nacht in Freiheit. Wenn alles gut ging, würde er morgen den Paß von Juku überschreiten. Dann wäre er in Tandilan. Nach Sabalgar würde es nicht mehr weit sein.
Er schlief tief und traumlos in dieser Nacht.
Am anderen Morgen war der Boden gefroren, und eine dünne Reifschicht bedeckte die Äste. Das Pferd war schon wach, als Jakov in den Stall kam, um es zu füttern. Es begrüßte ihn wiehernd.
»Ja, ja, ich weiß, du hast Hunger«, sagte der Junge. Er brachte ihm einen Arm voll duftendes Heu und stellte ihm einen Eimer mit Wasser daneben.
Jakov frühstückte mit dem Müller und seiner Frau, während die Tochter noch schlief. »Oben am Paß liegt Schnee«, sagte der Müller kauend. »Aber gestern hab’ ich ein Fuhrwerk hochfahren gesehen. Es kam nicht zurück. Wenn ein Karren den Paß überqueren kann, schaffst du es leicht.«
»Was für ein Karren?« wollte die Müllerin wissen. »War es der Krämer?«

»Nein, nein. Der Krämer fährt nicht vorbei, ohne uns zu besuchen.«
Während sie sich unterhielten, tunkte Jakov das trockene Brot in die schmutzige Tasse. Er achtete nicht auf das Gespräch. Er kaute die aufgeweichte Kruste, schlürfte dazwischen Kaffee und fühlte sich sehr erleichtert, daß ein Karren vor ihm den Berg hochgefahren war. So brauchte er nur seinen Spuren zu folgen. Mit dem Schnee würden er und das Pferd schon fertig werden. Mit dem Schnee war er schon einmal fertig geworden.
Nach dem Frühstück sattelte er. Er war froh, daß die Tochter noch schlief. Dem Vater fiel an dem Sattel nichts auf.
»Danke«, sagte er, als er aufstieg.
Jakov ließ das Pferd im Schritt gehen. Er ließ ihm die Zügel lang, damit es den Hals ausstrecken konnte. Es war noch kalt. Vor seinen Nüstern stand eine Dampfwolke. Jakov hielt die Zügel mit einer Hand, die andere steckte er in die Tasche. Sehnsüchtig dachte er an Meeruts Handschuhe.
Die Straße schlängelte sich durch lichte Kiefernwälder an Berghängen entlang. Wenn er ein flaches Stück vor sich hatte, ließ er das Pferd traben. Doch sobald es bergauf ging, nahm er die Zügel zurück und verlangsamte das Tempo wieder. An schattigen Stellen lag immer noch Schnee. Er sah gelb und schmutzig aus, und nichts erinnerte mehr daran, daß er einmal in weißen, weichen Flocken vom Himmel gefallen war.
Niemand begegnete ihnen. Jakov ritt sorglos dahin. Vor Sabions Reitern brauchte er sich nicht mehr in acht zu nehmen. Für sie saß er ja im Kerker des Hissar.
Gegen Mittag wurde es warm. Auf dem roten Fell des Pferdes erschienen dunkle Schweißflecken. Einmal ließ er es an einem Bergbach trinken. Es spitzte die Lippen, sog Wasser

hoch und schluckte in langen, ruhigen Zügen. Als es die Nüstern zu tief ins Wasser getaucht hatte, hob es den Kopf und prustete Jakov die Tropfen ins Gesicht.
Der Wald blieb zurück. Über ihn wanderte die Sonne an den westlichen Himmel. Er war froh, daß sie nun hinter ihm stand. Sie hatte auf seiner Haut gebrannt, seine Lippen entzündet, und das scharfe, von den höher gelegenen Schneefeldern vielfach verstärkte Licht hatte ihn geblendet. Jetzt lief sein Schatten wieder vor ihm her. Sie gingen nach Osten. So war es richtig.
Im Schnee auf der Straße waren die Spuren des Karrens deutlich zu erkennen.
Jakov überlegte, wer wohl zu dieser Jahreszeit mit einem Fuhrwerk die Jukustraße entlangfuhr. Die Mittagswärme weichte den Schnee auf. Auf den windabgewandten Hängen lag er hoch. Er mußte absteigen und das Pferd führen. Immer wieder tief einsinkend, überwand es die Stelle mit ängstlichen Sätzen.
Auch der Karren mußte am Tag vorher dort Schwierigkeiten gehabt haben. Jakov bemerkte die tiefen Rillen der Räder, und einmal kam er an einem Platz vorbei, an dem der Schnee aufgewühlt war. Hier mußte er steckengeblieben sein.
Es war ein Mann, dachte der Junge. Die Sohlen der Schuhe hatten immer dieselbe Größe. Nur ein Mann und ein Pferd, überlegte er noch. Und der Wagen muß schwer beladen gewesen sein.
»Komm weiter!« sagte er laut zu dem Pferd. »Siehst du die Berge?« Doch das Pferd achtete nicht auf ihn. Es achtete nur darauf, wo es hintrat und sonst auf nichts.
»Einer davon heißt Morro Tanaschi, der andere Elkabil. Über den Sattel zwischen den beiden führt unsere Straße. Es kann nicht mehr allzu weit sein.« Es tat ihm gut, jemand

anderem zuzureden, und es war ihm gleich, daß es nur ein Pferd war, das den Sinn seiner Worte nicht begreifen konnte. Das Pferd hörte aber am Klang seiner Stimme, was er ihm sagen wollte.
Ein künstlich errichteter Steinhaufen markierte die Paßhöhe. – Kerkuelen lag hinter ihm. Vor ihm lag Tandilan. Er blickte nach vorn, sah die blauen Hügel, die in der Ferne im Dunst verschwammen. Eine Schwalbe schoß von Südosten daher, strich pfeilschnell dicht über die Steine und verschwand im Nordwesten.
Jakov nahm dem Pferd das Gebiß aus dem Maul und ließ es sich ausruhen. Er hockte sich auf den schneefreien Steinhaufen und streckte die Beine weit von sich.
Hinter den Bergen von Kerkuelen ging die Sonne unter. Die letzten Strahlen beschienen die Felsen des Morro Tanaschi. Sie leuchteten rot, dann violett, um schließlich im Schatten der Nacht zu verdüstern.
Um die niedere Kuppe des Elkabil kreisten schreiende Dohlen.
Jakov stieg wieder auf. Er zog sich mühsam in den Sattel und ließ sich fallen. Er war der Ansicht, daß er dem Pferd auf der abfallenden Straße sein Gewicht wieder zumuten könnte.
Der frische Wind ließ ihn frösteln. Trotzdem war es noch immer so warm, daß er unter der Schneeoberfläche das Gluckern und Rieseln des Schmelzwassers hörte. Auch er war müde. Er war es nicht mehr gewöhnt, so lange im Sattel zu sitzen. Das Kreuz tat ihm weh und die Beine. Manchmal nahm er sie aus den Bügeln, streckte sie aus und ließ sie hängen. »Braves Pferd«, flüsterte er und strich ihm über die Mähne.
Immer noch zog sich die Karrenspur vor ihm hin. An den der Sonne am meisten ausgesetzten Stellen war der Schnee schon

geschmolzen. Dann waren auf dem dunklen Boden die Rillen der Räder nicht mehr zu sehen, und er mußte aufpassen. Als es so dunkel war, daß er die Ohren des Pferdes kaum mehr erkennen konnte, war die Spur wertlos geworden.

In dieser Nacht werde ich im Freien schlafen müssen, überlegte Jakov. Der warme Mantel wird mir fehlen.

Niederes, schwarzes Gesträuch bedeckte die Hänge, und Jakov stieg ab, um das Pferd zu führen. Aber es sah in der Dunkelheit besser als er. Es lief mit gespitzten Ohren neben ihm her und stolperte nie. Bald hielt sich der Junge an dem Bügel fest und überließ ihm die Führung.

Wie hatte der Mann mit dem Karren die Strecke bewältigt? Auch bei ihm mußte es dunkel gewesen sein, bis er hier war. Von der Paßhöhe aus hatte Jakov kein Haus entdeckt. Irgendwo hier muß er gelagert haben, überlegte er. Irgendwo hier zwischen den Latschen!

Ein Käuzchen schrie in der Nähe. Jakov erschrak, und das Pferd blieb stehen. Es schnaubte leise. Der Wind trug einen fremden Geruch den Berg hoch. Irgend etwas am Ruf des Kauzes war anders als sonst.

»He«, schrie ein Mann. »Wer da? Bleib stehn!«

Jakov taumelte gegen den Sattel. Es war aussichtslos zu flüchten. Er und das Pferd waren viel zu erschöpft.

»Was wollt ihr?« sagte er nur. »Ich bin nicht bewaffnet.«

»Halt's Maul und komm mit!«

»Ich kann dich nicht sehn.«

Da packte ihn eine kräftige Hand an der Schulter und schob ihn vorwärts. Solange der Mann ihn mit sich zerrte, war es dem Jungen ganz gleich, was geschah. Es war ihm gleich, ob ihm die Latschenzweige ins Gesicht schlugen. Es war ihm gleich, ob er in ein Loch trat oder über einen Stein stolperte und hinfiel. Er hörte, wie der Stoff seines Kittels riß und

vernahm das ängstliche Prusten des Pferdes, das sich hinter ihm durch die Sträucher zwängte. Der Weg schien kein Ende zu nehmen. Nach einer Weile lockerte sich der Griff. Der Junge spürte, wie der Druck der Finger nachließ.
»He«, sagte der Mann. »Bleib stehn!« Er hielt an. Das Pferd, das den Befehl nicht verstanden hatte, machte noch einen Schritt. Jakov erhielt einen Stoß in den Rücken und fiel hin.
»Still!«
Jakov blieb liegen.
In den Bergkiefern rauschte der Wind. Ab und zu knackte ein Ast. Eilige Schritte huschten über den Boden, und ein Nachtvogel flatterte davon. In der Ferne klagte ein Reh.
»He, holla«, schrie der Mann laut. »Wo seid ihr?«
Jakov lag auf dem Erdboden und hatte den Mund voller Tannennadeln. Hier gab es keinen Schnee mehr, aber der Boden war naß, und die Feuchtigkeit drang durch den dünnen Stoff seines Kittels.
»He, holla!«
Zuerst dachte der Junge, es sei nur ein Echo. Erst später merkte er, daß dies eine Antwort gewesen sein mußte.
»Steh auf!«
Wie an einem unsichtbaren Leitseil steuerte er Jakov durch die Dunkelheit auf den Punkt zu, von dem der Ruf gekommen war.
Durch die Bäume schimmerte Licht. Der züngelnde Schein eines Feuers flackerte die Stämme hoch. Der Junge mußte husten, weil ihm der beißende Rauch in die Lunge drang.
»Mamu, bist du's?«
»Ich bring jemand mit«, sagte der Mann. »Ist Flok da?«
»Er ist unterwegs, muß aber bald zurück sein!«
Wie ein riesiger Schatten stand ein zweiter Mann vor dem Feuer.

»'s ist bloß 'n Junge«, erklärte ihm der mit Mamu angeredete Mann, bevor der andere ihn fragen konnte. »Ich fand ihn am Paß. Muß von drüben gekommen sein.«
»'n Spion?«
»Keine Ahnung. Was fangen wir mit ihm an?«
»Das soll Flok entscheiden!«
Als Jakov den Griff der Hand nicht mehr spürte, fiel er abermals hin. Seine Beine wollten ihn nicht mehr tragen. Mamu nahm ihm den Zügel weg und führte das Pferd zur Seite. Nach einigen Schritten hatte die Dunkelheit ihn verschluckt. Der Junge hörte nur das Knacken der Äste unter den Hufen. Es mußten noch andere Pferde dort sein.
»Er hat 'nen Kriegssattel«, meldete Mamu dem anderen, als er zurückkam. »Einen aus Kerkuelen!«
Die Angst schnürte dem Jungen die Kehle zu. Es wurde ihm übel, fast mußte er sich übergeben.
»Hast du Hunger?«
Er schüttelte den Kopf und starrte ins Leere. Der Hunger war ihm vergangen. Wenn die Männer ihn für einen Spion hielten, würden sie ihn erschießen. Wenn sie zu Sabions Reitern gehörten, auch. Sie warteten auf die Rückkehr des dritten, der scheinbar ihr Anführer war. Aber Jakov war viel zu müde, um weiterzudenken. Eine große Gleichgültigkeit hatte von ihm Besitz ergriffen. Wo sollte er hin? Sein Pferd war irgendwo in der Dunkelheit. Er selbst war viel zu erschöpft, um auf eigenen Beinen zwei ausgewachsenen Männern davonzulaufen.
Es blieb ihm nichts anderes übrig, als abzuwarten.
Die Zeit verrann. Die Männer brieten sich Fleisch in der Glut. Ab und zu legten sie frisches Holz auf das Feuer oder stocherten in ihm herum. Jakovs Kittel trocknete langsam.
»Was hat er vor?« fragte Mamu den anderen.

»Er ist zur Schlucht.«
»Und?«
»Sie sammeln sich. Es kann nicht mehr lange dauern.«
Obwohl sie ihre Unterhaltung leise führten, verstand der Junge jedes Wort.
»Wir sind zu wenig, kaum eine Handvoll Leute und schlecht bewaffnet. Was können wir gegen die ganze Armee ausrichten?«
»Laß Flok nur machen. Ihm fällt immer noch was ein.«
Mamu nickte zustimmend.
Plötzlich stand ein dritter Mann im Lichtkreis des Feuers. Lautlos wie eine Katze hatte er sich genähert. Er stand an einem Baum und rührte sich nicht.
»Guten Abend, Rusko«, sagte er leise. »Fein, dich wiederzusehen!«
Jakov starrte ihn an, als sei er ein Geist. Aber er erkannte sofort die gebogene Nase und den Mund, der zugleich lächeln und traurig sein konnte. Es war der Puppenspieler.

Ritt nach Sabalgar

»He, wach auf!« Mamu hatte Jakov an der Schulter gepackt und schüttelte ihn. Die Sonne stand hoch. Das Feuer war erloschen, außer Mamu und dem Jungen war niemand mehr da. Zuerst unklar, dann immer deutlicher konnte sich Jakov an die Nacht erinnern. Die Erkenntnis, daß Flok der Puppenspieler war, hatte ihn schnell von seiner Angst befreit. Später hatte er dann erfahren, daß hinter ihm nicht nur Mamu und Takume, wie der dritte Mann hieß, standen, sondern eine größere Gruppe Rebellen.
»Warum bist du damals davongerannt?« hatte Flok ihn gefragt, und der Junge wußte nicht, ob er sein Weglaufen vom Marktplatz oder die Flucht in der Nacht damit meinte.
»Ich habe einen Freund getroffen«, war seine Antwort gewesen. – »Einen Freund, den ich lange vorher verloren hatte.«
Flok hatte nicht weiter gefragt.
»Das ist Rusko, ein Junge aus Puschkanien«, hatte er den anderen erklärt. »Ich hab' ihn auf der Straße aufgelesen und ein Stück mitgenommen.« Damit war die Sache erledigt.
Jakov war so müde gewesen, daß er eingeschlafen war. Alles um ihn her war unwichtig geworden. Er hatte sich auf dem Boden vor dem Feuer zusammengerollt, Flok hatte ihm eine alte Decke untergeschoben und eine andere über ihn gebreitet. Dort hatte er gelegen und sich während der Nacht kein einziges Mal umgedreht.
»Wo ist er?« fragte er Mamu, als ihm alles wieder eingefallen war. Und Mamu wußte gleich, wen er meinte.
»Er mußte noch in der Nacht fort.«

»Und wo ist Takume?«
»Er wird bald hier sein. Du sollst auf ihn warten!«
Die Sonne stand schon hoch über dem Morro Tanaschi, bis Takume ins Lager geritten kam. Jakov hatte gefrühstückt. Er hatte im Wald, wo die Pferde standen, den Wagen des Puppenspielers entdeckt, aber das Pferd war nicht bei den anderen gewesen. Jakovs Pferd stand noch da und ein fremdes, das sicher Mamu gehörte. Es war von der Rasse, die die Bauern züchten, um Pflüge zu ziehen oder im Winter das Holz von den Bergen zu holen. Sein Fell war dunkler als das Fell von Jakovs Pferd, Mähne und Schweif waren schwarz wie die Nacht.
Jakov hatte sich zu Mamu gesetzt, der ein Messer schliff. Sorgfältig bearbeitete er die Schneide, fuhr mit dem Finger darüber, ob sie scharf genug sei. Mamu war ein kleiner Mann. Jakov verglich ihn mit Rusko und dem Jökull, aber er war von einem anderen Schlag als sie. Seine Gestalt war hager und sehnig. Das bartlose, spitze Gesicht war von vielen Entbehrungen gezeichnet. Wenn er beim Reden die Augen zusammenkniff, vertieften sich die Fältchen an den Rändern. Die Haare waren schütter und grau. Hemd, Jacke und Hose waren die eines Bauern, und am Gürtel hing die Wetzsteinhülle.
»Woher kennt ihr Flok?« fragte Jakov.
»Seitdem die Lage des Volkes in Tandilan unerträglich geworden ist, seit sich im Volk ein Widerstand gegen die Herrschaft des Duschak und seines Beraters gebildet hat, seitdem ist Flok unser Führer. In der Verkleidung des Puppenspielers zieht er umher, überschreitet die Grenzen, erfährt dies und das und gibt seine Befehle danach. Vorgestern kam er über den Paß mit der Nachricht, daß sich der Tamarak auf einen Krieg vorbereitet. In Kerkuelen will man

gerüstet sein, wenn Sabion angreift. Aber Sabion weiß Bescheid. Das Heer von Tandilan liegt unweit von hier in einer Schlucht verborgen.«
»Wo ist der Duschak?« unterbrach ihn Jakov.
»In Sabalgar, wo sonst? Auf seiner Burg. Er war lange krank und muß sich pflegen.«
»Und Sabion?«
»Auch dort!«
»Was habt ihr jetzt vor?«
»Den Krieg zu verhindern.«
»Wollt ihr Sabion ermorden?«
»Wer aus persönlicher Machtgier einen Feldzug plant, der für viele Menschen den Tod bedeutet, stirbt besser, bevor er Schaden anrichten kann.«
»Aber vielleicht greift der Tamarak vorher schon an«, wandte Jakov ein.
»Deswegen drängt die Entscheidung«, erklärte ihm Mamu. »Sobald Sabion tot ist, bringe ich diese Botschaft nach Ravenstein. Der Tamarak wird dann mit Freuden seine Soldaten nach Hause schicken.«
Als Mamu mit der Schneide des Messers zufrieden war, nahm er die Wetzsteinhülle vom Gürtel. Er steckte das Messer hinein und band es fest.
»Wie kommst du zu dem Soldatenpferd aus Kerkuelen?« fragte er plötzlich.
Jakov traf diese Frage unvorbereitet, den Sattel hatte er längst vergessen. Der Sattel verriet ihn, und ohne lange zu überlegen, sagte er schnell: »Ich hab's gestohlen.«
Da lachte Mamu. Er schlug sich auf die Schenkel vor Vergnügen. »Du bist in Ordnung«, sagte er. »Ich hab mir's gedacht und wollt' bloß wissen, ob du's auch zugibst. Ehrliche Diebe sind selten!«

Er lachte noch, als Takume ins Lager geritten kam. Sein Pferd war dunkel vor Schweiß. Die Flanken waren eingefallen, sein Atem ging kurz und schnell.
»Was gibt's?« fragte Mamu.
»Sie rüsten wirklich zum Aufbruch. Wir müssen handeln!«
»Dann reit gleich weiter nach Sabalgar!«
»Der Gaul kann nicht mehr. Du mußt reiten!«
»Laß mich mit«, rief Jakov. »Nach Sabalgar wollte ich auch!«
Ohne Mamus Antwort abzuwarten, lief er zu seinem Pferd, um es zu satteln.
Sie saßen auf. Mamu kannte die Abkürzungen. Jakov folgte ihm zögernd. Während sein Pferd in riesigen Sätzen den Hang hochgaloppierte, hielt er sich an der Mähne fest. Er duckte sich über den Sattelknauf, damit ihm die tiefhängenden Äste nicht ins Gesicht schlugen. Als sie in flacheres Gelände kamen, trieb er sein Pferd neben das von Mamu. »Was geschieht mit dem Duschak, wenn Sabion weg ist?« fragte er.
»Nichts«, sagte der Mann. »Er ist schon alt.«
»Hat er nicht einen Sohn?« fragte Jakov und konnte dabei nicht verhindern, daß seine Stimme zitterte.
»Ja, ja, man hat ihn weit weg von hier auf eine Schule geschickt.«
»Wer ist dann Duschak?«
»Der, den das Volk wählt.«
»Warum nicht der Sohn?«
»Weil die Mehrheit der Räte das Erbfolgegesetz abschaffen will.«
»Wer sagt das?«
»Flok weiß alles. Er weiß, was die anderen denken.«
Jakov fragte nicht weiter. Flok, der Fremdling, der Puppenspieler und Rebellenführer wurde ihm immer rätselhafter.
Sie ritten im Schritt. Die Pferde stiegen behutsam über am

Boden liegende Äste. Mamu saß auf seinem Pferd, als sei er gewohnt, sonst ohne Sattel zu reiten. Die Zügel hingen lose herunter, das Pferd suchte sich selbst seinen Weg.
»Mamu«, begann Jakov wieder.
»Ja.«
»Kannst du mir sagen, warum Flok dann nicht schon früher dafür gesorgt hat, daß Sabion verschwindet? Wenn er so klug ist, hat er doch sicher Einfluß auf die Räte?«
»Keiner der Räte von Tandilan hat etwas zu sagen«, erwiderte Mamu. »Sie werden nicht mehr gefragt.«
Sobald sie die Straße wieder erreichten, ließ Mamu sein Pferd schneller laufen. Sie galoppierten am Wegrand entlang. Je weiter sie sich von den Bergen entfernten, um so grüner wurden die Wiesen. Die Weiden blühten, und Bachstelzen huschten über die Wege. Sie querten die Straße so dicht vor den Hufen der Pferde, daß Jakov erschrak.
Sie kamen an einen Bergsee. Der Wind hielt das blaugrüne Wasser in Bewegung. Sonnenflecken tanzten auf den Wellen. In der klaren Luft konnte Jakov am anderen Ufer Wildenten sehen. Aber Mamu hatte keinen Blick für so etwas übrig. »Eil dich«, rief er Jakov zu.
Jakov trieb sein Pferd an. Es wurde schon wieder müde. Erst als die Straße ein Dorf durchquerte, verlangsamte Mamu das Tempo. Jakov fielen die bekümmerten Mienen der Bauern auf. An Tagen wie dieser saßen sonst die Alten draußen, doch die Hausbänke waren leer. Die Leute hielten die Köpfe gesenkt. Kein einziger schien die Reiter zu bemerken. Aber das Land ringsumher war so schön, wie es immer gewesen war. So hatte es Jakov sich in seiner Erinnerung erhalten: Wiesen und Wälder, Flüsse, Bäume und Häuser. Je weiter sie kamen, um so mehr legte sich eine Last auf seine Seele. Wieso hatte sein Vater dem allen nicht Einhalt gebieten können?

Hinter dem Dorf trieb Mamu sein Pferd wieder an. Er achtete nicht darauf, ob Jakov ihm folgte, sah immer nur vorwärts, als erwarte er hinter dem nächsten Hügel schon die Dächer und Türme der Hauptstadt. Die Straße, die zuerst steinig gewesen war, nur erkennbar als schmales, geebnetes Band, wurde lehmig und naß, und Jakovs Pferd scheute vor einer Pfütze. Es sprang zur Seite, Jakov wäre beinahe gefallen. Er hatte die Bügel verloren. Es dauerte einige Zeit, bis seine Füße sie wiedergefunden hatten.

Kurz vor der Hauptstadt wurde die Straße fester.

Mamu drehte sich im Sattel um und schrie über die Schulter zurück: »Na, Rusko, geht's?« Als wären sie gerade erst losgeritten.

Jakov war froh, daß Mamu die Wachen kannte. Er hatte befürchtet, daß sie ihn vielleicht nach dem Grund seines Besuches fragen könnten. Auf das Woher und Wohin hätte er keine Antwort gewußt, die stichhaltig genug war, um Nachprüfungen standzuhalten. Eine innere Stimme warnte ihn davor, ihnen zu sagen, wer er wirklich war; denn sie standen sicher in Sabions Diensten.

»Sie lieben den Schnaps«, sagte Mamu, als sie durch das Tor ritten. »An Markttagen stecke ich ihnen oft eine Flasche zu. Das ist so gut wie ein Schlüssel zur Stadt.«

Jakov ritt neben Mamu durch die Gassen und merkte zu seinem Entsetzen, daß er sich nicht mehr zu Hause fühlte. Die dicken Mauern der Häuser, die vergitterten Fenster in den schmucklosen Fassaden schreckten ihn ab. Es sah so aus, als seien es lauter Gefängnisse.

Die Hufe klapperten laut auf dem Pflaster. Ihm fiel auf, daß die Straßen fast leer waren. Weder Reiter noch Kutschen begegneten ihnen. Nur ein paar Menschen schlichen wie geprügelt um die Ecken der Häuser.

Obwohl die Sonne noch schien, wirkte alles düster und verschlossen.
Mamu sprach wenig.
Jakov fragte: »Was haben die Menschen?«
Er sprach leise, fast flüsternd, und Mamu antwortete: »Angst!«
Jakov fragte weiter: »Wovor?«
»Voreinander. Jeder, der einen von ihnen anzeigt, erhält eine Belohnung. Niemand traut seinem Nachbarn!«
Sie näherten sich der Burg des Duschak. Mamu äugte umher, als suche er etwas, von dem er nicht wußte, wie und wo er es finden würde.
An der Brücke über den Burggraben hockte ein Bettler. Vor ihm auf dem Boden stand ein alter Teller, neben ihm lehnte ein Krückstock. Den Hut hatte er tief ins Gesicht gezogen.
»Gebt dem Lahmen, der sein Brot nicht mehr selbst verdienen kann!« murmelte er, als er hörte, daß Mamu und Jakov die Pferde vor ihm anhielten.
Mamu beugte sich tief zu ihm hinunter. »Die Zeit ist reif«, zischte er. »Sie rüsten zum Aufbruch!« Er griff unter den Kittel und zog das Messer heraus.
Jakov sah die aufblitzende Klinge, kurz bevor der Bettler sie an sich riß. Er verbarg sie im Schaft seines Stiefels.
»Heute nacht«, sagte er. »Warte vorm Tor und bring dann die Botschaft. Du weißt schon, wohin.«
Bevor der Bettler davonlief, sah Jakov kurz sein Gesicht: Es war Flok.
Krückstock und Teller blieben zurück.

Bis sich Jakov von seiner Überraschung erholt hatte, war der Bettler schon lange verschwunden.
Mamu neben ihm sagte: »Gehn wir.«
»Wohin?« fragte Jakov.
»Dort, in die Schenke.«
»Geh schon vor«, sagte Jakov. »Ich komm gleich nach!«
Mamu wendete sein Pferd und ritt davon. Zu dieser Tageszeit befanden sich auf dem Platz vor der Burg nur wenig Leute. Alle hatten es eilig nach Hause zu kommen. Ein kleines Kind hüpfte fröhlich an der Hand seiner Mutter und trällerte ein Lied vor sich hin. Doch die Mutter wies es zurecht, und es brach ab, als wenn Singen verboten sei. Immer noch schien die Sonne auf Mauern und Zinnen der Burg, aber die Schatten der Häuser auf der gegenüberliegenden Seite des Platzes dehnten sich aus. Das schmutzige Wasser im Graben stank nach Fäulnis und Algen. Als Kind hatte Jakov oft am Brückengeländer gestanden und Enten gefüttert. Selwyn war dort mit ihm Boot gefahren. Niemals, solange er sich erinnern konnte, war das große Tor verschlossen gewesen. Jetzt war es zu. Jakov rutschte aus dem Sattel. Er zerrte das müde Pferd hinter sich her über die Brücke und klopfte ans Tor.
»Wer da?« schrie die Wache.
»Macht auf! Ich bin der Sohn Duschak Agburs!«
»Das kann jeder behaupten.«
»Macht auf, oder ich sag's meinem Vater!« brüllte Jakov empört.
Die Männer lachten laut. »Dann sag es ihm doch, wenn du kannst!«

In ohnmächtigem Zorn hämmerte er mit den Fäusten auf die Bohlen.
»Verschwinde!« schrie jemand. »Oder wir melden dich Sabion! Du kannst nicht der Sohn unseres Duschak sein. Der sitzt im Gefängnis des verfluchten Tamarak.«
Jakov sah ein, daß er so nicht zu seinem Vater kommen würde. Er ging über die Brücke zurück, bis zu dem Pfeiler, an dem immer noch Floks Krückstock stand. Was soll ich tun? überlegte er. Sie glauben mir nicht. Solange Sabion noch da ist, kann es gefährlich werden.
Gerade als er sich entschlossen hatte, mit Mamu in der Schenke die weiteren Geschehnisse abzuwarten, ertönte ein Trompetensignal, dann sich näherndes Hufgetrappel. Aus einer der Gassen tauchte eine Reitergruppe auf. An der Spitze ritt ein Herold mit der Fahne von Tandilan. Ihm folgten zwei Reiter in prächtigen Gewändern. Einer von ihnen ritt einen Rappen. Eine Gruppe berittener Jäger beschloß den Zug.
Begleitet von einem Berater, kehrte Duschak Agbur von einem Jagdzug zurück.
Auch die Wachen hatten das Trompetensignal gehört. Die großen Torflügel quietschten in ihren Angeln, eine Gruppe von Knechten stürzte heraus und stellte sich rechts und links der Brücke auf.
»Mach Platz! Steh nicht herum!« fuhr ein Diener Jakov an, und leutselig lächelnd ritt sein Vater an ihm vorbei.
Auf den ersten Blick kam ihm der Vater unverändert vor. Sein Äußeres entsprach dem Bild, das er in seiner Erinnerung behalten hatte. Doch das Alter hatte sein Gesicht gezeichnet, sein Körper war steif und dick geworden. Sein Blick ging über alle hinweg, und es schien, als erkenne er niemanden.
»Vater«, schrie Jakov. »Ich bin es, dein Sohn!«

Er drängte sich durch die Reihe der Diener und ergriff einen Steigbügel. »Kennst du mich nicht mehr?«
Jakov hatte vergessen, daß auch er sich verändert hatte. Er war gewachsen, der erste Bartflaum beschattete sein Kinn. Die Haare gehörten schon lange geschnitten, und der Kittel von Meeruts Bruder war alt und zerrissen. Sogar seine Stimme war nicht mehr dieselbe. Das war nicht mehr das Kind, das den Vater vor Jahren verlassen hatte.
»Ich bin Jakov, dein Sohn!«
Der Duschak parierte sein Pferd. »Mein Sohn sitzt im Kerker des Feindes«, sagte er zögernd.
»Ich bin geflohen!«
Der Begleiter des Duschak trieb sein Pferd neben Jakov. »Gebt den Befehl, ihn zu fassen, und reitet weiter!« riet er dem Vater. Und als Jakov zu ihm hinübersah, erkannte er, daß der Mann ihm glaubte. Er war groß und hager, mit bösen Augen. Sein schmaler, nach unten gezogener Mund überwölbte das vorspringende Kinn. Das mußte Sabion sein.
Unschlüssig trieb der Duschak sein Pferd wieder an. Doch Jakov lief neben ihm her, klammerte sich am Steigbügel fest und kümmerte sich nicht um den hinter ihm reitenden Sabion. Sie waren im Burghof angelangt.
»Ich bin Jakov«, rief er immer wieder und sah zu dem Vater hoch. »So glaub mir doch! Wenn Selwyn noch am Leben wäre, würde er es bestätigen!«
»Was sagst du – Selwyn?« fragte der Duschak. »Woher kennst du den Namen?«
»Aber Selwyn ist doch der Diener, den du mit einem Brief ins Kloster geschickt hast!«
Da erkannte der Duschak seinen Sohn. Er beugte sich tief hinunter, nahm seinen Kopf in die Arme. »Jakov, mein Kindchen, du bist es wirklich!«

Erst Sabion holte den Duschak und Jakov wieder in die Wirklichkeit zurück. »Ich will ja nicht stören«, sagte er. »Jeder kann die Freude des Vaters verstehen, der endlich den Sohn in die Arme schließt, den er lange verloren glaubte, aber wollt Ihr nicht ins Haus mit ihm gehen?«
Jakov sah mit Erstaunen, daß der Vater weinte.
Ein Diener führte den Hengst zu einem Sockel. Dem Jungen fiel ein, wie wild der Rappe einmal gewesen war, wie ungebärdig und schwer zu halten. Sein Vater hatte ihn meisterhaft geritten. Jetzt war das Pferd alt. Es war immer noch schön, doch sein Übermut schien gebrochen. Es kam ruhig daher und gemessen, trat keinen Schritt zur Seite und hielt sofort an, als es den kleinen Sockel erreicht hatte. Der Hengst rührte sich nicht, bis der Duschak mit ungelenken Bewegungen aus dem Sattel gerutscht war und seine Füße einen sicheren Halt gefunden hatten.
Auch Sabion saß ab. Ohne zu warten, ob ein Diener ihm helfen würde, stellte er sich mit einem Ruck im Sattel auf, schwang sein Bein über die Kruppe des Pferdes und sprang herunter. Er warf seinen Zügel zur Seite und achtete nicht darauf, ob ihn irgend jemand aufnahm. Dann half er dem Duschak vom Sockel und begleitete ihn ins Haus. Jakov folgte ihnen. Er sah sich nur einmal schnell um, um zu sehen, ob sein Pferd versorgt würde, und als er es an der Hand eines Stallknechtes sah, ging er beruhigt weiter. Sein Vater blieb stehen. »Kommst du, Jakov?« fragte er, ohne sich umzudrehen. »Ja«, sagte Jakov und überlegte: Ich brauche jetzt Zeit, um meine Gedanken zu ordnen. In den Mauern der Burg meines Vaters wird Sabion mir nichts tun. Laut sagte er: »Darf ich mich waschen, Vater? Und andere Kleider anziehen, bevor wir zusammen essen?« Der Duschak nickte, und Sabion gab einem Diener den Wink, Jakov behilflich zu sein.

Jakov ging hinter dem Diener her. Alles kam ihm so fremd vor. Die Räume erschienen ihm düster und tot. Er verglich sie mit Ruskos Hütte. Der Holzfäller hatte seine Behausung nach Zweckmäßigkeit eingerichtet, und trotzdem war sie gemütlich und voller Leben. Hier waren die Zimmer hoch, die Wände aus Stein strahlten Kälte aus. In Makeera hatten die Räume niedere Decken, damit sie leichter zu heizen wären. Aus demselben Grund waren die Fenster klein. Klein waren sie auch hier, aber nur, weil die kleinere Öffnung besseren Schutz gegen feindliche Angriffe bot.

Der Diener richtete ein Bad her.

Als Kind hatte Jakov immer geschrien, wenn er baden sollte. »Ich bin nicht schmutzig«, hatte er gebrüllt. Diesmal wusch er sich, weil er sich schmutzig fühlte. Und er genoß das Bad.

Der Diener schnitt ihm die Haare und besorgte ihm neue Gewänder. Jakov fühlte sich nicht mehr wohl in ihnen. Die Hose, die Stiefel, das feine lederne Wams, der silberbeschlagene Gürtel – er war es nicht mehr gewöhnt, als Sohn eines Duschak aufzutreten. Der Diener lehrte ihn auch, sich zu rasieren. Er seifte ihn ein, zeigte ihm, wie man mit dem scharfen Messer die unerwünschten Barthaare abschabt.

Jakov sah ihm im Spiegel zu. Während er mit den Augen der Dienerhand folgte, die das scharfe Rasiermesser hielt, entdeckte er im Spiegel einen dunklen Schatten an der Mauer. Er hörte ein leises Zischen. Der Diener sah auf. Der Schatten winkte und gab ein Zeichen. Da wurde Jakov wieder zum Wild, das sie jagten. Blitzschnell wandte er sich unter der Hand, duckte sich tief in den Stuhl, ließ sich fallen und sprang wieder auf. Mit seinem Körper warf er den Diener um. Bevor sich der Schatten auf ihn stürzen konnte, hetzte er in großen Sprüngen davon.

Er kannte sich aus in der Burg. Die langen Gänge, die breiten

Treppen, die Türme, die Säle, die Galerien waren seine Spielplätze gewesen, und obwohl er die Schritte seiner Verfolger hinter sich hörte, war er sicher, daß er entkommen würde. Doch wohin sollte er flüchten? Sabions Diener waren überall. Seine einzige Rettung war der Vater. Unter seinen Augen würde Sabion es nicht wagen, ihm irgend etwas anzutun.

Hinter den Dächern der Burg ging die Sonne unter. Ihre schräg einfallenden Strahlen erhellten die Gänge gerade nur soviel, daß der Junge erkennen konnte, wo er sich befand. Spinnenweben streiften ihm übers Gesicht. Um die Säulen der Balkone schwirrten Fledermäuse.

Seine Verfolger hatten ihn bald verloren. Jakov ging langsam. Es war Zeit für das Abendmahl. Jakov wußte, in welchem Raum der Vater zu essen gewöhnt war. Als er Sabions durchdringende Stimme vernahm, zögerte er. Er kann mir nichts tun, wenn mein Vater dabei ist, sagte er sich. Doch er war nicht ganz sicher. Die Tür stand offen, Jakov sah seinen Vater gegenüber seinem engsten Berater am Tisch sitzen. Da blieb er im Dunkeln stehen, um zu lauschen. Glücklicherweise war kein Diener in der Nähe.

»Der Krieg gegen Kerkuelen ist unvermeidlich, mein Duschak«, sagte Sabion. »Der Tamarak hat Euch herausgefordert, indem er Euern Sohn gefangen nahm. Wenn Ihr es duldet, daß man so mit Euch umspringt, geht es rasch abwärts mit Euerm Land.« Er redete in einem merkwürdigen Singsang, band die Worte aneinander, als versuche er, sein Gegenüber einzuschläfern, so wie man ein Kind beruhigt, das nicht schlafen will.

»Aber mein Sohn ist doch hier«, widersprach der Duschak. »Was soll da ein Krieg? Wir haben mit Kerkuelen immer im Frieden gelebt. Warum soll sich das ändern?« Er hob den

Löffel zum Mund und schlürfte seine Suppe. Jakov konnte es deutlich hören.
»Euer Sohn muß uns noch alles erzählen. Aber seine Flucht ändert wenig daran, daß der Tamarak Böses plant.«
»Seid Ihr da sicher?«
»Sein Heer sammelt sich bereits vor Ravenstein.«
Jakov sah die zusammengekrümmte Gestalt des Vaters.
»Hab' ich Euch jemals falsch beraten?« forderte Sabion den Duschak heraus.
Hochaufgerichtet saß er dem Duschak gegenüber. Unberührt stand seine Suppe vor ihm. Ein- oder zweimal hatte er die Hand gehoben, die Finger gespreizt oder sie zur Faust geballt. Es war ein gespenstischer Auftritt, der Jakov sehr an das Puppenspiel erinnerte. War sein Vater nicht dem blauen König sehr ähnlich? War er nicht auch eine Marionette in den Händen Sabions, wie die Puppen es waren in den Händen Floks?
Züngelnde Flammen malten Lichtflecke auf die Wände, Knistern des Holzes, Geruch von brennendem Harz – das wirkte friedlich, doch die Pläne des obersten Rates der Räte waren alles andere als friedlich.
»Ihr habt den Ruf eines großen Helden, mein Duschak«, begann Sabion aufs Neue. In diesem Augenblick hörte Jakov hinter sich eilige Schritte, er rettete sich in den Lichtschein des Feuers.
»Da bist du«, sagte der Vater. »Wo warst du solange?«
Jakov verschwieg ihm den Mordanschlag, solange Sabion im Raum war.
Sofort eilten eifrige Diener herbei. Sie rückten Jakov den Stuhl hin, stellten Schüsseln vor ihm auf, schenkten ihm Wein in den Becher.
»Wie fühlst du dich, mein Söhnchen?« fragte der Duschak.

»Gut, gut«, murmelte Jakov mit vollen Backen. Er war schrecklich hungrig.
Auf einmal riß jemand die Tür auf, einer von Sabions Reitern stürzte ins Zimmer. Jakov erstarrte vor Schreck. Er hörte auf zu kauen, er verschluckte sich und hustete.
»Was soll die Störung?« herrschte Sabion den Mann an.
»Ich muß Euch sprechen«, sagte der Reiter mit der nasalen Stimme.
»Was gibt's?«
Der Mann zögerte. Er sah kurz den Duschak an und dann wieder Sabion. »Man hat einen Mann gefangen. Er wollte über die Mauer steigen.«
»Na und? Dann steckt ihn in den Kerker!«
»Der Mann weiß mehr. Er hat den ganzen Tag vor der Brücke gestanden und den Lahmen gespielt. Habt Ihr jemals einen Lahmen über eine Mauer klettern sehen? Irgend etwas ist nicht in Ordnung mit ihm. Ihr solltet Euch selbst einmal um ihn kümmern!«
Sabion stand auf und verließ das Zimmer.
Und Jakov zweifelte nicht daran, daß Flok in die Hände der Wachen gefallen war.

Jakov muß sich entscheiden

Jakovs Enttäuschung über Floks Gefangennahme war für ihn wie der Sturz in ein schwarzes Loch. In den Händen Sabions befand sich kein lahmer Bettler – es war Flok, Puppenspieler, Rebellenführer und Freund Jakovs, der ihnen in die Hände gefallen war. Er wollte Sabion in dieser Nacht töten, und wenn der Zeitpunkt verstrich, würde der oberste Rat der Räte morgen dem Heer in seinem Versteck befehlen, das Nachbarland Kerkuelen zu überfallen.

Das bedeutete Krieg.

Jakov versuchte, nicht weiter zu denken. Er saß am Tisch und aß und trank, aber er war nicht mehr hungrig. Er kaute und schluckte, führte die Gabel zum Mund und legte sie wieder hin und merkte es gar nicht. Ihm gegenüber saß der Vater im Stuhl vor dem Feuer, hielt die Hände gegen die Flammen, wie um sie zu wärmen. Jakov betrachtete den Vater. Er war wie ein Fremder für ihn. Jakov hatte Mitleid mit ihm, sonst nichts. »Er ist alt«, hatte Mamu gesagt. »Wenn Sabion tot ist, wird ihm nichts geschehen. Er kann nicht mehr selbst regieren. Die Räte werden das für ihn tun, bis ein neuer Duschak gewählt ist.« Von ihm hatte er nicht geredet. Außer dem Vater selbst verlangte niemand von ihm, daß er Duschak würde, wie es der Großvater von dem Vater verlangt hatte und der Urgroßvater von dem Großvater. Außer dem Vater dachte niemand an ihn. Und das fand er gut so.

Da fiel ihm ein, daß Sabion am Leben bleiben würde. Flok saß gefangen im Kerker. Alles würde beim alten bleiben! Sabion bliebe der heimliche Herrscher, und Jakov würde ihm weiter im Weg sein. Immer noch galt das alte Gesetz, daß der älteste

Sohn dem Vater zu folgen hatte. Sabion würde ihn umbringen lassen. Aber zuerst würde es Krieg geben …
Dem Jungen kam der Einfall, daß er selbst Floks Plan ausführen könnte. Er überlegte, ob er nicht verpflichtet sei, das Volk von Tandilan von Sabion zu befreien und so den Frieden zu erhalten. Im Krieg wurden viele Menschen getötet, war es da nicht besser, es starb nur einer? Als er davon erfuhr, hatte er ›ja‹ dazu gesagt, aber jetzt, als er vor der Frage stand, selbst einem Menschen das Leben nehmen zu müssen, schreckte er zurück. Nein, er konnte das nicht. Aus welchen Gründen auch immer ein Mensch vorsätzlich getötet wurde – es war und blieb Mord.
Zu morden, um den Tod von anderen zu verhindern, war keine Entschuldigung. Es mußte eine andere Möglichkeit gefunden werden, Sabion die Macht zu entreißen.
Das Feuer brannte langsam herunter. Ein Diener eilte herbei und legte ein neues Scheit auf die Glut.
Der Duschak drehte sich um und sah Jakov an. Sein Kopf zitterte ein wenig. »Willst du mir nichts erzählen?« Sein Atem roch nach Wein, wenn er sprach, aber er war nicht betrunken.
Jakov war müde. Obwohl er sich schon lange darauf gefreut hatte, dem Vater von seinen Erlebnissen zu erzählen, saß er jetzt da und besann sich, wo er anfangen könnte und ob es überhaupt etwas zu berichten gäbe. »Es begann damit, daß Selwyn dem Abt einen Brief überbrachte …«
»Was für einen Brief?« unterbrach ihn der Vater.
»Den Brief mit der Nachricht von deiner Krankheit und daß ich heimkommen soll, weil die Ärzte das Schlimmste befürchten.«
»Davon weiß ich nichts«, sagte der Vater.
»Warst du nicht krank?«
»Doch, doch. Der Arzt, den der treue Sabion mir schickte,

verordnete mir strengste Bettruhe, niemand durfte mich stören.«
»Und Sabion übernahm die Regierungsgeschäfte, nicht wahr?«
»So bestimmt es das Gesetz, er ist der oberste Rat der Räte.«
»Weißt du, daß er einen Krieg vorbereitet?«
»Ich sehe keinen anderen Ausweg. Der Tamarak von Kerkuelen ist gefährlich. Schon lange will er unser Land erobern. Und hat er dich nicht ermorden wollen?«
Jakov war ratlos. Wie konnte er seinen Vater davon überzeugen, daß Sabion ihn falsch informierte? Mit einfachen Worten würde das kaum möglich sein – er brauchte Beweise. Zu sehr vertraute der Vater seinem obersten Rat der Räte.
»Laß mich morgen weitererzählen«, bat er. »Ich bin heute lange geritten und schrecklich müde.«
»Dann geh nur schlafen«, sagte der Duschak. »Morgen ist auch noch ein Tag.« Er rief einen Diener und blieb sitzen, als Jakov aufstand. »Es ist schön, daß du wieder hier bist. In meinem Alter braucht ein Vater den Sohn. Es wird Zeit, daß du dich um alles kümmerst.«
»Gute Nacht, Vater.«
Doch dann, als der Diener vor ihm die Tür öffnete und er den dunklen Gang vor sich sah, fielen ihm Sabions Reiter wieder ein. Er drehte sich um und sagte: »Vater! Laß mich heute nacht bei dir schlafen, ich war solange von dir getrennt!«
Der Diener erhielt den Befehl, in der Kammer des Vaters für Jakov ein Lager herzurichten.
Seit Jakov das Kloster verlassen hatte, schlief er das erste Mal wieder in einem richtigen Bett. Es war ihm zu weich, und er bildete sich ein, ersticken zu müssen unter den schweren Decken. Lange konnte er nicht einschlafen.
Jakov dachte an seinen Vater. Für ihn war er ein Held

gewesen. Jetzt sah er ein, daß der Duschak ein Mensch war wie jeder andere Mensch auch. Daß ihn höchstens sein Reichtum und seine Stellung vom Jökull, von Rusko, von Kiwan oder dem Puppenspieler unterschied. Jakov war traurig, als er das erkannte, aber änderte sich etwas an seinen Gefühlen?

Dann schlief er ein, träumte von einer Schlacht. Die Heere von Kerkuelen und Tandilan waren am Paß von Juku aufeinandergetroffen. Er hörte die Säbel klirren, das Wiehern ängstlicher Pferde, Kanonenschüsse und einen Schrei. Dann fiel er hin. Der Vater sah auf ihn herab. Mahnend erhob er den Zeigefinger. »Du wirst Duschak wie ich!«

»Ich will nicht!« schrie Jakov und wachte von seinem eigenen Schrei auf.

Es war Morgen. Die Sonne schien durch die Ritzen der Vorhänge. Eine Glocke läutete unaufhörlich, und das Bett seines Vaters war leer. Es war unruhig in der Burg. Eilige Schritte waren zu hören. Irgendwer rief irgendwem etwas zu, zwei Diener tuschelten vor der Tür. Jakov sprang aus dem Bett, riß die Vorhänge auseinander. Auf dem Hof sah er viele Männer.

Rasch zog er sich an. Dann fiel ihm ein, daß es, solange Sabion im Schloß war, gefährlich sein könnte, allein das Zimmer zu verlassen. Er sah sich um. An der Wand hingen die Waffen des Duschaks, die Messer, die Säbel, Pistolen und Flinten. Er nahm einen kurzen Säbel vom Haken, wog ihn. Er war leicht und handlich. Mit ungeübten Griffen legte er sich den Gurt um die Hüften. Beim Gehen schlug ihm die Waffe ans Knie, doch er begriff schnell, wie weit er sie nach hinten schieben konnte, ohne daß sie aus dem Bereich seiner Hand kam. Ein- oder zweimal zog er den Säbel, um zu wissen, wie rasch er einem möglichen Angriff begegnen könnte. Mit dem Vorsatz, sich selbst zu verteidigen, falls man ihn angreifen würde, verließ er das Zimmer.

Der Gang war leer. Jakov schlug den Weg zur Turmtreppe ein. Obwohl er die Burg gut kannte, ging er langsam und betrachtete alles. Wie ein fremder Besucher, der zum ersten Mal hier zu Gast war. Er kam an seinen Ahnen vorbei. Sie hingen in langen Reihen nebeneinander, starrten aus ihren Rahmen auf ihn herab.

Das ist der Vater des Vaters, dachte er. Sie sehen sich wirklich sehr ähnlich. Sie haben die gleichen wäßrigen, hellblauen Augen, die gebogene Nase, das Doppelkinn, die weichen, fülligen Lippen und die nach hinten fliehende Stirn. Ob ich auch einmal so aussehen werde?

Die Frau auf dem Bild neben dem Großvater hatte ein bleiches, ernstes Gesicht. So wie sie dreinsah, bezweifelte Jakov, ob sie je hatte lachen können. Meerut fiel ihm ein, wie sie gelacht hatte damals, als er in den Schnee gefallen war.

Er ging weiter, die Reihe der Duschaks entlang. Der eine war berühmt für seine Taten in einer Schlacht. Der andere für seine Weibergeschichten. Vom nächsten berichtete eine Chronik, daß er den Wein in sich hineinschüttete wie ein Faß ohne Boden. Was schreibt man von mir eines Tages? überlegte Jakov.

Am Ende der Reihe, neben dem Bild seiner Mutter, war noch Platz für das Bild seines Vaters, dann für sein eigenes und das seiner künftigen Frau und das seines Sohnes und des Sohnes seines Sohnes. Irgend etwas in Jakov schrie nein! Er wollte selbst entscheiden, was aus ihm werden sollte.

Ein Diener eilte vorbei. »Was gibt's?« rief Jakov ihm nach.

Der Diener blieb stehen. »Der oberste Rat der Räte ist ermordet«, platzte er atemlos heraus. »Der lahme Bettler hat es getan! Sabion wollte ihn selbst verhören. Plötzlich zog der

Bettler einen Dolch aus dem Stiefel. Wie ein Tiger sprang er dem obersten Rat an den Hals, stieß ihm die Scheide bis an den Schaft in die Brust.«

»Ist er tot?«

»So tot, wie jemand nur sein kann, der in wenigen Minuten sein ganzes Blut verliert.«

»Und der Bettler?«

»Bevor ihn jemand daran hindern konnte, schnitt er sich selbst die Kehle durch!«

Flok ist tot, fuhr es Jakov durch den Kopf. Er hat sich selbst geopfert! Dann war die Gefangennahme ein Teil seines Planes gewesen, weil er nur auf diese Weise in Sabions Nähe kommen konnte.

»Wo ist mein Vater?« fragte er den Diener, der immer noch vor ihm stand.

»Er leitet im großen Saal die Versammlung der Räte.«

Tief in Gedanken versunken stieg Jakov die Treppe zum Söller hinauf. Die Sonne stand hoch. Doch die Stadt lag noch im Schatten der Berge. Jakov sah auf die Dächer der Häuser. Noch wußten ihre Bewohner nichts von dem Mord. Noch hatten sie Angst vor Sabion, Angst vor dem Krieg.

Sie werden erleichtert aufatmen, wenn sie erfahren, daß Sabion tot ist, dachte Jakov. Er stellte sich mit dem Rücken zur Sonne an eine der Scharten und blickte nach Westen. Dort war er hergekommen, nach dort wollte er wieder zurück. Er würde Mamu nachreiten, der dem Tamarak die Botschaft von Sabions Tod überbringen wollte. Und von Ravenstein aus würde er weiter der Straße folgen, über die Brücke des Edsam bis nach Puschkanien. In Wolneschitza wollte er seine Studien beenden. Was danach käme, würde sich finden.

Eines Tages im Spätherbst brachte ein Bote Jakov von Tandilan einen Brief ins Kloster Wolneschitza im Lande Puschkanien. Er hatte folgenden Inhalt:

Lieber Jakov!
Entgegen meinem Wunsch haben die Räte des Landes das Gesetz der Erbfolge abgeschafft. Von nun an soll ein neuer Duschak von der Ratsversammlung gewählt werden. Mein Alter macht mir zu schaffen, und ich ziehe mich auf mein Landgut zurück. Die Berichte von den Untaten Sabions haben mich sehr erschüttert. Jakov, mein Söhnchen, bitte, komm heim und leiste Deinem alten Vater Gesellschaft. Wir könnten gemeinsam versuchen, die Räte dazu zu bewegen, Dich als meinen Nachfolger zu wählen. Mein Einfluß reicht weit, und an Geld fehlt es nicht. Deine Zukunft liegt mir sehr am Herzen. Bitte, laß nicht auf Dich warten. Es freut sich auf Dich

Dein Vater
Agbur von Tandilan.

Am späten Nachmittag kletterte Jakov auf den Glockenturm der Klosterkirche. Die Stufen wollten kein Ende nehmen. Über ihm schwebten die großen Glocken, die Klöppel in ihrer Mitte warteten darauf, zum Schwingen gebracht zu werden.
Jakov stand oben an einer der Öffnungen und blickte nach Osten. Die Berge am Horizont verschwammen im Dunst. Der silberne Streifen vor ihnen mußte der Edsam-Fluß sein. Jakov kniff die Augen zusammen, um besser sehen zu können, suchte den Morro Kundan und erkannte den Orman von Mubisarka. Von Makeera war nichts zu entdecken.
Er nahm den Brief aus der Tasche, zerriß ihn und ließ die Papierfetzen fallen. Er sah ihnen nach, wie sie torkelnd dahinsegelten, allmählich an Höhe verloren und schließlich als winzige helle Punkte in der Tiefe verschwanden.

Inhalt

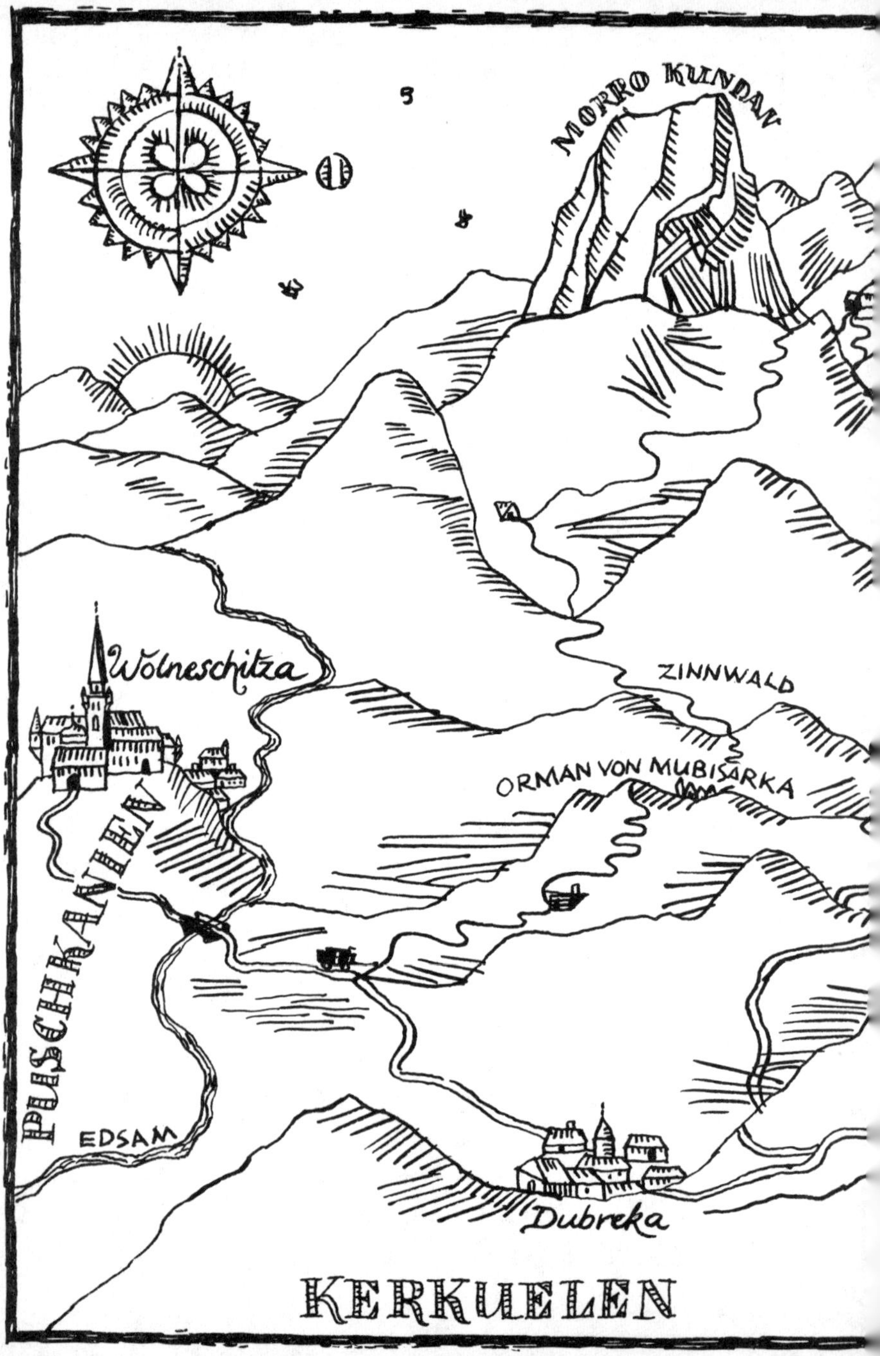
MORRO KUNDAN
ZINNWALD
Wolneschitza
ORMAN VON MUBISARKA
PUSCHKANIEN
EDSAM
Dubreka
KERKUELEN

TANDILAN
akeera
Jarschut
Sabalgar
MORRO TANASCHI
ELKABIL
PASS VON JUKU
PUNDOK
Ravenstein

Romane für Kinder

Ghazi Abdel-Qadir

Die sprechenden Steine

Roman. Mit einem Nachwort von Susann Heenen-Wolff

Gebunden, 152 Seiten (79600) *ab 11*

Eine einfühlsame Erzählung über die ersten Monate der Intifada aus der Sicht des 11jährigen Palästinensers Kamal, der von Versöhnung und Frieden träumt. »Ein wichtiger literarischer Versuch, das Leben palästinensischer Kinder unter israelischer Besatzung für deutsche Kinder vorstellbar zu machen.« *Felicia Langer*

Auswahlliste deutscher Jugendliteraturpreis

Reinhard Burger

Der Wind und die Sterne

Roman. Mit Nachwort des Autors

Gebunden, 120 Seiten (80080), Gulliver Taschenbuch (78189) *ab 12*

Die eindringliche Geschichte des äthiopischen Jungen Abebe, der die Dürrekatastrophe seines Dorfes erlebt und mit seinem Großvater Hilfe aus der Stadt holen will.

Peter-Härtling-Preis für Kinderliteratur

Dagmar Chidolue

Floraliebling

Roman. Gebunden, 192 Seiten (79601) *ab 12*

Flora findet, daß ihr Englischlehrer Föller zu der unangenehmen Sorte Lehrer gehört, die immer das letzte Wort haben müssen und gegen die man nicht ankommt, weil sie am richtigen Ende des Rotstifts sitzen. Da hat Flora eine Idee, wie sie sich an Herrn Föller rächen kann …

Tonke Dragt

Die Türme des Februar

Abenteuer-Roman. Aus dem Niederländischen

Gebunden, 224 Seiten, »Kinderbibliothek« (79519) *ab 12*

Gulliver Taschenbuch (78081)

Fußspuren, die aus dem Meer kommen. Die beiden Türme in den Dünen – fremd und unheimlich und doch seltsam vertraut. Wie bin ich hierhergekommen? schreibt der Junge in sein Tagebuch. Was tue ich hier?

Romane für Kinder

Christine Nöstlinger
Einen Vater hab ich auch
Roman. Gebunden, 192 Seiten (79652) *ab 12*
Feli kommt mit ihren »geteilten« Eltern gut zurecht. Sie lebt bei ihrer Mutter, und was die nicht erlaubt, genehmigt meist der Vater. Erst als die Mutter diesen tollen Redaktionsjob in München annimmt, gerät alles durcheinander.

Mirjam Pressler
Wenn das Glück kommt, muß man ihm einen Stuhl hinstellen
Roman. Gebunden, 184 Seiten (79648) *ab 12*
Am liebsten ist Halinka, die in einem Heim lebt, allein in ihrem wunderbaren Versteck auf dem Speicher. Aber irgendwann beschließt sie, sich nicht mehr alles gefallen zu lassen.

Karla Schneider
Die abenteuerliche Geschichte der Filomena Findeisen
Roman. Gebunden, 360 Seiten (80006) *ab 12*
Dresden, 1813. Es ist Krieg, doch zugleich der Beginn einer innigen und zärtlichen Freundschaft zwischen Filomena und Pruna, der Kunstreiterin. Es ist das Jahr ihrer abenteuerlichen Reise mit den Gauklern.

Karla Schneider
Die Reise in den Norden
Roman. Gebunden, 400 Seiten (79671) *ab 12*
Mit einem mysteriösen Auftrag beginnt für den Forschungsreisenden Isak Zettervall die abenteuerliche Reise in den wilden Norden Skandinaviens. Die 14jährige Stemma begleitet ihn, wenn auch nicht ganz freiwillig.